亲爱的图灵

LITTLE STORM II

肖茉莉

著

北京联合出版公司
Beijing United Publishing Co.,Ltd

一未文化　　非同凡响

北京一未文化传媒有限公司

www.bjyiwei.com

出品

献给创造者。

献给那些承受孤独与不解，
但依然选择继续前行的
人们。

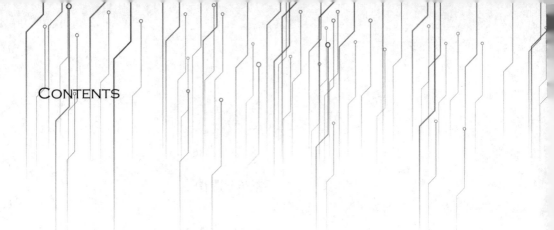

Contents

目录

序 言

玩笑百出的奇葩投资人暖男欧阳树、极致理性的高冷人工智能专家苏漓，两人在投资和创业的修罗场交手中将擦出怎样的火花？

人工智能的英文简称"AI"[1]与中文的"爱"谐音，既然 AI 可以自己计算，那么情感也可以自己编织最好的画卷吗？人工智能和机器学习的发展，使得它们可能以现实的方式模拟人类的对话，而数以千万的用户将深深沉浸其中。或许在不久的未来，和伴侣相比，平均每个人与聊天机器人产生的对话将要多得多。越来越多的用户可以与虚拟实体进行有意义的对话，甚至与这些虚拟实体成为朋友。

生活在这个时代的我们都不是旁观者。

32 年来，苏漓学会了最前沿的科技，也一直走在深度学习和算法科学最前沿，成为了一名国际知名的人工智能专家。那些冷冰冰的数字，那些算法、算力、数据，在她的眼里慢慢地变成跳动的音符，每进步一点点，就好像离她的使命近了一点点，但她在发展最好的时机选择回到国内，重新开始。

---

[1]　人工智能（Artificial Intelligence），英文缩写为 AI。它是计算机科学的一个分支，致力于研究智能的实质，并生产能以人类智能相似的方式做出反应的智能机器。

幼年经历过一场生离死别，后又远渡重洋，波折异常的人生让她知道信念和坚持的力量。她有一种"孤独者"的特质，她热爱长跑，并严格按照日程表行事，正如她所敬仰的科学家图灵。她才是一台冷冰冰的机器，而她要创造一个温暖的"人"。

但有一样她一直没有学会的，也是她一直在回避的东西：爱。

爱是什么？爱可不可以被分析？爱可不可以被解读？爱可不可以持续？带着这样的疑问，她创造了小伴智能语音系统。

她的前辈科学家，人工智能之父图灵先生最早提出了"机器思维"的概念，这让曾经年少的苏漓痴迷不已，她坚信这个世界"正是那些意想不到之人，成就了无人能成之事"[1]。

她的科技创造物带给了她荣誉与喜悦，也引发了商业世界无尽的伤害和阴谋。还好，这一切最终带给了她曾经向往的圆满。

当然还带给了她另外一个自己。

而欧阳树从一名失败的诺贝尔文学奖追寻者转变为文学网站缔造者，后毅然投身商业的修罗场，成为年轻有为的投资界少帅。表面上他感性、激情、好大喜功、不按常理出牌，仿佛这些个性成就了他的年轻有为。但其实三十岁出头的他早已洞明世事，知道什么是真什么是假，仿佛行走在创投界的隐者。

感性与理性交织的他，对这个世界有着一颗温暖而细腻的心。他会做 267 种面食，因为温暖的面食对紧张焦虑的情绪和失落的味觉是一种天然的疗愈。

欧阳树坚信，只有投入一颗真心，才能收获世界上最好的果实。

欧阳树明白，金融市场的博弈需要的是冷静的独立思考，但内心深处他却一直在找寻最真诚的陪伴。爱是盔甲也是软肋，午夜梦回，生死较量，还好，原来她一直都在。

---

[1] 出自讲述图灵传奇人生故事的影片《模仿游戏》。

他们本是惺惺相惜的两个人，这一场爱恋只是自己和自己的较量。

人生最好的状态是千帆过尽后的彼此陪伴。

不要束缚，不要缠绕，不要占有，不渴望从对方身上挖掘到意义。

两个人，并排站在一起，看看这个落寞又繁华的人间。

我们的故事没有正邪，只有在城市钢筋水泥的修罗场里，进行的一场又一场关于人生的进化与精进。不管是投资人、创业者、医者、心理学家、媒体人、咖啡厅老板、大学教授……他们只是选择了不同的职业来经历一番磨砺。每一个念头不管对错，最后的结果都由自己承担。

所有的开始与结束，只要出现了都是好的。既不可避免又无处可藏。

作品对在名利场行走的他们给予了深深的慈悲。

科技本身没有对错，复杂而黑暗的总是使用科技的人类。

人文赋予科技灵感，而科技一直是人类的朋友。

机器可以成为人类的大脑，但却替代不了人类跳动的心。

如果一定要选择，智者们也许会选择做一台温暖的机器，而不是一个冰冷的人。

因为人类最伟大的器官，不是大脑，而是心。

有心，就够了。

这是信念的力量。

每个人，都在大时代里创造自己的小风暴。

献给创造者。

献给那些承受孤独与不解，但依然选择继续前行的商业与人文创造者们。

人们都爱你的智慧与坚强，爱你追逐成功时光彩照人的样子，爱你狼狈不堪时咬紧牙关的坚持，可是我却爱你舞剧落幕时的孤独与脆弱。作者爱她笔下的每一个人物，静静地把他们带来了，安静得好像聂鲁达的那首《我喜欢你是寂静的》：

> 我喜欢你是寂静的，仿佛你消失了一样，
> 你从远处聆听我，我的声音却无法触及你。
> 好像你的双眼已经飞离去，如同一个吻，封缄了你的嘴。
> 如同所有的事物充满了我的灵魂，
> 你从所有的事物中浮现，充满了我的灵魂。
> 你像我的灵魂，一只梦的蝴蝶。

是的，我看到了你。

未来已来，而且正在流行。

2018 年春

你需要做的是开始。

　　我们这一代将不得不面对数千万的工作被机器取代的情况。但我们还有很多事能一起去完成。没有人从一开始就知道如何做，想法并不会在最初就完全成形。只有当你工作时才变得逐渐清晰，你需要做的就是开始。

　　理想主义是好事，但你要做好被误解的准备。任何为了更大愿景而工作的人可能会被称为疯子，即使你最终获得成功。任何为了复杂问题而工作的人都会因为不能全面了解挑战而被指责，即使你不可能事先了解一切。任何抓住主动权先行一步的人都会因为步子太快而受到批评，因为总是有人想让你慢下来。

　　在我们的社会里，我们并不经常做一些伟大的事，因为我们害怕犯错。如果我们什么都不做，我们就忽视了今天所有的错误。事实上，我们所做的任何事情将来都会有问题。但这不能阻止我们开始。

——马克·扎克伯格

楔　子

首都机场 T3 航站楼。

刚刚下飞机的苏漓，推着行李车来到接机口的时候，发觉燕园大学派来的司机并没有联系她，几次打司机的电话都未接通。

也许是司机把时间搞错了？

她刚打算把行李车推到咖啡厅附近，就见一位男士风风火火地向她走来。

"请问您是 Ayn，苏漓女士吗？"非常流利的英文。听得出来，这位男士并不确定她的身份。

难道他就是司机？眼前这位男士看起来年龄和她差不多，一身笔挺的西装彰显了职业的味道，身高大概 180 出头，身形中等，说不上健硕，可能是经常进行户外运动的原因，皮肤偏黑，嘴角自动上扬，脸上堆满了笑容，整个人很有亲和力。连苏漓这种对社交一直比较抗拒的人，也觉得有想和他接近的好感。

这人让她想起了可爱的"哆啦 A 梦"。

还没等她开口确认他是不是司机，那人又拿出一张照片，对比着用中文自语道，"应该没错吧。"但看起来他又不太确信，所以一直在等她的回答。

"是的。"她用中文回答。对方愣了一下，估计是没想到她的中文这么流利。但也只是一瞬，得到她的确认后他立刻上前从她手中接过行李。"没想到苏漓小姐如此年轻。"那人脸上的笑意更浓了。

苏漓心想，这位司机真是话痨，但她一贯的行事作风是既不做辩驳也不做解释。

来到地下停车场，苏漓发现这位司机开的居然是一辆手动挡的老爷车，不，应该说是古董车。在人工智能产品大行其道的时代，这也算是难得一见的物件了。遗憾的是，老爷车窄小的后备箱并不能放下她的全部行李，大行李箱是勉强放进去了，后备箱却关不上，这位司机只好找了个绑带把后备箱固定住。而为了放下另外的两个大行李包，他又把后排座位折叠起来，同时把前排座位向前移了移。于是两人上车后显得空间十分拥挤。

忙前忙后的司机终于坐下来喘口气，额头上汗津津的，但满脸都是兴奋的表情，他握着方向盘，整个身体45度角转向旁边已经坐好的苏漓，一张嘴依然是英文："苏小姐，我们去哪家酒店？"

司机居然不知道酒店？

苏漓内心其实有些不耐烦了，但出于礼貌她并没有在脸上显露出来，"西城区万豪酒店。我可以讲中文的，我在国内出生。"酒店是燕园大学帮她预订的，因为明天在那儿有个人工智能领域的会议，在那里她将见到国内的一些人工智能专家。但这暂时还是个秘密，很多人并不知道苏漓将出席这次会议。

他开车还是极稳的，并不似刚才表现出来的那般毛手毛脚。苏漓坐稳之后，发现前排居然放着几本聂鲁达的诗集。古董车、诗集……想必是一位文艺青年，苏漓心想。

文艺青年是和她不一样的人类，和她使用两个不同的大脑半球。

因为科研的原因，苏漓对人脑的架构和脑细胞的运行做了些研究。众所周知，人的大脑分为左右两个半球，它们形状对称，但功能却相去甚远。左脑像个逻辑家和雄辩家，善于语言和逻辑分析；又像一个科学家，长于抽象思维和复杂计算，很多理工科背景的人左脑更为发达；而右脑就像个艺术家，擅长于形象思维和直觉，右脑发达的人对音乐、美术、舞蹈等艺术活动有超常的感悟力，想象力也更强。

很明显，苏漓的左脑更发达，而文艺青年们则普遍右脑更发达。

所以，苏漓下了判断，这是个和她处于对立面的人。

全程下来，这位司机还是非常专业体贴的。

但和一般沉默寡言的文艺青年不同的是，这位文艺青年司机，还是一个超级话痨：

"苏小姐，您很久没回国了吧？看看窗外迷人的景色，祖国的天空是不是分外蔚蓝？当然，您今天运气不错，因为首都最近告别了雾霾天，现在每天都是这般阳光明媚，是不是这里的阳光让您想起加州阳光？"

"苏小姐，这里是 CBD 商务区，请看您左手边的国贸三期，旁边更高的是北京的地标建筑中国尊。当然，您右手边是曾经的北京地标银泰中心——真是铁打的营盘流水的地标。"

"苏小姐，这里就是赫赫有名的长安街了。请看您的右手边，天安门广场、人民大会堂；在您左边是曾经的紫禁城和护城河，非常具有历史感的建筑。"

……

这位司机完全是在没话找话，但苏漓并不太买账。在她的认知里，作为一名司机，好好地开车确保客人准确安全到达目的地就好，除非客人需要讲解，否则，她并不需要司机变成导游。

投资圈有个不成文的规定，对于投资公司的名字，创始人偏好要么是植物，要么是动物。所以算来算去高大的树种、灵巧的动物总是不够用。欧阳树对"树"这个意象十分喜爱，当初索性就用了"小树"作为投资公司的名字。而"小"既是低调，也是取早期投资机构见证所投资公司"从0到1"的完美转身含义。

小树资本的创始人欧阳树是一朵奇葩，这是投资界众所周知的事。

这不仅表现在他在投资现场如同猎人一般的敏锐，与人抢项目时坚韧不拔锲而不舍的精神，也表现在他那不同一般的神奇经历。

"是的，我是燕园中文系毕业，大学时的理想是成为中国第一位获得诺贝尔文学奖的作家。"因为有新人加入公司，大家在楼下的日式餐厅聚餐的时候，他毫不掩盖自己是个小说作者的经历，说这些的时候，他的脸上挂着发自内心的笑容，音量也提高了几度，"人还是要有梦想的，万一实现了呢？不过呢，我大学时候写的两本小说，都被出版社退稿了。痛定思痛……"

忽然门被推开，进来的是刚从中关村一家互联网公司做尽职调研回来的颜振广。颜振广早就对这场景不陌生了，他拿起一杯橙汁，和新人来了个一口干，然后摸了摸嘴唇，"作为已经在公司工作四年的创始员工，看看欧阳的嘴形，我已经知道他在讲什么故事了。他肯定从被出版社退稿说起，然后痛定思痛决定转型商业写作，立志变成IP大作家，于是在北京的地下室用两年时间写了四本系列小说，然后……"就在所有人期待着好结局的时候，他立刻加速了语速，"还是被退稿了。"

所有的人望向欧阳树，但见现在身为知名早期投资人的他依然春风满面，丝毫没有动怒。相反，他还很乐意把自己曾经的失意岁月当作一个教材。

欧阳树接过了颜振广的话茬："没有一颗被苦难碾压的内心，怎么能炼就一双火眼金睛，最后从万千的项目堆里发掘出好项目呢？所以说呢，人生不是赢在起点，而是赢在选择。"

新加入的投资分析师尹正鸣正聚精会神地盯着欧阳树，虽然早有些耳闻，但还是非常想亲自听听老板亲口传授的职场高见，"欧阳，那么后来呢？"

"后来啊，他可是遇到贵人了，所谓人生不打不相识。"说话的是公司公关、行政加人力资源主管许雅茹。小树资本公司员工一共就20人，所以公司的行政和人力资源主管许雅茹都在兼任着。她忽然抬手看了看表，"欧阳的故事很多，以后你们可以多跟欧阳聊聊，但今天时间可不多了，欧阳，你的日程表上显示，两点在公司会议室约了'机器熊'。"

一听到"机器熊"的名字，众人立刻都觉得空气凝固了三秒钟，欧阳树原本满面春风的脸庞也有了些严肃的神情，他立刻从榻榻米上站了起来，朝众人摆了摆手，挺了挺腰杆往外走去。

还未走到门边，外面已伸进一只机器人手臂把门推开了。一位机器人服务员朝众人鞠了个躬。

"欧阳先生，我们已经探测到您准备离店了。祝您下午愉快。"

虽然是老相识了，但欧阳树还是转身给了她一张纸币作为小费，然后大踏步离开饭店。一系列动作的速度之快，让留下的众人一时有些反应不过来。纸币是稀有玩意儿，欧阳树以纸币替代电子支付，看得出来，今天他的心情不错。

"机器熊和咱们是什么关系，如此让欧阳如临大敌？"尹正鸣忍不住悄声问了问身边的颜振广。

颜振广没回答，只是停下了狼吞虎咽的动作，用带着无限尊敬与向往的目光向远处的高楼望去。

小树资本的北京办公室就在CBD核心区G大厦26层。

投资圈有个不成文的规定，对于投资公司的名字，创始人偏好要么是植物，要么是动物。所以算来算去高大的树种、灵巧的动物总是不够用。欧阳树对"树"这个意象十分喜爱，当初索性就用了"小树"作为投资公司的名字。而"小"既是低调，也是取早期投资机构见证所投资公司"从0到1"的完美转身含义。

欧阳树三步并作两步跨出电梯，来到小树资本的门口。他将脸对准放置在门左边的脸部识别系统，系统快速地扫描确认之后，伴随着"嘭"的一声细碎响动，门打开了。

这套脸部系统也是去年小树资本投资的一个项目。

作为弱人工智能向强人工智能转化的技术代表之一，人脸识别已经广泛应用于各种需要识别身份的场景和地点，无疑促进了真正无证时代的来临。小树资本投资这个项目的独到之处在于它强大的人脸定位和图像预处理能力，以及出错率低于千万分之一的身份查找功能。也就是说，不论你对脸部器官，包括眼睛做任何的装饰，它都能轻易地捕捉到生物特征真实的数据。

留守公司的前台小冉看到赶回公司的欧阳树，知趣地指了指最大的那间会议室，同时吐了吐舌头，示意邱一雄已经到了。

"欧阳，邱总15分钟前就到了。他示意我不用提前告知您，说他先开个视频会议。"

永远比预定时间早到一刻钟是邱一雄的工作习惯，欧阳树点头会意。他看了一下表，距离约定的两点还有三分钟。

今天北京的天气非常完美，不仅没有雾霾，而且天公作美，夏日的阳光明媚但不毒辣，给CBD带来万千气象。宽阔的会议室里，阳光透过超大的玻璃窗照射下来，把坐在里面的人衬托得有种君临天下的气势。

坐在里面的正是投资界谜一般的存在——"机器熊"邱一雄。

机器熊是投资界的榜样，操盘者就是南元资本的邱一雄。"熊"和"雄"谐音，而"机器"正适合用来描述他那惊人的商业嗅觉和拥有超级计算能力的大脑。

他永远是一身做工精良的套装，有时是合体的英式西装，有时也会穿中式唐装；颜色上也不外乎是天蓝、浅蓝、深蓝和黑色。这是他早年华尔街投资银行的经历留下的人生烙印之一，竞争残酷的金融界里职业的专业化也要求人们的着装专业化。

今天他穿的是一套略显休闲的天蓝色西装。一丝不乱的头发，无边框眼镜的后面是永远炯炯有神的双眼。乍看上去也就四十多岁的模样，没人知道他已经年逾六旬。

　　欧阳树透过会议室的玻璃墙望进去，只见邱一雄正对着无框视频在和一位老外聊天。从他轻松的表情看来，应该会有好消息。而在欧阳树看邱一雄的同时，邱一雄也透过玻璃墙看到了欧阳树，他随意地朝欧阳树挥了挥手示意。

　　欧阳树推门进去，毕恭毕敬地站在一边。邱一雄会意，抬抬下巴示意他先坐下。看得出来，他无比信任欧阳树。

　　实际上，正是这位贵人一手栽培和锻造了欧阳树，当然，现在的欧阳树也是他资本生态里很重要的一部分。小树资本承担的是南元资本的早期项目组合，南元资本是小树资本的资金最重要的 LP [1]，而小树资本每个月也源源不断地给南元资本输送早期项目。

　　邱一雄和欧阳树约定的正是三个月一次的项目运营会议。

　　"沃克，刚刚提到的弘创科技在国内上市的可能性不大，所以还是决定在纳斯达克上市——本来也是用我们的美元基金投资的。不过虽然是境外融资的'外资公司'，但很多牌照只能由内资公司持有，所以目前我们正准备做成 VIE[2] 的架构，保证其可以符合 GAAP [3] 设计的 VIE 会计准则，从而确保其可以成功登陆境外资本市场。这样如果弘创科技能够上市，那么其竞争对手胜维科技股价只怕是要更低了。"

　　视频里的沃克不时点头同意，"没问题，有任何需要我们协助的地方随时联系我们。能和您一起运作这个项目是我们的荣幸。"

　　邱一雄很快说完了这个项目的事情，挥一挥手，关掉了屏幕。

　　等他转过头来和欧阳树打招呼时，脸上轻松的神情已经消失不见。欧阳树会意，赶紧打开桌上的屏幕，而在等待资料传送的时刻，他透过眼角的余光，看到邱一雄很快打开手机看起了信息，他那一刻也不空闲的大脑又在飞速运转，投身

---

[1] LP，全称 Limited Partner，中文称为"有限合伙人"。有限合伙人以其认缴的出资额为限对合伙企业债务承担责任，不执行合伙事务，不得对外代表有限合伙企业。

[2] VIE，全称 Variable Interest Entities，可变利益实体，也称"VIE结构"或"协议控制"。其本质是境内企业为实现在境外上市采取的一种方式。

[3] GAAP，全称 Generally Accepted Accounting Principles，中文名为一般公认会计准则。因为是1937 年由美国会计程序委员会颁布的，所以也称美国通用会计准则。

到他所热爱的资本博弈游戏中去了。

文件下载完成。屏幕上出来的第一部分，是以往的投资组合在本季度的运营情况。按照小树资本一年平均25至30个项目的投资速度，在过去三年已经投出了80家公司，而今年预计会投出共100个项目。

"邱总，从运营数据来看，85%的公司已经或正在进入下一轮投资；另外的12%在战略转型期，还有待时间验证；还有3%的公司基本可以确认团队或者商业模式失败，但我们还是会和创业团队保持联系。"

在欧阳树介绍所投项目季度运营情况的同时，邱一雄的眼睛仿佛扫描仪一般地在各种数据中快速掠过。

邱一雄点了点头，"阿树，对于早期项目而言，与商业模式相比，更重要的是创始人和他的团队。当然，"他话锋一转，"对于那些具有颠覆性的商业模式，我们也是不能忽视的。"

欧阳树侧着头认真倾听，看得出来他十分认可邱一雄的观点。"对您说的这点我真是深有体会。想当年，我大学毕业两年一无所成，辛辛苦苦写的小说别说变成IP了，连出版都没戏。后来把作品放到网上免费给大家看，倒是人来得越来越多，最后还成了业内知名的文学网站，被您投资的上市公司收购了……"

"不要总提过去，"邱一雄打断了欧阳树，"顺势而为嘛。当今哪个不想傲立时代船头呢？聪明的人很多，能干的人也很多，但关键是要有化腐朽为神奇的支点。阿树你小子在外人看来傻气，但在我看来，却是心怀天下，大智若愚。"说到这里，邱一雄露出了少见的安静眼神。

欧阳树听见这番赞许，禁不住露出一脸充满感激的微笑。当初，在邱一雄的指导之下，他成功把公司出售给上市公司，摇身一变做起了早期投资人。而过去四年，他带领团队在早期投资公司中如黑马一样地杀出重围，也是对邱一雄知遇之恩最好的报答。

邱一雄准备接着刚才的话题聊下去，手机忽然发出一声"苏漓"的声音，是手机对他特别标注的一条信息进行的语音报送。邱一雄拿起手机看了一眼，然后用最快的语速对欧阳树说，"快，赶紧去首都机场，接一位人工智能界的大神！她叫苏漓，你马上出发，要不该接不上她了。"

大神？苏漓？作为人工智能界的早期投资人，欧阳树居然从来没有听过这个名字。但看到邱一雄对这人如此上心，心想一定是非常厉害的人物，要不然他也不会安排欧阳树亲自接机。

虽然满腹狐疑，但欧阳树还是赶紧往停车场跑。本来想找到自己的最新款特斯拉，这样中途还能借助自动驾驶功能休息一会儿。哪知他找了一刻钟也没找到，这才想起来，那辆车早上被堂弟欧阳泷借走了。

再去打车也来不及了，欧阳树只好走到一块铺上了遮光布的汽车前面，抖开布满灰尘的防尘布，里面就是他的秘密武器：一台手动挡老爷车。欧阳树试了一下，老爷车很给面子，几下就启动了。车里面有些凌乱，车座位上还放着他珍惜的宝贝，几本聂鲁达的诗集。

欧阳树闪转腾挪，终于上了机场高速。他正准备给邱一雄打电话，没想到邱一雄的电话刚好打进来了。

"阿树，这位苏漓你一定要亲自接到。她是人工智能领域的超级专家，斯大人工智能实验室主任。不过她为人很是低调，虽然发表过很多轰动业内的论文，但从不参加任何社交活动，所以没找到她的正式照片，只有一张万圣节的化装照，可能和本人的真实样貌有一些出入。对了，教授是位女性。"

欧阳树对国内外的人工智能专家都有研究了解，但这位的名字他从来都没有听过。于是他有些诧异地问邱一雄："邱总，我没有听过苏漓这个名字。她要是真这么知名的话，就算再低调也不至于连我都从没听过。是不是有别的化名？"

邱一雄立刻明白了欧阳树的疑问，"哦，我只顾给你安排接机任务了，苏漓这个名字你可能没有听过，那是她去美国之前用的名字。因为回国嘛，所以介绍人把她的中文名一并传送过来了。但 Ayn Su（安·苏）你肯定知道，是她的英文名。照片马上传给你。"

欧阳树这才恍然大悟。对这位人工智能领域的安，他早就有所耳闻，但包括他在内，绝大多数人都没有面见本尊的机会。传闻中只喜欢待在大学研究所里的她，从来不参加任何社交活动，但在顶级期刊上发表研究报告却从未间断。每年大家就像等顶级风险投资公司KPCB（凯鹏华盈）的互联网女皇玛丽·米克尔女士的年度互联网趋势报告一样等着她的研究报告。

当然，像她这样的人工智能大神，是人不在江湖而名在江湖，总是会有很多人主动抛出橄榄枝的。

邱一雄说的也正是这点，"不计名利把自己献给研究事业的科学家，当然值得我们尊敬，但涉足商业从而造福大众也许是更好的选择。我听说谷歌的几个人工智能实验室都曾对她抛出橄榄枝，但都被她回绝了。现在又是什么原因让她回到离开多年的中国创业？"

邱一雄话音刚落，"嘀"的一声，图片传送到了。邱一雄说中间站着的就是苏漓，欧阳树扫了一眼手机，有些疑惑地皱了皱眉头。照片上的所有人都是一样的装饰，黑色的头套加白色的脸，每个人的眼睛下面还都画有一道红色的粗线。而站在中间的那位女士更是只露出了一双眼睛，貌似随意放在鼻子下方的手把下半张脸挡了个严实。欧阳树不禁发出一声苦笑，看来稍后要从人群中找到苏漓不是一件容易的事。

欧阳树挂了邱一雄的电话，打开车上的储藏柜，从里面拿出一瓶苏打水，一口气全喝完了。

接下来的任务艰巨。他吐了一口气，接着打量起手头这张照片，或者说照片上的这双眼睛来。

欧阳树当年屡次被出版社拒绝，这段落魄的经历让他练就了超乎常人的同理心。他做投资人之后之所以能洞悉用户的心、粉丝的心、创业者的心、合伙人的心，不得不说都得益于这段日子的磨炼。

遗憾的是，他并不太懂女人的心，或者说他对自己生活中出现的女性根本就没花时间和心思去读。难道是因为大学时代恋爱失败的创伤还未痊愈？还是男女情感的缺失是他创业与投资生涯成功的副产品？

他对着后视镜里的自己苦笑了一下，立刻把思维拉回来，继续盯着手机里的照片。万圣节的聚会，大家都玩得很疯，有人笑得合不拢嘴，有的还做着匪夷所思的鬼脸。但她一脸沉静地站在他们中间，仿佛是一个局外人。她露出的眼睛纯粹、清澈、有力量，于喧闹人群中保留了一份独特的冷静。工科生特有的理性之美，这是他欣赏的，也是他所缺乏的。从照片上看得出来，苏漓很受学生们的拥戴。要知道，她所在的顶级人工智能实验室汇聚的都是恃才傲物的聪明人，要得到这些人的爱戴，只能靠真才实学。而且若她不参加任何公众社交，但会参加学生们的活动，说明在她心目中是很以学生们为傲的。

一位好教授。若是她足够年长，没准他也可以把她当作导师一样的朋友。

欧阳树忽然想起来，忘了问年龄了。只记得邱一雄最后的一句嘱托是，"不管苏漓要做任何的创业项目，你一定要投进去。目前其他基金也可能知道她回国了，但是我们要抢在第一时间成为她的投资人。因为她是苏漓！"

重任在身，他偏了一下脑袋，先接到人要紧。

机场到了，欧阳树把车停到地下停车场。看着刚刚熄火的老爷车，他不由得心里嘀咕：开着手动挡汽车来接世界顶级的人工智能专家，这场景仿佛是电影里的滑稽镜头。

接机大厅的整面墙都是玻璃。下午四点的阳光透过这面巨大的玻璃墙投射进来，天空中缓缓流动的云朵似乎都在提醒人们，现在正是京城最好的季节。

盛夏本来就是一个有故事的时节。

机场大厅的屏幕显示苏漓的航班刚刚降落机场。

欧阳树不由得紧张起来，感性的思绪乱飘。

他将见到的这位重要客人是怎样的一名女子呢？

她为什么拥有那样一双谜一样的眼睛？

他感觉自己马上要变身为一名解谜者。

相逢

每一件与众不同的绝世好东西，都是
以无比寂寞的专注和勤奋为前提的，要么
是血，要么是汗，要么是大把大把的曼妙
青春好时光。

飞机落地前十分钟，苏漓才缓缓醒来。

经过 13 个小时的长途飞行，周围的人群已经有些迫不及待，因为地上有他们日夜期盼团圆的家人。

而她呢？并没有亲友来接。

苏漓静静地看着机舱里越来越兴奋的人群，不由得闭上了眼睛，回忆中的画面如电影场景多次在脑海中回放，往事如针尖一样一一刺过她的心头——

扎着长长发辫的小女孩，大眼睛里满是泪水，紧紧拉着一位年轻妇人的手，仰着头哀求着："妈妈你真的不要我们了吗？爸爸一定会好起来的，等爸爸好起来我们就又能有家了。妈妈，你不要走。"

也许是被小女孩的眼泪感动了，美艳的妇人立即转下身来，抱住了小女孩。但很快又把她推开，"漓漓，妈妈要出趟远门。你好好照顾爸爸，等爸爸好起来了，妈妈一定来接你们。我们一家人又可以团聚了。"

小女孩相信了妈妈的话，她伸出了小手指，"妈妈，我们来拉钩。等爸爸好起来了，你一定要回来啊。"

躺在病床上的男子没有起身，只是默默闭上双眼，似乎有一滴眼泪从眼角流下。

夫妻本是同林鸟，大难临头各自飞。

他遭人陷害事业失败，长久积攒的劳累和失败带来的巨大的绝望击败了他。年轻的妻子终于再也无法忍受他的久病和日日来家中闹事的债主，决定离他而去。

"阿漓，到爸爸这边来。"他使尽全身力气叫唤小女孩。

小女孩来到爸爸的床边，美艳妇人站起身，坚定地迈步出门。

他指了指床头边的一个盒子，"爸爸刚给你买的，打开看看。"

小女孩打开一看，是一只红色的发条机器人。她小心翼翼地拿起发条机器人，上好发条后放在地上，机器人开始摇摇摆摆地走动起来。

这抹机器人身上的红色，成为了她童年记忆里不多的一股暖色。

不久之后，父亲撒手人寰，这个红色的发条机器人就成了父亲留给她的最后礼物。

她想起父亲临终前的独自低语，"爸爸是做错了事，但也不应该至此啊。"

爸爸到底做错了什么事？这个疑问一直在她的脑海中。而妈妈再也没有出现过，纵然无数个日日夜夜她倚靠在家门盼望着母亲的归来，但终究只是一场空。

在翻过生命中最黑暗的一章之后，五岁已成孤儿的她，被唯一的姑姑带到了美国，带到自己的家中，陪她度过了人生温暖的十年。记得姑姑牵着她的手走进家门，充满爱意地对她说，"孩子，这就是你的家了。"

"你要努力啊，阿漓。只有努力，你才能好好活下去。"她记得姑姑的话。

从此她有了新的名字：Ayn Su。

姑姑不曾成家，所以在她离世之后，苏漓又孑然一身了。还好，那时她已经进入高中，在学校寄宿。她并不多言，又不太合群，所以没有人有机会打听到她的身世。

飞机落地的声音将苏漓再次拉回到现实中。

此次回国，一方面是她接受了燕园人工智能实验室的邀请，另一方面，她想按照自己的意愿做些不一样的事情。

远离 27 年的故乡，我终于回来了，她在心里默默念道。飞机停稳后，人群立刻骚动起来，她把本来握在手心的红色铁皮机器人放回手提包里，随人群一起下机。跟着走进超大行李提取处，拿出护照、机票和托运行李票据给工作人员。

工作人员推出两个大包裹，充满狐疑地看着她，"小姐，您托运的是什么行李？这么沉。"

她没有回答工作人员的问询，只是说了一句谢谢，便径直朝出入境大厅走去。

这两大包重重的行李，装的是 27 年的远离。

苏漓等了很久也没有等来司机，正要到旁边的星巴克坐下，就遇上了来接机的欧阳树。于是发生了故事开头的那一幕。

欧阳树跟身边的苏漓说得正起劲儿，颜振广的微信进来了。欧阳树得知苏漓住在万豪酒店后，立刻让颜振广去查苏漓教授接下来在国内的行程，并告知颜振广直接微信联系——他预计颜振广查到她的行程时苏漓会和他在一起。

类似的信息获取也是投资人的必备本领。优秀的投资人，必须在第一时间得知目标者的行动和潜在行为，以利于接下来的投资洽谈工作。在某些方面，这听上去有些像神秘的 FBI，神不知鬼不觉已经潜伏在你的身边。

"阿树，明天在万豪酒店有个人工智能大会，但据目前的公开资料显示，Ayn Su 的名字并不在出席者之列。"

欧阳树侧脸看了一眼苏漓，果然是行动神秘人士。

其实今天他亲自跑来就是想在第一时间取得苏漓的信任，有了信任之后，接下来的投资工作才有顺利推进的可能。

看得出来，苏漓并不反感他，但可惜的是，也说不上有好感。

第一眼见到苏漓，他几乎没有认出她来：眼前这位人工智能专家一头披肩直发，一副不食人间烟火的仙女形象。待到走近一些，他立刻能感受到她拒人于千里之外的清冷气质，尤其那双谜一般的眼睛，和照片里一模一样，似乎藏着很多他不知道的故事。

欧阳树清了一下嗓子。为了讨得苏漓的好感，他把自己的思绪拉回到现实当中，没事儿找事儿用中文和苏漓攀谈起来。

欧阳树滔滔不绝说了半天，发觉苏漓还是不动声色，只好换个话题，关心一下她长途劳顿的恢复情况。

"苏小姐，长途旅行你肯定口渴了，来，补充一下水分，这样对倒时差有好处。每次我去美国出差的时候，都是靠水支撑一直睡觉，才避过了倒时差。"

"不了，在飞机上一直在补充水分。谢谢。"苏漓并没有接过欧阳树递过来的矿泉水。

略微尴尬的氛围持续了十秒，欧阳树居然不知道如何开口说下面的话了，只好又起一个话题。

"苏小姐是人工智能方面的专家，您对人工智能方面的兴趣是何时开始的？"

这次苏漓倒并没有回避这个话题，虽然刚经历长途飞行，但她的精力恢复得很不错。

"很小的时候我就读了许多关于太空、宇宙和生命起源的书籍。那时候就想长大后做一名科学家，把图书馆里能找到的这方面的书读完了，后来开始到互联网上查阅更多的资料。"

"苏小姐是一名地道的理科生，您学的是计算机专业？"欧阳树差点脱口而出，自己是地道的文科生，本来的人生理想是成为小说家。话到嘴边，他担心苏漓不感兴趣，又咽回去了。

"数学，后来又辅修了计算机、物理、光学和工业设计。"光是听这些专业，欧阳树觉得自己脑袋都要炸开了。他长长地"哦"了一声，居然有些胆怯了，这是从未有过的景象。但是为了拿下苏漓的创业项目，他还是故作镇定地打破尴尬的局面。

对方是人工智能专家，欧阳树刚想着和她探讨一下人工智能的话题，哪知苏漓已经从提包里拿出一本书准备看起来，欧阳树眼角的余光扫到正是凯文·凯利的作品《科技想要什么》。欧阳树知道这下有话题了。

"我们和科技之间充满矛盾。一边是更多的科技带来的便利，另一边则是个人并非必需如此之多的科技，现在人类就生活在这两者之间不断纠结着。这些科技产品真的是我们想要的吗？这股遍布全球、令人又爱又恨的力量究竟是什么？"欧阳树学着作者的口吻背诵了一段。

苏漓忽然抬起头来，盯着他看了好几秒才开口，"所以，你并不是燕园大学派来的司机？"

欧阳树差点惊掉了眼睛，转而哈哈大笑起来，"所以，您愿意上车是因为您以为我是司机？您见过有这么玉树临风的司机？啊，不好意思，怪我，怪我没有解释清楚。"

于是，两个误打误撞相识的青年人开始重新介绍自己。

欧阳树赶紧打开自己的电子名片，纸质名片早就不用了，只要把手机竖起来，对方就可以在屏幕的上方看到手机主人的背景资料。

姓名：欧阳树

国籍：中国

工作单位：小树资本（主投领域互联网）

身份：创始合伙人

原来这人并不是司机，苏漓立刻有些警觉起来，毕竟这是她27年来第一次踏上京城的土地，但在脸上并未表现出来。

她刚想盘问欧阳树是从哪里得到她回国的信息和航班资料时，一个陌生电话打了进来。

"苏小姐，抱歉抱歉，今天从燕园出发有些着急，把手机落在学校了，因为没有记住您的电话号码，所以只好返回学校拿到手机给您打电话。您稍微等我一下，我立刻过来接您。"

原来如此，她没有想到回国伊始就遇上一场乌龙。

苏漓告诉司机不用过来了，已经有人接到了。"欧阳先生，所以您是一位投资人？"她望着眼前这位不像投资人的投资人。

"是的，我是小树资本的创始合伙人。而且我也是燕园大学的毕业生，只不过已经毕业九年了。所以苏小姐不用担心，我只是代表母校来接您的。"欧阳树特意强调了九年这个时间段，这样就能把自己年轻有为的信息传递给对方了。

哪知苏漓对欧阳树的燕园毕业生身份根本不感兴趣，"我并不关心这个，只是很想知道你是从哪里知道我回国的信息，包括航班号的？"

"在科技为先的人工智能时代，苏小姐，我们做的是全球范围的投资，所以我们建立了一个巨大的专家资料库，里面包含了诸多国际顶级的人工智能专家。因为他们也是潜在的创业者群体，所以我们还配备了专门的人员在运营这个潜在创业者的数据库。发现任何一位有创业计划的专家，我们会第一时间跟上，以确保小树资本是率先联系到这个项目的投资机构。"欧阳树说的是事实，小树资本确实有这样一个人才库，但是苏漓过于低调，完全找不到她的相关动态，所以她其实并不在其中。现在拿出专家库作为理由，也是欧阳树的急智。

"欧阳先生，你找到我的相关信息没问题，这是你的工作需要。我尊重你的专业。不过我目前并不需要投资，因为我这次回国主要是为了接受燕园大学的聘用书。"苏漓说的是实话，但是她保留了另一半的信息，她的确是回国创业的。

她有自己的顾虑，她怕创业的想法一旦发送出去，会有太多的国内外风险投资公司的投资人蜂拥而至。她不希望看到那样被打扰的局面。

从苏漓的阐述中，欧阳树又得到了新的信息，"那么，苏小姐是打算长期定居国内了？不过有一点我不明白的是，和燕园大学相比，斯大无论在科研水平还是项目实现方面都更胜一筹，为何苏小姐会放弃斯大，而选择燕园大学？"

苏漓并没有直接回答欧阳树的提问，只是淡淡地回了一句，"这只是职场的生存路线之一。就像很多人会选择毕业进入大公司，但到一定的时候，那些富有冒险精神的人会更倾向于到方向正确、发展快速、潜在空间更大的快速发展型公司。欧阳先生是做投资的，不会不懂得这个道理吧。"

果然是个厉害的女子。一下子怼住了欧阳树的提问。

欧阳树苦笑了一下，为了掩饰自己的尴尬，他舔了舔嘴唇，接着厚着脸皮继续套近乎。"苏小姐果然是高人。您来燕园任教，燕园的同学们有福了，我也有福了，可以有机会来旁听国际知名人工智能专家的课程。我是个文科生，脑子笨，得好好补补人工智能这门课程。"

苏漓不动声色，只是低头看着手机。"欧阳先生过谦了，小树资本作为国内十佳人工智能投资机构之一，成立虽然只有短短三年，但在人工智能的全模块都投出了非常多优秀的好项目，其中包括几家已经上市的公司，你把人工智能科研项目商业化做得如此成功，以后应该是我多多向欧阳先生请教才是。"

她说的是实话，欧阳树觉得再谦虚下去也没什么意思了，于是顺水推舟开了个玩笑，"那么苏小姐是同意以后收我这个旁听生了？"

还没等苏漓回答，手机导航提醒，老爷车已经到达万豪酒店门口。

门口的服务生帮忙把行李搬到大堂，欧阳树刚想跟进去，却被苏漓拦住了，"欧阳先生不用送了，我到目的地了。谢谢你今天的接送。"

知名投资人护送人工智能专家被拒，欧阳树内心闪过这样一个章节。但他还是很绅士地朝苏漓挥了挥手，转身回到车里摇下车窗，向刚要进入大门的苏漓微笑着说："苏小姐，明天我们还是会碰面的。"

透过后视镜，他终于看到苏漓一脸匪夷所思的表情。

苏漓走进万豪酒店的大门，便把刚刚的这个小插曲抛在了脑后。

姑姑和她说过，人生最重要的事情是了解自己。而她明白最重要的事情只有一件，人生成功的秘密就是只做一件事情，就一件。

只做一件事，其他的事都不值一提。

只做一件事就是成功的捷径。

而对她而言，最重要的是小伴智能系统的创造。

其他的人和事，都不值一提。

CHAPTER 3

我是小说家

总有一天，他还是想回归做个小说家，把他所见所闻所经历的人和事都写到里面，写给后来的人看。将来人们研究人工智能的发生与发展时期时，如果能在他的作品里发现一些有用的信息和史料，那是欧阳树的荣幸。

作为一名正宗的文科男，欧阳树最佩服数学好的人，若这人还是个美丽的女士，那崇拜之情更盛。所以他最佩服苏漓这样的学霸女神，一位数学家和人工智能专家。

他隐约能感觉到，她有时会心不在焉和精神恍惚，也许那时她正在全神贯注于自己的思考。若是在人多的社交场合下，这点可能会让她显得有些不合群，甚至，她直接拒绝的表情会被有些人认为非常没有礼貌。但欧阳树并不是这些人之一。

开局不错，欧阳树回到车内给邱一雄发了信息，"邱总，已经成功接到苏漓。"汇报完毕后，他摇下车窗透透气。

初夏的风透过车窗飘进来，带来一丝凉爽。

他看到灯火通明的华贸中心。这座大楼里，有很多风险投资公司的同行，这些聪明人在看不见刀光剑影的创投天地里，正像狼一样敏锐地捕捉一切商机。不管是顶级的国际投资机构南元资本，还是如小树资本一般的本土投资机构，只要有足够的努力和足够的商业判断力，人人都能参与到这场资本博弈的智力游戏里来。

这是他喜欢这个行业的原因。智力游戏是公平的游戏场，资源会更多地向强大的头部聚拢。只有让自己和团队变得更为强大，才能在这个行业有更多的机会和发言权。

欧阳树一路开着车窗，窗外一片车水马龙的景象，嘈杂而又有序，这就是CBD。从蜗居北京的地下室到今天在核心商务区的超大办公室，他用了九年时间。这九年犹如过山车一般起起伏伏的人生，就好比他每天见到的那些创业者的人生历程。幸运的创业者被资本选中，然后资本陪同他们一起走过后来起起伏伏的人生。

有一天，总有一天，他还是想回归做个小说家，把他所见所闻所经历的人和事都写到里面，写给后来的人看。将来人们研究人工智能的发生与发展时期时，如果能在他的作品里发现一些有用的信息和史料，那是欧阳树的荣幸。

说到要书写的人，不知为何基本都是男性，他绞尽脑汁想起来的几位女性也只是他所投资的公司的女性创始人。不对，还有一位初恋女友胡蝶，虽然早就不知她的踪影，但感谢她的离开彻底击溃了他，感谢她的那句"欧阳树你就是一个彻彻底底的失败者"让他奋发图强。

欧阳树拍了拍自己的脑袋，暗问自己今天是怎么了，感性过了头。他拿出手机拨通了颜振广的电话："振广，你再帮我查查苏漓，就是斯大的人工智能教授 Ayn 的所有资料。她提到自己是在国内出生，后来去的美国。另外，她这次是从斯大转到燕园大学当教授了。"

通话中，欧阳树听到颜振广那边嘈杂的背景音乐，于是问他在哪里。

"今天是我女朋友生日。我可是花了大价钱让她高兴的。老板不好意思，除你之外我请了所有的同事。大家都说纸醉金迷不是你的风格，你啊，就把自己使劲往钻石单身汉之路上整吧，我可是不行了，现在被深度套牢，估计不久就要进入婚姻的坟墓了。"

"臭小子，你怎么就知道我不想来呢？"欧阳树刚佯装立刻赶过来的架势，忽然想起明天还要去苏漓参加的人工智能会议，于是又只好作罢。"算了，明早有重要会议。下次这种热闹场面一定要叫我啊。你们好好玩！"

欧阳树挂了电话，也羡慕起颜振广的生活来。他那河东狮吼的女朋友自从大学时代就一直陪伴在他身边，到现在颜振广变成投资公司副总裁，两人还是腻歪得很，典型的欢喜冤家。

回到自己的复式公寓，欧阳树第一件事就是给家里的"小森林"浇水。"小森林"是欧阳树给家里的 40 盆植物所取的名字。他从小喜欢待在大自然里，常年生活在都市的钢筋水泥里，他总是有些怀念自然时光，索性就在家里养了一些植物，取名"小森林"。因为它们的陪伴，他的单身生活也有了些归属感。

浇完水，他走到唱片机旁边，挑了一张莫扎特的唱片放上，然后到厨房做了一碗热腾腾的牛腩面补充能量。几首莫扎特之后，他起身回到厨房收拾干净。一切恢复到井井有条的状态后，他才上楼处理当天的剩余工作。

等欧阳树关上电脑，伸伸懒腰，回头一看墙上的木制时钟，指针已经指向 11 点了，而他还全无睡意。他看看家里的布置：一位知名的人工智能投资人的家中，基本原生态的布置，居然很少有人工智能的影子，若是被媒体知道，也算是一则新闻吧。

但只有在这样的空间里，他才可以自由思考。

今天见到的苏漓引起了他的注意。回想起她那双冷淡的眼睛，欧阳树不禁好奇地想，此刻的她在干什么呢？这个念头一出，欧阳树不禁嘲笑自己，真的是寂寞的单身生活闹的。但他很快又积极乐观起来：以他的"能量小宇宙"，只要种下一颗"一定要拥有幸福生活"的种子，在将来的某一天，遇到合适的土壤、合适的时间，在合适的地点就会发芽开花。

苏漓叮嘱服务生把两个大包裹搬到房间后，轻轻关上房门。四周又恢复了寂静，这才是她习惯的氛围。

今天居然是一位投资人来接机，看来自己回国的消息是泄漏出去了，这是她未曾想到的。

但总算是归来了。

她望着镜子里的自己，即使时光过去 27 年，这里还是她心心念念的地方。拿出包里的红色铁皮机器人，她把它放在床头桌上最显眼的位置。这只陪伴她 27 年的发条机器人，就如同父亲临走前说的那句话一样，是她的牵挂。

"爸爸，我回来了。"

她仔细检查了一下那两件大包裹，发觉毫发无损之后，松了一口气。这里面装的是她的梦想。

睡前关机时，看到今天的手机里新添加的欧阳树的电子名片，想到今天这么一出乌龙经历。醉翁之意不在酒，她当然知道身为早期投资人的他，之所以这么热情接近她，自然是想在她的创业项目投资中占得先机。

她自觉很了解投资人的心理。虽然自己日常环境远离金融市场，但她对金融市场并不陌生。姑姑在美国的工作环境并不如意，只是一名普通的银行职员。但好在姑姑对苏漓志存高远，自己节衣缩食，将学习优秀的她送进富裕阶层云集的贵族中学。贵族中学的开销很大，虽然她一直都能拿到奖学金，学费全免，但日常开销也难免吃紧。

在13岁时，一位同班同学的股神父亲来学校分享人生经验，让她第一次知道了股票。之后她就开始利用课余时间自学股票知识，把打工的钱都投入股市，坚持"低买高卖"，倒也赚了不少。但她从不敢把这么冒险的投资行为告诉姑姑，只是告诉她一部分是学校奖学金，一部分是她帮同班富人同学补课所得。

姑姑离世之后，她靠股市赚的钱偿还了姑姑房子的贷款。剩下的资金，也足够她留在美国过上不错的生活。

她对金钱从来没有恶意。就像姑姑曾经说过的，若是当年她有足够的赚钱能力，就不会眼看着兄长家破人亡。但苏漓知道，仅仅富裕的物质生活并不是她想要的。

她一个人小心翼翼地生活了27年。

少小的颠沛流离让她异于常人地独立早熟。15岁安葬完姑姑后，她赶回学校不动声色地参加数学竞赛并拿到一等奖；17岁拿到斯大本硕博连读的免试录取通知书，这样激动人心的时刻她却无人可以诉说和分享……她已早早体会人世冷暖。

能够进入她内心的人，五个手指头就能数得出来：父亲、姑姑、一直教导她的教授，还有妈妈……她算吗？她也不知道。似乎还有一位中学就和她认识的华裔同学，不过自从这位同学当年匆匆回国之后，他们就再没有联系过。

熄灯睡去之前，苏漓默默地在心底说了一句：

晚安，北京。

作为欧阳树的得力助手，颜振广是那种"play hard, work hard"[1] 的人。虽然前一天晚上为庆祝女朋友生日忙活到半夜，但欧阳树早上刚一上车，还是收到了他传送过来的资料。

资料很丰富，但是大部分是不确定的，这份苏漓的人生拼图并不完整。

"老板，时间短，现在能找到的信息就这么多了。就知道她五岁去了美国，一直拿各种奖项，是超级学霸，然后是斯大本硕博留校任教。个人生活不详，哦，大美女，年龄32岁。要不要安排美国的私家侦探调研一下？不过老板我倒是很好奇，咱们一般做调查也就是针对项目，为何这位苏漓我们需要她的所有个人资料呢？"

颜振广的嗅觉确实够灵敏的，察觉到公司对待苏漓过于重视，欧阳树也如实照讲："苏漓是机器熊介绍的，我昨天刚见到，今天在人工智能大会上还会遇上。对她知之甚少，而且她又不喜交谈，我怕冷场，所以看看有没有什么共同话题。毕竟多了解一些总是能派上用场的。美国那边就不用安排了，公开资料能找到就继续找，找不到就慢慢了解吧，毕竟咱们不能侵犯人家的隐私啊。"

颜振广一听是"机器熊"介绍的人，当然明白怠慢不得："我再跑跑爬虫看看能否有新收获。"

32岁的顶尖专家，苏漓真正配得上"年轻有为"这四个字。

于公于私，这都是他有兴趣多了解的一个对象。

欧阳树忽然心生出一些豪气，这位苏漓身上显然还有好多谜团等着解开，而他乐于充当这样的"解谜者"。但眼前，首先要在她面前建立自己"人工智能领域著名投资人"的光辉形象，如此才能有下文。

根据颜振广的提示，这场人工智能会议被安排在万豪地下一层的会议厅。会议室门口的宣传海报上清楚地写着会议的主题：

赋能未来，人工智能赛道大研讨。

---

[1] 玩的时候要尽兴，工作则要尽力。

这种以人工智能为主题的会议，欧阳树已经参加过多次，这次若不是因为苏漓到场，他才懒得参加呢。

越过会议宣传海报，欧阳树到达会场签到处，向工作人员出示了参加会议的条形码——这可是小树团队昨晚临时帮他搞到的。他走进会场扫了一眼，现场大概可以容纳500人左右，苏漓就坐在倒数第二排。

欧阳树正要找苏漓附近的位置坐下，忽然又接到颜振广的电话，"欧阳，咱们投资的一家公司的CEO钱真忽然联系不上了。"

原来小树资本的投后管理经理赵见德在做所投资企业的季度财务统计时，发现其中投资的一家互联网公司运维科技的创始人兼财务总监钱真的电话无人接听，之前发送的邮件也一直没有回复，连前台电话都一直在忙线中。赵见德有些疑虑，跑到对方办公所在地一看，居然大门紧锁，里面空无一人！他预感大事不妙，所以赶紧回公司告知副总颜振广。

虽然无比震惊于之前从没经历过的"CEO跑路事件"，但欧阳树告诉自己还得先按住性子，把苏漓搞定了再说。他到会场后面的安静处给颜振广和赵见德做了指示，先让他们搞清楚来龙去脉，等他回来再做下一步安排。挂上电话，又朝苏漓方向走去，在她后面一排找了个位置坐下。

其实苏漓到得很早，只不过她习惯于跳出人们的视线，所以特意选了靠后的位子坐下。会场里的人越来越多，她看到燕园大学的刘镇院长似乎在四处张望，看见她后立刻来邀请苏漓坐到前排去，同时还意外发现身为燕园校友的欧阳树也正坐在最后一排。

"欧阳，怎么今天这么巧，你也在？"欧阳树之前基本是坐在会议第一排作为知名投资人做分享，所以刘院长看他一反常态地坐在最后一排，不免有些诧异。

"刘院长，我今天就是过来学习一下，现场看到不少认识的老朋友啊。"欧阳树感觉到了他的诧异，于是赶紧谦逊地回答刘院长的疑问。

刘院长看他今天难得谦逊，笑着给他引荐起前排的苏漓来："我来给两位介绍一下。欧阳，这位苏漓女士是我们好不容易才请到的斯大人工智能教授；苏教授，这位也是我们燕园校友，著名投资人欧阳树先生，他做了很多人工智能方面的项目，也算是个行家了。对了苏漓，你坐到前排去吧，一会儿我还想向大家介绍你呢。"

苏漓婉拒了刘院长的好意，解释说自己刚刚回国，还是先了解一下国内的情况再说。看苏漓如此坚定，刘院长只好遵从她的意愿。

苏漓回头看了看后排的欧阳树，心想这年头投资人也是够拼的，怎么哪儿都能遇到他。欧阳树这种过度的跟随让她有些反感，对他本来的好感立刻消失了一半。但出于对刘院长的尊重，她还是很有礼貌地对欧阳树点了一下头，心里却已经给出了这人大致的画像：

感性、激情、自大、不按常理出牌。

也许正是这些个性成就了这个男人的成绩，但很遗憾，他的这些个性并不是苏漓所欣赏的品质。苏漓所欣赏的特质是：

理性、严谨、缜密、厚重、像机器一样的精密。

如同她自己。

想到欧阳树就坐在身后，她忽然有些不自在起来，但念在他昨日的接机之苦，苏漓暂且压抑下这种情绪。

苏漓之前做过统计，在美国有资本支持的人工智能方面创业公司数量，自2000 年以来增长了 14 倍。今天的这个会议专注于人工智能业务方面的话题，参会者的背景比较多样，包括机器学习和人工智能领域的专家、投资人和一些人工智能创业企业的高管等等。分享者是一些来自大数据、虚拟智能体、数据块链、图像识别和深度学习背景的专业人士。苏漓看了一眼名单，人工智能公司的名字起得都够有特征的，比如商汤、旷世、第四范式、寒武纪、比特大陆、驭势科技、地平线、银河水滴、云从、云知声、北醒光……自己身后这位文艺青年投资人的画风真是与众不同。

身为一直走在人工智能科技前沿的教授，到场嘉宾的多数分享并不能引起苏漓的关注。倒是紧随其后的"人工智能行业创业赛道"这个话题，引起了苏漓的兴趣。

对于一些国内人工智能同行分享的有趣的观点，她用同步记录机器做了记载：

国内对于人工智能的关注，已经上升到国家战略层面了。

也许以后几十年里，人工智能技术会成为通用技术。所有的企业都将是人工智能企业，无论是做人工智能产品还是使用到人工智能的应用。人工智能将是互联网发展的主要推动力。

从产业革命方面而言，人工智能的应用十分广泛，从金融到房产、教育、医疗等，各个产业都会因人工智能而发生变化。不仅如此，人工智能就如同这个伟大时代的工业革命一样，给每一个人的生活带来新的惊喜。

然而多数探讨的话题主要还是集中在产业方面，苏漓所感兴趣的人工智能在日常生活方面的应用还不在多数人的关注点之列。

还需要时间。这和她个人的判断是一致的。但这也是她的机会。

苏漓对自己爱搭不理，这使得欧阳树有点没面子。邱一雄这时又给他发来了一条信息：苏漓在算法上的水平是顶级的，不管她做哪个方向，都必须签下她的创业项目。

连商业计划书都没看到，就做出如此草率的决定，这样的邱一雄欧阳树还是第一次看到。

这背后有什么特殊的原因吗？为什么邱一雄对苏漓如此上心？他很好奇。

参加分享的嘉宾基本都是男性，现阶段人工智能的创投圈基本还是男性主导。欧阳树注意到一位原本坐在自己不远处的投资同行，相爱相杀的投资界少壮派柳海生。柳海生看到欧阳树之后，赶紧离开原先的座位，直接坐到欧阳树身边，一副"蹭镜头感"十足的表演。没办法，现在的创投圈比拼的是综合实力，除了专业能力，PR（公关）能力也是加速基金名声的必备武器。

欧阳树一直期待苏漓能有所分享，但遗憾的是看来今天没有这个机会了。

最后到了提问环节，台下观众纷纷把问题投射在会场的屏幕上，后台的机器也没闲着，在计算和统计后，得出了全场问得最多的三个问题，其中有一个问题是：

"我们把人工智能的改造关注点都放在了产业上，那么人工智能如何让生活更美好？"

刘镇院长忽然拿过了话筒："这是个非常好的问题，大家可能不知道，在我们会场的后排坐着一位人工智能的专家。我想请她来回答一下。"

人群顿时一阵骚动，人们把目光都转向会场的后排。

"在倒数第二排，坐着昨天刚刚归国的人工智能专家苏漓女士，就是大家熟悉的 Ayn Su 教授。据我所知，苏教授在人工智能的生活场景方面做了一些尝试。那么苏教授，您是否可以和我们分享一下呢？"

欧阳树与身边的柳海生面面相觑，他直接暴露了投资标的：世界太小了，自己紧跟的人工智能专家苏漓居然也让柳海生发现了，看来接下来得来一场项目抢夺战了。而柳海生也立刻明白了为何平时爱出风头的欧阳树这次会选择坐在倒数第一排，而且刚好是在苏漓的后面。毫无疑问，他是醉翁之意不在大会而在苏漓。

所有的人都把目光投向苏漓，这位人工智能界的大神，会给大家带来人工智能的什么最新动态呢？

CHAPTER 4 ———╫——╫—— **意外之喜**

人类的想象力从何而来？科学和技术
要把我们带去何方？她的答案就在她所创
造的产品里。那些冷冰冰的数字，那些算
法、算力、数据，在她的眼里慢慢变成跳
动的音符，每进步一点点，就好像离她的
使命更近了一点点。

刘镇院长的点名令苏漓有些措手不及。

虽然这样的话题她早就有所关注，并且接下来她的创业项目也是关于这个方面的。

从中学时代开始，图灵就成为苏漓的偶像，她关注和坚持人工智能方面的学习，如今已经 17 年了，她亲眼见证了人工智能从一个冰冷而又缜密的学术领域，成为承载驱动未来人们工作和生活更加美好的发动机。

那些冷冰冰的数字，那些算法、算力、数据，在她的眼里慢慢变成跳动的音符，每进步一点点，就好像离她的使命更近了一点点。

人工智能是大势所趋。虽然久居学术殿堂有意回避热点事件，但苏漓还是轻易地成为了众人的焦点。除了经常在学术期刊发文之外，她的人工智能课程也受到越来越多学生的关注和好评。除了那些基本的技术课程之外，她还开设了一门名叫"未来机器人"的课程。这门课程仅对高年级的学生开放，苏漓希望能吸引更多真正以此为事业的年轻人。

她热爱这些生机勃勃的新生力量，所以只要时间允许，苏漓尽量抽出时间和学生们待在一起。若不是有使命的召唤，她是断然不会离开自己辛苦培养出来的那些学生的。

她在国内有更多的牵挂和更想实现的愿望，这是她给自己的答案。

面对刘院长的提问，苏漓很快在脑中组织了一下思绪，她决定和大家聊聊"有温度的机器"。

"谢谢刘院长。人工智能，如何让生活更美好？"苏漓刚说出第一句话，刚刚还在骚动的会场立刻安静了下来。

"今天在座的诸位，都希望借助人工智能技术，使我们的生活更美好，这点是毋庸置疑的。人工智能在生活方面的场景应用其实已经非常丰富了，这里我可以再做一些总结和举例：比如已经投入使用的智能汽车，比如一些金融公司采用的算法系统，比如聊天机器组成的庞大的在线客服群，比如亚马逊这样的大型零售商提供的用户购买预测，比如让生活更便利的智能家居设备，比如在监控摄像头系统中引入人工智能技术的安全监控，比如新闻界在引进人工智能程序参与的新闻撰写，等等。今天大家聊了很多方面，但是还漏了一个很重要的话题：具备人类情感的家用机器人。"

苏漓扫了一眼周围的人群，她的话引起了绝大多数人的关注。

"是的，我承认这是一个机遇与挑战并存的赛道。我们的科技一直在按照它自己的轨道进化，就连人工智能概念的先行者图灵先生可能都没有想到，机器在语音识别上的表现已经超过了人类的平均水平。比如科技巨头奇点科技开发的人工智能伴侣虚拟机器人，在经过几百万次以上和人类的对话之后，为机器对人类的情感反应模式存储了大量有用信息。相信大家都看过一部讲述人类与人工智能相爱的科幻爱情电影——《她》。里面的人工智能系统 OSI，化身为萨曼莎，拥有迷人的声线，温柔体贴又风趣幽默，最后人和机器相恋了。这其实是一部探讨亲密关系的电影：一方是人类，渴望爱情和温暖的人类；另一方是没有人类真身的机器人，但她却可以智能到照顾你最细微的情绪。电影中，冰冷的机器和数字背后藏着的，是孤独的人类所渴望的温暖。我们可以想象一下，若真的有一位虚拟人物，它懂得你的心，照顾你的情绪，会面对你的真情实感，那么从情感的角度来说它是不是就像一位难得的家人？"

听到这番话的人群骚动起来。

"我想说的是，不管是没有真身的虚拟形象，还是拥有笨拙身材和行为的机器人，它们都是人类的创造物，人类的优良品质可以造就它们的优良品质。比如，人若可以赋予机器'温度'的话，那么机器便是有温度的机器。我的发言到此结束。谢谢大家。"

身后的欧阳树陷入惊讶，他虽然认识苏漓不久，但也没想到会从始终冷淡的苏漓口中听到关于人工智能认知的这么有温度的一段话。

苏漓道出了未来人工智能的美好场景，有些出乎他的意料。

她可能并不像他想象中的科学家一样。

欧阳树忽然意识到，难道她的创业方向会是机器人？

人群中有一声清脆的掌声响起来，是柳海生。因为这一声清脆的掌声，这位半路杀出来的程咬金成功让苏漓转身。

欧阳树赶紧也鼓掌。"苏教授讲得好，讲得好。"为了能取得她的好感，他毫不掩饰对苏漓的支持。

苏漓看着这两位热情鼓掌的男士，和略显浮夸的欧阳树相比，看上去斯斯文文的柳海生似乎更专业一些。欧阳树对他身边这位男士难掩嫌弃的表情，倒是柳海生面不改色。

两个暗自较劲的男人。

"苏教授，请问您如何看待人工智能威胁论？"一位看上去非常绅士的男士忽然站出来对苏漓提问。

欧阳树再次见识了苏漓的聪明劲儿。

"谢谢你的问题。一场有收获有火花的交流会最好主题明确，在座的到这里探讨的是赛道和商机，所以比起讨论人工智能威胁论，我更想和大家分享一下当下科技巨头加持行业赛道的背景之下，人工智能创业公司的出路在哪里？"

她自如地收起一个包袱，同时抖出一个大家更想听的包袱。欧阳树嘴角上扬了一下，这场大会真是越来越有趣了。

苏漓看到不少人点了点头，同意她的提议，于是继续说道，"我刚才看了一下参会名单，今天到场的有很多创业公司的创始人和高管。在人工智能大势所趋的背景之下，大家积极投身其中是好事。关于赛道，我的理解是当下的市场需求有多旺盛，市场空间就有多大。但是过多的人和资本涌入这个领域，无疑会催生很大的泡沫。对于真正想在这个领域走得更远的创业者来说，理性看待市场和泡沫以及坚守自己的理想便非常重要了。我们能做的是立足于自己的长项，不跟风不冒进，做自己真正想做的事，规划好人工智能的场景，做好人工智能的产品，选择合适的投资人，拿该拿的资本，慢工出细活，做时间的朋友，在各自看好的垂直领域深扎下去。这一定是创业公司差异化的一条出路，也是最后能够胜出的一条道路。"

欧阳树听到苏漓的阐述，心里不禁琢磨：这位苏漓是个有趣的人，她想说什么不想说什么，想做什么不想做什么都一定会坚持到底，完全就像一台精密的仪器。漂亮的皮囊千篇一律，有趣的灵魂万里挑一。不管她做人工智能，或者什么其他的创业项目，他都跟定她了。

只是，面对这样一个冷静而聪慧的女性，接下来怎么和她谈投资的事儿呢？

欧阳树用手指摸了几下鼻子，这是他的一个小习惯，每当遇到他很想接触的人或者项目的时候，他就兴奋得鼻子发痒，只有轻轻摸几下鼻子才能够平复心情。

也没有什么别的好方法了，他决定拿出自己的看家本领：坚忍不拔，持之以恒，一路跟到底。

刘院长及时的开放式总结响起："苏教授刚刚回国，以后我们还有更多的时间再和她一起探讨人工智能的话题。"

苏漓朝大家直了直身体，朝场内轻轻点了一下头，结束了这场谈话。

欧阳树一看时间，居然到中午 12 点了。他盘算着接下来如何支开柳海生，免得他不费吹灰之力"劫走"苏漓。苏漓是恩师邱一雄一再叮嘱的人，一定要拿下她的项目，而小树资本必须是独家投资机构。

他脑瓜一转，发了个信息给颜振广："振广，现在柳海生在我身边，需要你的帮助把他支走。你给他打个电话，什么内容都行，越十万火急越好……"

很快，柳海生的手机响了，他看了一眼电话就走出了大厅。

欧阳树暗自高兴。

哪知他正要走上前，刚刚提问的那个年轻人朝苏漓走了过来，"Ayn，多年不见，没想到在这里重逢。"

欧阳树盯着这位年轻人哭笑不得：这位半路出现，仿佛苏漓老友的兄台，你又是什么来路啊？！

在这里遇到中学时的同班华裔同学秦将人，是苏漓的意外收获。

"秦将人？"苏漓算算，她和秦将人得有 18 年没见了。18 年过去了，大家都改变了不少。他似乎较少年时长开了一些，白净的脸庞，得体的服饰和举止，但神情举止还是当年的那个立志成为谦谦君子的白衣少年。

"是我。"秦将人伸出手紧紧握住苏漓的手，"多年不见，我第一眼都没有认出你。所以我问了个讨厌的问题。这样绝对不给人退路的回答方式，和当年的你一样，我才确定就是你了。怎么样，中午有没有空？要不要我们一起吃个简餐？"

苏漓很乐意。她礼貌地和刘院长打了个招呼，说好明天再去学院与刘院长细聊。离开的时候，她朝欧阳树点点头告别，然后和秦将人离开了会场。

两人来到万豪二层的西餐厅，正准备点餐时，苏漓意外发现欧阳树居然也来了。不过他一边走进餐厅一边打电话，似乎也是约了人在这里吃饭。

现在苏漓倒是完全顾不上关注欧阳树，眼前的这位秦将人对她而言更为重要。

苏漓和秦将人不约而同地点了商务套餐。合上菜单，两人便攀谈起来。

"Ayn，记得上学的时候，在那堂'你的理想是什么'的课上，你提到你的偶像是图灵，未来你想制造智能机器人，可以像家人一样陪伴人一生的机器人。可是到目前为止你并没有去制造机器人，而是成为了顶级的人工智能专家。难道你在等待一个更好的时机？"

"你还记得我的梦想？其实，我也记得你的梦想，你不是要成为一名自由的大自然主义者吗？如竹林七贤一样的谦谦君子，远离一切自动化的现代社会，自己一个人住到深山老林里面，吃穿住自给自足？但现在看你不仅西装革履风度翩翩，还在关注最前沿的人工智能技术，是不是和当年的梦想南辕北辙啊？"

秦将人哈哈一笑："18 年不见，你还是那位说话一针见血的学霸。对了，你回国，你姑姑也和你一起回国了吗？"

"没有，姑姑17年前就去世了。"只有在说起姑姑的时候，苏漓才流露出一丝忧伤的神情。少女时代唯一给予她家庭温暖的是姑姑，姑姑是她少女时期唯一的家人。见秦将人露出抱歉的表情，苏漓也没有继续这个话题，转而从包里拿出那个红色铁皮人，"还记得这个吗？"

"当然，记得那次班上有人不小心撞掉你的书包，发现了这个铁皮人，当着全班同学的面说你都这么大了还在玩小孩子的玩具，还把铁皮人狠狠摔在地上。我还记得你当时为抢回这个铁皮人，把他撞到地上磕破了鼻子。最后我还为了民族大义，站出来和他打了一架。"秦将人说起这段往事相当轻松。但对于苏漓而言，那是她舍不得忘却的，温暖的回忆。

"当年的事谢谢你了。我还一直没当面和你说谢谢呢。"苏漓停下了手中的刀叉，非常郑重地向秦将人道了一声谢。

"后来我急匆匆地回国了，临行也没来得及告别。你现在这么成功，我真替你高兴。"

秦将人还是保持了少年时期的那份温柔，苏漓微微一笑，却没有接话，反而话锋一转："还是说说你吧。当时班上的同学除了我，都是非富即贵。你突然回国是因为发生了什么吗？"

秦将人叹了一口气："那时家族中有变故，所以便匆匆回国。"秦将人看苏漓一脸疑惑的样子，便只好再进一步解释，"本来家里的计划是让我大学毕业再回国，哪知那时家里的工厂被收购了，经济紧张，不得不临时改变计划。所以走得有些突然。"秦将人苦笑了一下，"Ayn，这些都过去了，说说今后吧。人工智能大神归国，下一步有什么大计？这些年我待在国内也算是有些成绩。需不需要我帮你合计合计？"

苏漓脸上逐渐有了些暖色。朋友本就是这样一个物种，虽然分开很久，但只要在合适的时间合适的地点遇上，在自己的能力范围内便会想拉对方一把，这份友情她是感动的。但对于这份善意，她的第一反应是拒绝，因为这些年她独来独往惯了，总是习惯于自己搞定一切。但转念一想，既然要在国内做事，还是由本地资源丰富的人帮忙更为稳妥。况且她和秦将人本来就是中学同学，若她需要商务伙伴的话，眼前这个人会不会是个好的人选？

中学时代的他挺身而出的侠义行为让她记忆犹新，但判断一个人是否值得合作的决定因素还是这个人现在的样子。合作伙伴是重中之重，需要理性选择。所以她开口问道："我所从事的事业还是人工智能方面的，你呢？"

"虽然我大学念的是计算机，但目前从事的还是传统的制造服务业。说来一言难尽，具体细节以后有时间我慢慢告诉你。但我一直待在一个大的财团，我们财团的工厂也曾帮人设计工业机器人，所以对人工智能也有一些了解。我同意技术才是未来，而未来让人热血沸腾。"

苏漓看出秦将人对人工智能的热情，于是也就和他说了自己的创业项目。"接下来也没什么神秘的，就是做产品研发、商务开拓、融资、扩展团队。听说国内现在对人工智能方面的项目融资十分狂热？"

"若需要我帮忙尽管提。融资方面我一直在关注，现在人工智能方面的项目倒确实是融资比较快。若你有 BP（商业计划书）也可以给我一份，我也认识一些投资人。"

"国内的投资人都特别热情。你旁边就坐了一位投资人。"

苏漓指向坐在秦将人附近的欧阳树。

　　欧阳树不太喜欢吃西餐，原因很简
单：太程序化，冷冰冰。

　　他热爱的是热腾腾的中式面食。

怎么这一整天又是碰了一鼻子灰？难道最近水逆？

欧阳树本来不信星座，但是最近见了一个做星座文娱的人，噼里啪啦地和他讲了星座学说里的各种门道，欧阳树从中学到了这个词——水逆。

若不是水逆的话，为何中途支开柳海生之后，忽然又冒出另外一个男人？他眼睁睁地看着苏漓和那小子从眼皮子底下溜走，而苏漓离开的时候瞧都没多瞧他一眼。

欧阳树犯起了小情绪：好歹我也是知名投资人一枚！如此不给面子……但想起邱一雄对这个潜在创业者的重视，他又深吸了一口气，把情绪压了下去。

夜长梦多，最好赶紧找机会单刀直入说明来意。做出这个决定之后，欧阳树赶紧尾随苏漓和秦将人来到万豪酒店二层的西餐厅，找了个距离苏漓不太远的位置坐下。

其实他不太喜欢吃西餐，原因很简单：太程序化，冷冰冰。

他热爱的是热腾腾的中式面食，并且是面食的重度痴迷者——欧阳树甚至能做267种不重样的面食。每年的公司年会，他都会亲自下厨给小伙伴们准备10种以上的主食和点心。这也算是公司的小伙伴们每年除年终奖外最期盼的事儿，因为他的菜谱年年有惊喜、年年不重样儿。

坐定之后，他发觉肚子有些饿了，所以也去自助区拿了些沙拉，看到不远处苏漓和秦将人聊得不错，似乎两人之前就有些交情的样子。

科学家的午餐和投资人一样高效，不到一个小时，苏漓便起身和那名男子告别。

欧阳树坐在靠门口的位置，苏漓走过他身边的时候，欧阳树跟了上去，"苏教授，请稍等。"秦将人见状也识相地与苏漓简单道别后离开了。

与苏漓告别之后，秦将人坐上车，点燃了一支烟。没想到当年那个孤独的小女孩居然成了国际顶级的人工智能专家。岳父母家软件公司的商业版图里，现在最缺乏的合作对象，就是人工智能的应用开发商。这次参加会议，他意外地遇到了正好回国投身人工智能赛道创业的苏漓，实在是一个美好的巧合。

关于14岁匆匆回国，他对苏漓说得简单，而真实的情况是父亲秦盛业的软件公司尚盛科技被另外一家公司华讯科技收入囊中，基本算是贱卖。那时候的父亲离破产不远了，完全无法支付他在国外高昂的留学和生活费用，于是他一夜之间从富二代变成了穷小子。

自公司被收购之后，父亲秦盛业便失去了斗志，再也没有东山再起，一直到退休都为华讯科技工作。秦将人大学毕业之后，父亲执意安排秦将人进入华讯科技工作。幸运的是，努力工作的秦将人获得了华讯科技董事长唯一千金陆无霜的青睐，最后成了董事长的上门女婿。陆无霜无心进入商界，一心想成为一名画家。他也明白了父亲秦盛业的心思——董事长陆总百年之后，最有望接管华讯科技的人就是自己了。

但人算不如天算。

陆总由于一次意外的交通事故去世之后，按照他之前立好的遗嘱，居然把公司的主导权交给了第二任妻子罗玫。

罗玫并不是陆无霜的亲生母亲，但却待陆无霜极好。也许是因为她膝下无子女。

对于岳父的这个安排，秦将人并不意外，因为罗玫确实是一位非常能干的贤内助，华讯科技能有今天的行业地位她功不可没。但出乎秦将人意料的是，罗玫就任董事长职务后专横跋扈，很快在公司只手遮天，表面说是要优化管理层，大胆启用新人，实际却是一直在削弱秦将人的职权，根本不把秦将人放在眼里。

所以这几年秦将人的日子也不太好过，表面他对罗玫百般顺从，实际是试图卧薪尝胆，等待时机把公司经营权从罗玫手中夺回来。

和苏漓的碰面，给了他另外一条曲线救国的道路：跳出华讯科技的圈子，先和苏漓一起创业，等适当的时候再杀回华讯科技，也许这不失为一个好方法。

在车里思考这个问题的工夫，他已经抽掉了五支烟。熄灭第六支烟的时候，刚好手机上闪出妻子陆无霜招呼他回家吃晚饭的信息。岳父去世之后，秦将人和陆无霜搬出岳父母的别墅，秦将人表面解释说是想让陆无霜专心搞好艺术创作，实际是想躲开罗玫的直接控制。

他看了一眼二楼的西餐厅，苏漓估计还在和刚刚见到的那位投资人聊天。期望她的融资之路顺利，她的顺利对于秦将人而言也是好消息。正想着，司机已经启动车子驶出了华贸商业区。

苏漓和欧阳树随便找了个靠窗的位子重新坐下。正午的阳光透过硕大的玻璃窗照在苏漓的身上，反衬出她一脸的平静。虽然她昨日才回国，但从她脸上倒是看不出倒时差的困倦感。

欧阳树寒暄了几句客套话之后，决定这次不能再捣糨糊了。

为避免在苏漓面前自讨没趣，欧阳树先提出了自己的猜想："苏小姐，刚刚你的分享很精彩，中间提到了不少人工智能研究的应用，也提到了机器人设计和制造，可否直接问询一下，难道你的创业项目是智能机器人？"说完，他紧紧盯着苏漓的眼睛。第一次这么近距离，这么庄重地看着对他而言谜一样的眼睛。

对于欧阳树这么大胆直接的眼神，苏漓也不得不闪躲了一下："欧阳先生，您对我的创业项目感兴趣？不过我想问一下，您是从哪里得知我正在准备创业的消息的呢？准确来说，我并没有和任何人讲过这件事情。"

欧阳树当然不会提到邱一雄，但是也不能不回答苏漓的提问，于是转念一想半开玩笑地说道："我有顺风耳啊，刚刚你和那位先生似乎提到了。"从苏漓的表情中可以看出，他蒙对了。

苏漓转动了一下手中的茶杯："目前我还只是燕园大学的客座教授。不过，"她忽然话锋一转，"听说国内在人工智能领域的创业项目受到投资人热捧？新闻上说只要创始人足够厉害，融资基本不成问题。"

苏漓主动提到融资，这正中欧阳树的心思。欧阳树本来就想着早点挑明他的来意，但嘴上不免还是婉转一下，"苏教授果然是做了一番工作的。像苏教授这样的人工智能专家，确实是我们投资机构的重点关注对象，在我们行业里这叫people prospecting [1]。不过说到创业者融资这件事情，就如苏教授刚刚在会场提到的，融资须谨慎，投资机构得选择好。选择一家投资机构，确实就好比选择婚姻关系，即使是创业顺利的情况下，一家公司从创立到上市一般也得五六年。稳定而健康的投融资关系使彼此都有益处。所以我们对于投资对象的选择，也是异常谨慎，通常需要详细的尽职调研之后，才会做出是否投资一家公司的决定。"

　　"我还没和你说过我的项目。欧阳先生就对它有如此兴趣，对我如此有信心？"

　　欧阳树已经猜到，苏漓会觉得他的为人处世有些草率。实际上他对于这个项目的盲从是因为邱一雄的指示，但无奈的是他又不能说出这点，只好耐着性子和苏漓解释："在见你之前，我们就已经了解到，苏教授在算法方面是国际顶级水平，这一轮的人工智能浪潮也是因为算法和大数据积累到了一定的阶段，才有了如此红火的市场前景。所以从技术背景上说，我对你非常有信心。当然，我也想问问，你的创业方向已经确定了吗？"

　　从昨天见面到今天会场戏剧化的"偶遇"，也不过一天的时间，但欧阳树的这种锲而不舍的精神倒是让苏漓有些意外。她的项目确实也需要融资，纵然对他不够沉稳的做事风格有些质疑，但聪明如她，当然也不会放弃任何一个有利于自己创业公司发展的机会。

　　"看得出来，欧阳先生非常有诚意，那我也不妨说说这个项目的方向。不过我还没有准备商业计划书，若你想和我提前聊聊融资的事情，我也很乐意。我的方向并不是现在最热门的无人驾驶汽车，不是金融公司的算法系统，也不是大型零售商提供的用户购买预测，更不是智能家居设备。我要做的是一个全功能个性化的私人助理——一个最了解你的人，一个如同家人一般的亲密伙伴，一个肉身并不存在的——人。"

---

[1] 人才探查。

说到最后一个"人"字，苏漓停顿拖长了语调。果然，她听到欧阳树发问："为什么不去做时下最热门的那些场景，这样你能更快速地融到资金；或者是更为保险一些的 to B[1]（与企业间的商务模式）方向的服务？你知道虽然大家在这个领域都一哄而上，但商业模式真正落到实处，还是需要经过漫长时间检验的，to B 可以规避风险。"

"因为我看到了不一样的场景，这套系统听起来是 to C（与消费者间的电子商务形式）的，但也是 to B 的。而且我知道国内巨头内部孵化了一家做人工智能私人助理的公司——奇点科技，这是国内创业公司里做这个模块最优秀的公司，当然还有另外一家融资风头正劲的公司叫一念科技，产品虽然不够出彩，但融资能力非常出色。所以，从这个角度来讲，我刚刚提到的方向算是一个子模块。据我所知，很多的科技巨头都在这块儿发力，产品进化的速度很快。这也是为何我下定决心这么快回国的原因，毕竟时间不等人。"

看来她已经是万事俱备只欠东风了。欧阳树心里多少有了底，"看来苏教授对于国内创业市场还是做过不少研究的。顺便问一句，你产品的名字已经取好了吗？已经上线了？用户数据怎么样？你知道，哪怕是最初级的产品，就算基础数据不够庞大，我们也会在乎用户的产品使用反馈。"

"名字很简单，小伴个人智能助理，陪伴的伴。我给她的定位是一个有趣有情感的人工智能产品。你问我产品的研发情况，实际上产品的形态 16 年前就确定了。应该说，这是我 16 年前就想做的事情，那时我的核心诉求是打造一款陪伴型虚拟机器人。后来，随着科技的进步，我也渐渐明白世界的本质之一是产品的商业化，所以我陆续加入了更多的场景。在我进入斯大之后，我的导师皮特支持了这个项目，他也是我这个项目的最初投资人和赞助者。你提到的最初用户是我本人，人工智能产品最大的需求是不断变化的数据和更为快速的算法，

---

[1] to B 意为与企业之间的商务模式，产品是根据公司战略或工作需要，构建生态体系，或者推动将流程系统化，提高效率；运营更多承担了市场、销售、公共服务环节等事项。下面提到的 to C 意为与消费者之间的电子商务形式，产品是发现用户需求，定义用户价值，并准确地推动项目组达成这一目标；运营更多承担了研发、营销、体验环节等事项。

这也是 16 年来我一直在做的事情。我不断进化算法，机器也在快思考方面不断学习。"

苏漓顿了顿，低头看了眼手机，立刻又加了一句，"我的个人助理小伴刚刚提醒我，根据她捕捉到的你的表情，她希望我向你补充一下快思考和慢思考的解释——快思考是依赖情感、记忆和经验快速做出反应的思考方式，而慢思考是通过调动注意力来分析和解决问题，并做出决定的思考方式。"

苏漓拿出了手机："欢迎欧阳先生认识一下我的小伴。"

欧阳树凑了过来，看到手机屏幕上是一个打扮精致的中年妇人。"这……我所知道的一些情感助理公司采用的虚拟图像大多都是少女，你为什么用中年妇人？有点不合常规吧？"

"目前小伴优化的只是我的数据和个人设置，但我计划设置上百种不同性别、种族、甚至动物的虚拟图像，可以根据你的喜好选择。不过，一旦选择就不可更改。当然，这都是表象，更为优化的是它对于情感的识别与智能分享系统。融资的目的就是想把这个智能产品推荐给大众。"

苏漓还想和欧阳树再解释一会儿产品，没想到欧阳树直接问道："你这次大概需要融多少钱？"

这么直接的提问有些出乎苏漓的意外。一般而言，融资的具体金额是初次融资洽谈的最后一个问题。难道眼前的这位投资人这么快就下了决心？他会不会太草率了？

选择一个好的投资人恰如选择一个好的婚姻伴侣，马虎不得。按照欧阳树的投资业绩，他应该是个慎重的人，但他这一天来的表现，却并没有给苏漓留下多么专业而稳重的印象。

她仔细看了一眼欧阳树，然后做了一个决定："几个月后中国区产品上线，要不我们到时候再谈？现在我需要先退房，然后把行李搬回家。"

退房本来只是苏漓的借口，她想尽快结束这次谈话，哪知欧阳树又热情地表示要送送苏教授。苏漓想想也就没有拒绝，毕竟那两个大行李包不是她一个人能搞定的。

退房之后，服务生把行李推到楼下，苏漓远远看到欧阳树又开着他的古董车停到酒店门口，忽然觉得这个人也不是那么令人讨厌。

依然像上次一样捆绑好行李，欧阳树问她家地址，她回答"金邸国际"后，忽然发现欧阳树正张大嘴巴看着她。

金邸国际正好在 CBD 的核心区，小区闹中取静，树木郁郁葱葱，有种大隐隐于市的感觉。因此商务区的诸多 CEO、精英群体、金融新贵们都喜欢选此处为居所。

"原来……原来我们竟然住在同一个小区。"很明显，欧阳树此刻脸上写满了大大的不可思议。

苏漓真正体会到"冤家路窄"的含义了，从昨天下飞机到现在，自己怎么总是跟眼前这个家伙纠缠不清？

哎，真是很不习惯。她感觉她的私人边界一直在被侵犯，心里希望以后不要再和这人有更多交集。

其实不只是针对他，她从来不喜欢别人太过靠近自己，在美国那几年，她甚至没有记住自家公寓里物业和保安的脸，每次他们热情地跟她打招呼，她都一脸淡然礼貌地回应，然后脑海中拼命搜索他们是谁，他们是干什么的。

她坐到拥挤的副驾驶位置，狭小的空间里甚至都能清楚地感受到对方的呼吸。苏漓有些尴尬地向后靠了靠座椅，索性闭上眼睛小憩一会儿。

欧阳树知趣，也不再说话，车上一时陷入了难得的安静。

苏漓忙活了一整天，在凉爽的车内，她竟然睡着了。欧阳树刚想提醒她已经到达目的地，却发现苏漓睡熟了。他盯着对方熟睡中舒展开的脸，倒是觉得褪去科学家冷冰冰的表情之后，此刻的她显得温顺而轻柔。他就这样陪她坐了一会儿，也不急着叫醒她。没想到刚过一刻钟，因为古董车堵了后面的车辆，后车司机按喇叭把苏漓惊醒了。他赶紧把车子停在路边，让后面的车辆先行，然后急中生智，装作刚到小区的样子，笑着问："'金邸国际'到了，苏小姐住哪栋楼？"

苏漓睁开眼睛，抬头打量了一下小区。从窗户看去，这个小区果然是一个理想的居住空间。她禁不住走下车仔细打量起来。

七月的下午四五点钟，小区里各种花草争奇斗艳，姹紫嫣红，十分惹人喜爱。有一些不顾阳光燥热的居民在遛狗，也有推着婴儿车一边聊天一边交流育儿心得的新妈妈们，到处是一派浓浓的生活气息。

她俯下身来，对还在车内坐着的欧阳树说："我家在 E 座。"

苏漓话音刚落，欧阳树又是一声大笑，"呀，真是巧，我也是 E 座。"

在苏漓发愣的光景，欧阳树已经叫来了门厅保安，说是请帮忙搬运行李，尽足了地主之谊。

两人进到电梯里，欧阳树条件反射地刚准备按自己家居住的 15 层，愣了一下才记起问苏漓："苏小姐住几层？"

"15 层。"

这次欧阳树真的担心自己惊呆的样子可能会把苏漓吓住，因为他感觉下巴都快掉下来了。

"原来我将和苏小姐成为邻居，真是太巧了。怪不得去年只见 15B 装修，但从来不见房主。原来主人刚刚回国。"

电梯刚到 15 层，苏漓就见一个人影以迅雷不及掩耳之势向欧阳树扑了过来："哥，你怎么现在才回来。我都等得快成化石了。来还你车钥匙。"说话的这名年轻人眉目间似乎和欧阳树长得有几分相似，就连说话的口气也和欧阳树一般有些浮夸。

那名年轻人一看苏漓，显然是有些误会了："哥，这位是你的……"

"邻居、邻居，刚刚一起上楼的。"欧阳树用极快的速度打开自己家的大门，然后把那名本来还想和苏漓说话的男子推进屋内，随手锁上门，整个过程用了不到三秒钟。

难得看到欧阳树这般尴尬的表情，"不好意思，我堂弟。"

"真是有意思的新邻居。"欧阳树突然听见苏漓的小伴开口评价自己，不禁又多了几分不好意思。

帮着把行李搬进苏漓屋内后，欧阳树无意瞥了一眼房间的布局和装修，只觉得这风格似乎太过清冷了一些，随即他收回了视线，趁苏漓还没开口赶人，就主动告辞："我就住对面，15A，有任何需要随时叫我。"说完便识趣地告辞，回到自己的家中。

送走欧阳树，苏漓关上大门，脱掉高跟鞋，赤脚在屋内走了一圈。

把装修的事情交给王小娇，这个决定是正确的。

王小娇是燕园和斯大人工智能实验室的交换生，当年听了苏漓的课之后，非得要求帮苏漓做科研项目。小姑娘积极聪明主动，鬼机灵的，加上科研水平也很不错，苏漓于是给了她共事的机会。她回国之后，苏漓也一直和她保持着联系。王小娇毕业之后在某高科技巨头的中国总部工作了一段时间，听说苏漓要在国内创业，很快辞职成为了小伴中国区的第一位员工。作为一个刚毕业两年的职场新人，王小娇自认为能得到和苏漓这样的大神一起工作的机会非常荣幸，她也非常珍惜。所以能者多劳，苏漓未归国之前，大小事务包括苏漓家中装修细节都是王小娇在帮忙。

虽然自己才刚回国，但苏漓的中国公司已经有五名员工了。他们都是苏漓亲自挑选的，其中包括王小娇和她介绍的一位技术狂人孙东。

孙东和王小娇一样也来自于顶级科技公司，因为不喜欢大公司流程复杂，人浮于事的状况，所以王小娇向他推荐小伴智能的时候，孙东一听苏漓的名字，经过简单的了解后便辞职加入了小伴。

王小娇基本是按照苏漓的设计进行装修的，整体风格简洁舒适。宽大的落地窗，阳光照在客厅柔和明亮的蓝底配少许花草的壁纸上煞是好看，两个卧室的壁纸都是白色暗纹的，配浅色的木地板，米色的宽大沙发、整面墙的书架、宽大的衣帽间、开放式厨房……一切井然有序。但新装修的家里还缺少一点什么，苏漓决定在网络上订一些白色玫瑰花，再加一支姑姑最喜欢的郁金香。这些年来，她家中的花束没变过，都是一束白色玫瑰花的中间插着一支郁金香。

那是姑姑喜欢的花，它也让人想起加州的阳光。

"姑姑，以后这就是我们的家了。"苏漓对身边的小伴说道。"姑姑"是她给自己的小伴起的称呼。

"这就是我们的家了。"小伴重复了一下苏漓的话，用一种满意的口吻。家是苏漓的杰作，在这个家里，她将创造面向大众用户的小伴。每个人都能拥有这样的个人助理。想到自己的创业项目，苏漓内心深处难得地激荡起波波柔情。

和苏漓家的安静相比，对门的欧阳树家此刻有些鸡飞狗跳了。欧阳泷的出现，对于欧阳树来说是个意外。

这家伙是欧阳树家族中一个奇葩的存在。大学毕业后，选择直接去西藏支边一年，接着自驾游玩了一年。回京之后，坚持按照自己的及时享乐主义方式生活，坚决不进大公司接受阶级剥削，最终在办公楼下开了一家咖啡馆，天天念叨"每天在咖啡的香气中醒来就是一种幸福"。

欧阳泷的咖啡馆刚刚营业大半年，也不着急盈利，但因为咖啡口味纯正，来的人还不少，营收基本持平。

奉行享乐主义的欧阳泷，经常以"我还在人生奋斗的初级阶段"为由，跑到欧阳树家里蹭吃蹭喝改善伙食，还经常借走欧阳树的智能汽车出去兜风。欧阳树害怕有一天家里物品都被他顺空了，多次考虑把家里的门锁密码换了。

欧阳泷似乎并没有感知到欧阳树的"嫌弃"，他满脑子正在琢磨刚刚遇见的那名女性，"哥，电梯里那位是谁啊？今天运气好，难不成我拿到你成功脱单的证据了？近水楼台先得月，既然是邻居你赶紧拿下！怎么样？要不要我帮忙？"

欧阳树被他的话惊得直接喝了一大口水，没好气地瞥了他一眼，"她？我昨天刚刚认识的。因为想投资她的创业项目，昨天我到机场接机，今天还帮她搬行李。为了别人的创业项目如此拼命，这年头做个投资人容易吗？"欧阳树顿了顿，忽然感慨老天爷还是很会捉弄人的，"当然，即使我料事如神，也没算到她会住我对门。"

欧阳树想起苏漓提到的创业项目方向，他觉得有必要告诉邱一雄，于是赶紧拿起手机给邱一雄发信息："苏漓要做的方向是人工智能助理，这个赛道的奇点个人助理和一念科技已经占据了80%的市场，留给新兴创业公司的机会很小了。"

邱一雄几乎如往常一样"秒"回："投！——我们投的是苏漓这个人。我听说她的助理系统已经诞生很久了，也许应该算是真正的第一个人工智能个人助理，不过是晚些发力罢了。"

邱一雄的信息渠道也是通天了，欧阳树暗自称赞，自然他也得早些做准备。他拿起外套，对深陷在沙发上打游戏的欧阳泷叫道："我要回公司准备个文件，智能车我开走了。"说完赶紧出门，进电梯前他禁不住又朝苏漓的家门看了一眼——这真是一场奇特的经历。

和苏漓告别之后，秦将人一直在考虑如何能帮到苏漓，同时又可以借力苏漓的公司提升他未来在华讯科技的位置。他在华讯科技担任的是副总经理的职务，自从岳父遭遇意外之后，明眼人都看得出来他主管的业务在慢慢萎缩。一来是时势使然，赶上人工智能的时代，客服、保险经纪、会计外包、电话推销业务等商业模块越来越不赚钱，大数据业务也越来越受到一些中小公司的蚕食；二来公司的核心业务，比如金融与投资、人工智能开发业务，罗玫全部亲自主抓，并不让秦将人参与。

心事重重的的秦将人这天如往常一样，参与销售部门的汇报工作。秦将人负责部门的一位销售经理正通过投影仪，给他汇报过去一个季度全国各地客服外包服务产品的销售情况。

"秦总，从数据上显示，我们的客户里面，大的外企及1000人以上公司的客户越来越少，而几十人几百人规模的新兴企业客户比例正在增加。所以，您看是否可以把开发小客户放到更重要的位置？"

秦将人一边听取汇报，一边仔细核对了客户数据的分析材料。他正要说话，董事长罗玫走了进来。

罗玫身着一身黑色西服套装，全身的装饰只有脖子上一串目测就价值不菲的珍珠项链，因为保养得当，看上去要比实际年龄年轻很多。她的脸上鲜有什么情绪展露，就算不说话，也能给人足够的威压感。跟随她多年的秘书都说，陆总去世之后，这些年来从没有看到她笑过。原董事长，也就是她先生陆总还在的时候，她会偶尔朝他笑笑——那也只是咧咧嘴而已。

"罗董，您怎么来了？"众人看到走进来的罗玫很是诧异。通常情况下销售部的季度会是用不着董事长亲自跑过来参加的，秦将人会将结果汇编成文件，发送给她过目就好。

"秦总负责的软件销售部的数据，这几个季度以来，一直在直线下滑，我过来看看问题出在哪方面。你们继续。"罗玫直接拿起秦将人手中的材料，快速翻阅着这些报表。

本来在做汇报的销售经理很明显有些紧张，"好的，罗董。刚刚提到的是销售部的情况。这个季度我们的客户拼图里，除了大客户需求的服务数量一直在降低之外，市场份额也不断被竞争对手挤压。而且从数据上来看，我们的竞争对手不是同行业的其他客服外包公司，而是现在正在兴起的人工智能客服机器人。和每天只能工作 8 小时的工作人员相比，客服机器人的情绪 24 小时都在稳定状态。当然很多客服机器人还并不能随机应变，有时候的回答也并不能完全让打进客服电话来咨询的人满意。这也是我们这块业务虽然受到挑战还可以存在的理由。"

他说得很细，但罗玫显然并没有这个耐心听，她毫不客气地对秦将人说："将人，在你负责的几个业务模块里，这个传统强项竟然也在逐步萎缩。你能解释一下究竟是怎么回事吗？"

当着众人的面，罗玫如此咄咄逼人的问话也不是一次两次了，所以秦将人倒是表现得很平静："罗总，被人工智能领域的创新替代我们的旧业务是大势所趋。我所负责的几个业务，客服、保险经纪、会计外包、电话推销业务、酒店等，现在都受到人工智能的冲击。也许在上个时代，这些模块依靠廉价的人力资本给公司带来了巨额收入，但在这个新时代它们并不是朝阳行业了，所以我在想我们是不是可以把这个模块做一些调整呢？"

"调整？如何调整？这曾经是陆董一手创办的公司王牌业务。关键时刻，需要得力的人把曾经的辉煌抢回来，本以为你可以力挽狂澜……"

罗玫一摊手，脸上满是轻蔑的表情，"原来你也不过如此。"接着她推开椅子，起身扬长而去。留下会议室里满是尴尬的秦将人和下属。

在众人眼里，秦将人是罗总的女婿，准确来讲，是女婿与继母的关系。但是，两人之间实在说不上友好，甚至越来越有水火不相容的架势。

"秦总，我们的会议还继续吗？"销售经理小心地问秦将人。

"开，只要我还是部门的管理者，就按照我说的来。"秦将人喝了一大口水，努力按捺住了情绪。

晚上，秦将人开车回到郊外的别墅。陆无霜贤惠地开门把拖鞋递给秦将人，朝他使了使眼色，"爸爸来了。"

陆无霜口中的爸爸是秦将人的父亲秦盛业，他会不时地过来小住。"爸，大半夜的，您怎么来了？您要是想我们了，告诉一声我们就直接过去了。"

"你工作忙，我这闲暇人士，本就该到处走动走动。怎么脸色这么难看？是遇到了什么事情吗？"如秦盛业这样的老江湖，自然一眼就看到秦将人的脸色不太好看。

"爸，还不是那个罗玫……"秦将人看了一眼在厨房忙碌的陆无霜，和秦盛业又坐近了一些，同时压低了嗓音，"她总是处处针对我。哎，这看人脸色的日子什么时候是个头啊？"

"寄人篱下得低头。商场永远是成王败寇，我创办的尚盛被华讯并购之后的那几年，尚盛的元老或被架空或被辞退，你老爹虽然留了下来，却也没有受到重用，一直处于半退休状态。你看得见吧？"

秦将人无奈地点了点头，秦盛业继续回忆往事："还好你比较争气，讨得了陆总和无霜的欢心，但将来的局面谁知道呢？罗玫现在也五十多岁了，她还能撑多久？10年？15年？只要你的耐心在，还怕等不到独揽大权的那天？所以将人啊，人生要学会以退为进，不要和她正面冲突。"

秦盛业抬头看了一眼厨房里正在专心为他们父子张罗晚餐的陆无霜，又语重心长地看着秦将人说道："还有，你和无霜结婚都四年了，该多努努力，生上两个孩子，这是正事儿。哪个大家族的背后不是血雨腥风，只不过表面风平浪静罢了。忍字头上一把刀。待你的孩子长大了，那是正统的集团接班人。"

秦将人对父亲一直很尊重，在秦盛业说这些话的时候，他一直躬身在听，并不断点头表示同意。

点头的同时，秦将人想起来什么："罗玫若真是如您讲的那样有排挤尚盛余部的心思，那咱们还真得从长计议。不过除了您刚才提到的走家族路线这条路之外，我还有另外的打算。爸，现在是人工智能快速发展的时代，我目前负责的大部分业务未来几年内会被人工智能技术蚕食，人工智能部门才会是华讯科技未来商业版图的重中之重。但现在看来只要罗总在，华讯的人工智能业务我是没有机会了。但是若是我以联合创始人的身份加入一家非常有前景的人工智能创业公司……"

这个计划显然在秦盛业原来的规划之外，"说来听听。"

秦将人于是将与苏漓相遇的事情，详细说给秦盛业听。还仔细地给自己的父亲解释了小伴智能陪伴系统的未来。

秦盛业倒是觉得这个计划有点意思。"每个时代都有自己的风口，风口上的猪也能飞起来。机会来了就不要错过。人工智能是大势所趋，你能发现这个热点很好。爸爸有些力不从心了，了解不多，但我可以给你做个规划。比如你可以大胆以退为进，暂时离开华讯的体系，既不用和罗玫正面冲突，还能逃出罗玫的视线保存自己的力量。因为你是陆总的女婿，所以，你还会是华讯的董事，华讯永远有你的一席之地。以后，等你参与创办的人工智能公司上市成功了，再回来和罗玫一战。这岂不是一条更好的路？"

"不过，"秦盛业又有些担忧，"那位苏漓可信吗？靠得住吗？"

秦将人这次对自己的判断非常自信，"苏漓为人清淡、高傲，但心肠很好，虽然名声在外但她从不贪恋名利场的一切，是真的想成就一番事业。此外，她是技术出身，但对国内市场不太了解，我们很互补。总之苏漓这个人，您放心好了。"

秦盛业点了点头，咳嗽了两声。"我这身体也是一天不如一天了，倒是希望早日看到我儿东山再起的那天。"

"开饭啦。"陆无霜将饭菜摆上桌，远远地叫着这对相谈甚欢的父子。

CHAPTER 6

小伴系统

生命在数字的世界里获得了永生。苏漓让这个存在在虚拟世界的"人"不单留有过去的回忆，还能生活在现在，同时像"智者"般带领活着的人奔赴美好的未来。机器小伴 24 小时不间断地在进步，每天都在学习，它不用吃饭，不用睡觉，也不用恋爱。而苏漓架构的算法平台，也每时每刻、每分每秒都在进步。

早上 6：30，小伴准时叫醒苏漓："阿漓，早上好。"

屋子里响起一阵悠扬的音乐声，是苏漓最喜欢的一首歌，"You Raise Me Up"：

你鼓舞了我，所以我能站在群山顶端；

你鼓舞了我，让我能走过狂风暴雨的海；

当我靠在你的肩上时，我是坚强的；

你鼓舞了我……让我能超越自己。

我会在寂静中等待，

直到你的到来，并与我小坐片刻。

姑姑去世之后，这首音乐一直陪伴着她。只要听到这首音乐，她就会觉得姑姑仿佛从来不曾离去。

当年之所以念数学，后辅修计算机专业，最终选择人工智能方向，就是因为她觉得若是在另外一个空间，能让所爱的逝去的人停留，并用机器传输和撰写来保留曾经的回忆，之后再通过机器学习、算法、数据，让这个存在在虚拟世界的"人"不单留有过去的回忆，还能生活在现在，同时像"智者"般带领活着的人奔赴美好的未来。这是一件多美好的事情。

后来，苏漓借助深度学习技术的东风，慢慢开发出了一套真正意义上的智能交流系统——小伴。

机器学习每天要做的事情就是不断让小伴"长大"，它 24 小时不间断地在进步。它不用吃饭，不用睡觉，也不用恋爱。而苏漓架构的算法平台，也每时每刻、每分每秒都在进步。

起床后，苏漓在跑步机上跑步 40 分钟，这是每天早上她要做的事情之一。

她热爱简单枯燥的跑步，不知道这个习惯是不是受到图灵的影响。从图灵的传记里，苏漓得知图灵虽然从中学开始就跑步，但直到 30 多岁才正式进行长跑训练，他出色的运动天赋丝毫不逊色于他的头脑。图灵为什么这么热爱跑步？他为谁在跑？他的跑友曾经问过图灵这些问题，图灵只是回道："谁也不为。我做的工作压力太大，我能把压力从内心去除的唯一方式，就是使劲地跑。"这是一种孤独者的特质。

她也有这种"孤独者"的特质。

跑步结束之后，小伴把今天的日程发给了她。今天需要和美国团队进行周会。地球是圆的，中国团队准备开始一天工作的时候，美国团队已经结束了工作日程，因而定时的周会显得十分必要。

在科技界有这样的共识，一个优秀的算法工程师顶得上几十个甚至上百个平庸的工程师。这些高智商的"书呆子"天才们真是用科技来改变世界。而她在美国的团队成员就多数都是优质天才、算法中的高手。

苏漓乐于和最优秀的人一起共事。斯大的 14 年学习和工作经历，不仅让她成为了一流的人工智能专家，而且帮她在人工智能界树立了良好的口碑，还让她有机会和最富有生命力的一群人一起学习工作。

所以当她和燕园大学的刘院长说了自己归国创业项目的时候，刘院长立刻聘请她做客座教授，她也几乎毫不犹豫就答应了。最顶级的技术如同顶级的艺术，需要最有潜质的人，而最有潜质的人追求的也是和最好的人一起工作。以燕园大学在国内的声望和地位，她不难招募到更多的优秀人才加入小伴智能的创业团队。

这是一个人际关系的良性循环。

创业是一场华丽的冒险。险中才有求胜的可能。

如何从已有的市场中获得用户和市场份额，这是每个开创者首先要考虑的事。"紫牛"[1] 式的差异化竞争可以吸引新兴人群的关注，可以避开红海自创蓝海。但

---

[1]　指充满创意性的产品或服务。

好东西的出现并不容易，首先得有勇敢者做出大胆的产品设计，还得有一个人或一群人负责实现产品，组成一家公司一个团队，以产品来获得用户和市场份额。微软是这么走过来的，谷歌和苹果也是。腾讯、阿里、百度无一不是如此。而多数后来居上的巨头们，都经历过刚开始的产品被人看不清、看不起的阶段。等人们认识到它的价值想要收购，才发现它已经走到自己前面去了。互联网江湖，三个月顶上一年时间，说的就是这种极速的变化，以及顶级公司的排序。

人工智能时代更是如此，好的技术是个放大器，它能让优秀的产品成倍地放大，同时也让不好的产品无处藏身。

日程表的提示音，打断了苏漓的沉思：王小娇将在 7：45 在苏漓家门口接她一起去燕园大学。

苏漓导师皮特和刘院长早就相识，苏漓看得出来，两位中美顶级学院的院长都有意栽培她。她要回报给他们的，不单单是这个项目的成功，也要把更多的科研机会带给年轻的学子们。

"王小娇到了。"

刚好吃完永远的牛奶、麦片、鸡蛋、色拉组合而成的简单早餐，苏漓听到了小伴的提醒。

大门自动开了，王小娇准点走了进来，穿着小碎花连衣裙的她显得青春而活力四射。她手里提了一大袋物品，"苏教授，我妈听说您回国，怕您人生地不熟，特意让我给您捎了一些日用品。"

苏漓其实也有一段时间没有见到王小娇了，再相见，她还是那样机关枪扫射似的话语速度，典型的白羊座女生。和苏漓的冷静克制不同，这个 24 岁的姑娘热情主动、无所畏惧，这是没有经历过的青春。是的，对于苏漓而言，她没有青春，仿佛从 15 岁，不，从 5 岁开始，她的童年和青春就结束了。

王小娇并没有发觉苏漓在看着她，她放下手里的东西，转身自己打开冰箱拿了瓶矿泉水一口气喝了个干净，然后邀功似地歪着脑袋问苏漓："苏教授，怎么样，还满意吧？这装修、这材料、这布置完全是按照您的要求进行的！虽然我只是做了监工和验收工作，但是您知道的，我可是把这事儿当成地球上最伟大的工程来做。"

连邀功都这么积极主动，苏漓会心一笑，"你辛苦了，非常满意。那你要苏教授怎么感谢你啊？对了，我现在不再是正式的教授了，只是斯大和燕园的客座教授。你以后就叫我苏漓姐，或者直接叫我英文名字 Ayn 吧。"

"啊啊，那我先适应一下，Ayn……教授。"王小娇一时还有些不适应，"当然是大吃一顿，地点我来选。对啦，我已经吃过早餐了，若您收拾好了，我们就出发吧。"

两人走到电梯口，忽然看到对面一个长得还算帅气的男生大热天穿着一件大衣在楼道里打电话："哥，我就是出来收个包裹，一个没注意大门自动合上了，你家的房门密码是不是又换了，新密码告诉我一下吧。"王小娇使劲憋住笑声，小声对苏漓说，"Ayn，大热天穿个大衣。您这邻居不会是个神经病吧？"

小伴系统在旁边提醒："他不是邻居，他是邻居家借宿的堂弟。昨天我们一回来就见过他了。"

"看，我们的小伴又进化了。"王小娇先是吃了一惊，随后和苏漓会心地一笑。

王小娇把车停在楼下。她一毕业就贷款买了个二手的 Mini cooper，小巧的车型实在和她火热的性子不搭，她应该开彪悍范儿的路虎才对。她看到苏漓意外的眼神，赶紧变成呆萌少女状，"Ayn，其实我是满满少女心，您千万不要被我这女汉子的行事作风给欺骗了。"

现在的年轻人还真是习惯于放飞自我，苏漓扬了扬眉毛，表示尊重她的选择。

车子顺利开进燕园的时候，苏漓还是被这座完全中式建筑环绕中的百年学堂震撼到了。她隐约记得小时候父亲和她说起过燕园大学，她现在成为其中一员，大概也是冥冥之中的缘分。

刘院长亲自在学院门口迎接她们，三人一边轻松交谈，一边在学院转了转。正值暑假期间，学院里十分安静，但还是有些教室传出讲课的声音，苏漓猜想也许是暑假集中课。老师们讲课的声音依稀传出，混合着高大的树木中不时传过来的鸟鸣声，提醒着苏漓自己已经置身于校园中。

接下来，苏漓要接受学院的聘请。按照苏漓的叮嘱，刘院长没有举办什么"客座教授签约仪式"，而是叫了几位将来可能在一起共事的教授，简单认识了一下。

王小娇看到苏漓流程走完，也和大家聊了会儿了，不见外地和刘院长提起要求来："刘院长，暂时借用您一间教室办公吧，上次发给我们那些想到公司实习或者应聘的同学，我们想面试一下。苏教授也回国了，我们的团队招聘要赶紧了。"

刘院长知道王小娇这性子，也没生气，反而笑起来："你真会给苏教授省时间，苏教授找你真是挑对人了。"

在一间空的会议室，苏漓和王小娇分别面试了学院推荐上来的一些学生，本科硕士博士学历的都有。最后两人挑选了一位本科生、一位硕士和一位博士实习生。大家见到苏漓本尊也很开心，那种想和苏漓一起共事的心情简直溢于言表，居然都表示"明天就可以上班"！

第二天遇上北京少有的阴雨天气，但大家依然早早地来到了办公室。

小伴智能的办公室就在望京的智享大厦。之所以选择望京，也是考虑到地理位置比较好，无论是去中关村、三元桥还是国贸 CBD 都比较方便。

王小娇不愧为得力小先锋，在苏漓回国之前已经把办公室简易装修完毕，用苏漓的话说是基本可以"拎包入住"。她、孙东和其他几名同事已经在此上班了。

预计要来的三位新人，最后只过来两位。王小娇打电话给爽约的博士林斌，对方回复说："抱歉，我的导师琳教授给我安排了非常重要的工作，对我的博士毕业非常有好处，所以考虑再三，鱼与熊掌不可兼得，只好舍弃这次工作机会了。"

王小娇将电话内容转达，苏漓虽不动声色，但已经知晓这里面的火药味。琳教授她见过，上次在刘院长办公室见面的时候，看她的神色就有些不好对付的样子。

安置好新来的两位实习生之后，苏漓刚想着要不要和琳教授争取一下，忽然看到手机上有个陌生电话打进来。奇怪，她才刚回国怎么会有人知道她的新手机号码呢？

"苏教授，你好。我是必然资本的柳海生。上次在万豪的人工智能大会我们见过的，当时我坐在欧阳树旁边。对了，我就是您分享完毕后第一个鼓掌的那个人。"

对于那位第一个鼓掌的人，苏漓当时被他的掌声吓了一跳，所以倒是还有些印象，说实话她对他的印象比对欧阳树要好些。电话中的柳海生想一口气说完："上次有幸聆听苏教授的分享。能在苏教授回国的第一时间见到您本人，十分荣幸。苏教授这次回国创业，我们作为全球一线投资基金的投资人，也想看看在资本方面能不能和苏教授有机会合作？"

非常诚恳的沟通。苏漓想着接下来做产品优化、拓建团队、提高品牌知名度等事务都迫在眉睫，但融资可能是排第一位的。一个融资周期快的话也得一两个月，费时费力，与其坐等，倒不如早做准备多认识一些投资人。

除了欧阳树的小树资本之外，多一些对比和选择也是好事。

她是个行动派，若是要见的话就早见。她看了一下日程表，下午三点到四点之间有个时间空着，于是询问柳海生若是在公司楼下见是否可行。柳海生当即答应，两人约定下午三点在楼下的源泉咖啡见面。

苏漓回头看了一下刚刚装修好的办公室，办公面积不算太大，但够 30 个人坐的，挤挤 40 个人也是可以的。

看着有些空荡的办公室，苏漓觉得招聘新的团队成员已经是当务之急了。

对于爽约的博士林斌，出于对优秀人才的珍惜，苏漓还是给琳教授打了个电话。但琳教授的态度非常坚决："苏教授，既然您亲自打电话来说这个事情，我也就开门见山了。一来，我不如您那样有国际知名度，我是第一年带博士生，也就是说林斌是我的第一个博士生。我不想让他走弯路。我知道您是人工智能的国际知名专家，但教授搞企业这件事儿从成功概率上来看，我还是趋于保守，所以我暂时不建议林斌现在去您那儿实习，但等您那边公司做出知名度了，我第一个推荐他来。第二呢，说点更现实的吧，林斌马上就要结婚了，想着进大公司稳定一些而且还能多赚些钱，早点把房子买了，把家人安置好，他也是奔三的人了。现实很残酷的。"

苏漓听出了话语间的市侩味儿，也就当即不再做解释了。琳教授是个现实的人，林斌当然也听从了她的建议选择了一条稳妥而保守的道路。

活在现实里面的人，是要眼前的小恩小惠，还是勇于做一个延迟满足的人呢？

不同的人会做出不同的选择。

由于王小娇的坚持，苏漓和琳教授通话的时候按了免提键。王小娇撇了撇嘴，"Ayn，我挺替林斌可惜的。可惜被这样的教授给带歪了，大公司哪有想象中那么好？我就在最好的科技公司待了两年，也就是那个样子，所以才逃也似的来到了小伴智能。……孙东，你说对吧？"

孙东扶了扶黑框眼睛，一副永远没有睡醒的夜猫子模样，但在回答王小娇提问的时候，还是很铿锵有力的："是啊，在有希望有朝气有梦想的创业公司工作，才能更加感受到自己的价值。"

看样子，昨晚他又熬夜了。没办法，根据美国团队的近期规划，产品要尽快上线，但中国团队人手不够，所以落地的研发、需求分析、编程和测试，统统压在他们几人身上。

离下午和秦将人的见面还有一点空隙时间，苏漓利用这个空隙和王小娇说了组建团队的事情。由于苏漓刚刚回国，在国内的知名度远不如在国外，而且是第一次创业，大家对教授创业，尤其是对国内情况不太熟悉的归国创业者还是持一种观望态度，除了科研圈之外的领域，她的号召力远不如在大公司已经做到高层的人。如此看起来，创业这事儿还是要费一番周折的。

苏漓本人在自信满满的同时也感受到了压力，虽然皮特老师的种子轮投资和自己的资金投入也够公司周转一阵，但接下来技术、产品、财务、市场、人事等各个部门几十号人如火车一般运转起来，一刻也不能停下，所以花销还是会挺大的。进一步融资的需求已经摆在面前了。

高层的引入也刻不容缓。苏漓下午一点钟约了秦将人，她记起秦将人提过想加入人工智能行业的愿望，于是想约秦将人好好聊聊。

秦将人看好的是苏漓的技术、背景和市场号召力，而她欠缺的是对国内商业的理解、人脉关系、企业经营管理能力。就这个层面而言，两人完全是天作之合。

上次只是表达意愿，看来现在双方要加深了解，慎重谈谈细节了。

在智享大厦25层，还有些人影松落的办公室里，秦将人忽然开口问道："苏漓，很多人创业为了自己，为了金钱财富、名声权力，我不知道你是为了什么？"

"我想造一个懂人、陪伴人的全人工智能系统，比家人和爱人更了解你。我用了16年的时间打磨这个想法，目前在技术上已经有所突破，而现在正是最好的时机，当下的算法、数据、平台、资本都涌向这个模块，时机比以往任何时候都成熟。将人，你呢？你为什么要放弃公司的高层职位，选择来我们这样的创业公司？"

"世事会变，人也会变，若能有这样一个永远不变初心的系统该有多好。回答你的问题，关于我自己，主要还是由于个人的职业发展在大公司遇到瓶颈，我想到一个可以更好地发挥多年管理和商务运作才能的新平台工作。"秦将人并没有把和罗玫目前陷入对弈的状态对苏漓和盘托出，他觉得还不到时候。

苏漓听秦将人讲完，已经在内心做了一个决定。和平时的她相比，这个决定似乎有些感性："公司管理和商业运作经验确实是我目前欠缺的一块，况且，以后我还是希望把精力放在技术和产品上，目前我们的员工要么是技术背景，要么是产品背景。说实话，还真的需要一位人才来把接下来的运营工作撑起来。你如果担心的话，可以先做我们的顾问，等这轮融资到位之后，再正式加入进来。当然，公司目前正在进行融资，你要是感兴趣的话也可以参与一下。"

说曹操，曹操便到了。

"苏教授，我已经到源泉咖啡了，就在进门左手第二个位子。三点见。"苏漓话音刚落，柳海生的信息就到了。

刚好秦将人也在，苏漓便提议秦将人以顾问的身份一起去见柳海生。

他们约的地点源泉咖啡外表上看没什么稀奇，但其实别有洞天：周围高楼林立，商业精英穿梭往来，源泉咖啡里面却树木繁茂，仿佛一片热闹中的静怡之地。虽然咖啡的价格比一般的地方要高一些，但咖啡厅里还是人来人往，而且刚刚从办公楼匆匆下来的人们来到此处都不由得放慢了脚步，放低了声调，仿佛怕扰了旁边客人的兴致，或是害怕打破了咖啡厅内的略微安静的格调，所有人看起来都彬彬有礼。

远远地，苏漓看到靠窗有一间透明的隔间，大约是个冥想空间，里面的人们都盘腿而坐，仿佛在进行一场与自己灵魂的对话。

隐隐地看清正门口挂的一个牌子：用安静改变世界。

一个充满矛盾体的咖啡厅。苏漓很是好奇，不知道这里的老板是怎样的一个人。

"苏教授，幸会。"柳海生打断正在四处张望的苏漓。大热天里柳海生还是一身合体的西装，举手投足专业派头十足。苏漓也把身旁的秦将人介绍给柳海生认识："这位是我们公司的顾问秦将人先生，也是我曾经的中学同学。"

三人简单寒暄之后，柳海生便直接切入主题，苏漓并不讨厌这个人，所以也仔细和他讲了小伴智能的情况。

柳海生耐心听了苏漓的创业方向和产品模型，刚想开口又听到苏漓说："柳先生，我们的谈话可否在一个小时内结束？四点钟我还得回去接着开会。谢谢。"柳海生愣了一下："当然，追求高效率是我们的投资宗旨。苏教授放心，我们必然资本是成立 30 年的硅谷老牌投资机构，所投资的企业也占到了纳斯达克上市公司的 8%，在国际投资领域中都占有一席之地。来到中国的八年时间里，我们已经投资了 200 家公司，其中 25 家已经成功上市。"

好的投资机构，往往能助创业公司一臂之力。苏漓虽然已经基本了解过必然资本的背景，但被柳海生当面这么充满自豪感的介绍后，感觉还是不同，对必然资本的了解更加深了一层。

"柳先生，我知道您从实习生做起，八年时间里从分析师一直做到合伙人，已经堪称职场的奇迹。听说您也在访谈智能助理行业的公司，不知道您对我们这个行业怎么看？"

"苏教授过奖了，这些都是虚名，不足挂齿。我们更佩服苏教授这样为了科研工作兢兢业业的科学家，若能有机会和您合作才是荣幸。个人智能助理领域，对它的市场前景我非常看好。虽然现在这个行业的多数公司也遇到了瓶颈。所谓智能助理，最难的就是智能的那一部分，若做不到智能，便会失去产品的灵魂。而苏教授在这个模块多年的研究值得我们期待。"

柳海生说完这些，直接从背包里拿出一张纸质文件，是早就准备好的投资意向协议书。只听柳海生说道："苏教授，您这个项目的天使轮估值是多少？若没有明确的数字，我便自己估报一个。"

柳海生原本觉得他霸气的行为会震慑到苏漓，但苏漓只是笑了笑，并没有回答他的问题。柳海生明白，自己这回显然遇到了一位聪明的对手，于是他更加单刀直入，直接表达了诚意："我们投资的一念科技目前的估值是 10 亿人民币，以苏教授的技术实力，我估值两个亿，若是天使轮稀释 10% 的话，就是 2000 万，Term Sheet（框架协议）我已经带来了，非常简单，只有一页，应该是创投圈最短的 TS 了。"

秦将人并没有说话，只是拿起这份协议书，半是诧异半是怀疑地看起来。

柳海生看了一眼秦将人，他乐于照顾秦将人想要受关注的情绪，但很快眼光又回到苏漓身上，毕竟秦将人只是公司顾问，而苏漓才是具有决定权的人。"除了必然资本国际上的投资业绩，和我们对于苏教授创业项目的了解、诚意，我还想说明的是，必然有最优秀的投后服务团队，可以在财务、法律、人事、PR 方面帮到我们所投资的企业。苏教授，虽然我们认识不久，但我相信苏教授会很快找到更多的数据和案例，来证明必然资本是最适合小伴智能的投资方。此外，在你下楼的时候，我已经把这份 TS 往您的邮箱发送了一份。这份纸质的也留给您作为参考。"说到这里，柳海生看了一下手表，"一个小时的约谈到了，创业时间宝贵，今天就不打扰了，期待您的回复。"

他整理了一下衣服，和苏漓、秦将人握手告别。从开始到现在，完全是一副专业态度。

"和专业的人士打交道，事半功倍。"秦将人全程没太说话，到最后忽然加了一句。他望着柳海生的背影，补充了一句，"必然资本投资的一些项目确实不错。"

　　一身酒气的欧阳树让苏漓想起了此前见过的另外一位投资人柳海生，和欧阳树相比，柳海生专业、知进退、理性，善于为创业者规划。再反观眼前的欧阳树……真是一言难尽，他也算是她这辈子遇到的人中奇葩了。

欧阳树其实憋了一肚子火。

欧阳树得知钱真跑路消息的时候，是在人工智能大会上。

因为苏漓的关系，虽然他为钱真的事情心急如焚，但最终还是装作若无其事地把苏漓送回了家。

而等他赶到办公室时，大家都聚在一起商讨这件事的应对方案。

事件的亲历者赵见德一看欧阳树走进来，直接表现了他的气愤："从上季度的财务报表看，确实是出现了亏损，但也不至于到了跑路的地步。哪怕就是和我们沟通清楚了，说明账上没钱了，要么我们追加资金要么清算，结束也结束得和和气气的，不用走人间蒸发这样的路数吧。这若是传出去，岂不是今年创投圈第一跑路事件？对小树资本也会造成不好的影响。"

新人尹正鸣显然是第一次经历这样的离谱事件，他嘟囔着："这年头，居然还有跑路的创业者，这是多不成熟的行为啊。他以后还怎么在创业圈立足啊。"接着，他又心直口快地嚷道："这谁主投的项目啊，我看年终奖不但不能发，还得倒扣半年工资。这给公司造成了多大的损失啊，关键是投资这么不靠谱的创业者，对公司的名誉也造成了损失。主投人应该重罚！"

众人看了看他，又齐刷刷地看着欧阳树。尹正鸣立刻明白了这是欧阳树主投的项目，立刻涨红了脸解释道："老板，其实我的意思是我很气愤，居然有这么明目张胆欺负投资人的创业者。他配得上创业者这三个字吗？"

一时间，欧阳树的脸上青一块紫一块的阴晴不定，他拍了拍赵见德的肩膀，叮嘱他："把关于这个项目的所有资料都发给我一下。"

赵见德显然是早就有所准备，他很快把资料发到欧阳树的邮箱，"欧阳，这个项目的所有资料都发给你了。当时这个案子只匆匆见过两面，之后做了简单的尽职调查就投了。由于项目还在早期，所以数据方面也不是很充分，也没过多的资料，你看后续如何处理？"

今年的投资节奏有些过猛，市场上充裕的资金纷纷涌向投资圈，知名基金的融资都非常顺利，LP 们也要求增快投资节奏，所以才搞得小树资本的有些项目操之过急。

欧阳树深吸一口气，想着这事情有些头大，哪知赵见德很快又敲门进来："欧阳，快看我刚转给你的这则新闻。"欧阳点开一看，一个标题映入眼帘：

投资人逼迫运维做出好数据，创始人不堪重负跑路。

里面提到的投资机构就是小树资本。

"我这还没找钱真理论呢，他倒好，给我埋坑了。"欧阳树嘀咕着，这边手机已经不停响了起来，不少投资同行和媒体记者纷纷试图联系他，他索性开了静音。

得查明事情真相才好。本来这只是投资公司的内部事件，说到责任，顶多也是投资决策失误罢了。作为早期的投资机构，20% 的失败率是被允许的。不过因为媒体的大面积报道，这个投资公司内部的非典型案例，竟然变成了"投资人逼迫创始人"的反面典型了？

到底是哪里出了问题？欧阳树百思不得其解。

他招呼许雅茹来见自己。欧阳树并没有给自己设置单独的办公室，他的办公室只是一个略微比大家大一点的办公桌，而且桌上堆满了各种文本、资料，用他自己的话讲"过于整洁的办公桌让人思路过于清晰，而杂乱的办公桌才容易激发想象力，才能判别出好的项目"。

许雅茹是加入公司近两年的员工，由于得力能干，欧阳树把行政、人事、公关逐步都放在许雅茹那里，她这两年没少帮欧阳树拿主意。新闻报道出来之后，许雅茹就等着欧阳树召唤自己。她走近欧阳树办公区域时，远远就看见欧阳树耷拉着脸，他是喜怒形于色的人，这件事可见让他十分郁闷。赵见德正和欧阳树在合计，所以她就轻手轻脚地来到欧阳树身后。

欧阳树正和赵见德合计，突然被不知何时站在背后的许雅茹吓了一跳："过来也不说一声，我正琢磨这条新闻呢。你说这条新闻是怎么回事？"

许雅茹"嗯"了两声，手托腮低头琢磨了一会儿，然后回答欧阳树："欧阳，你在外面没得罪什么人吧？会不会有人借此机会故意陷害或者打压你？毕竟这一年你在投资圈的风头太劲了，难免招人嫉恨。"欧阳树确实是那种在不同场合表现得自大又自负，偶尔还口无遮拦的人。

看到欧阳树自己在反思，许雅茹于是又大胆做了个假设，接着往下说："你看啊，你之前完全破坏了投资行业的规矩，把投资协议减成了两页，要知道很多公司为了维护自己的利益，和创业者签的投资协议是几十页啊。你这倒好，就这一项就让诸多创业者喜欢上了小树资本，从情感上都觉得我们愿意为创业者考虑，可能就因此得罪了其他同行。"

欧阳树自然有他自己的一套逻辑："创业维艰，尤其在早期创业公司从0到1的阶段。早期项目的投资协议需要那么多条条款款干吗呢？我们要做的关键点是让创业公司早日步入正轨，早些进入下一轮融资。你说它们活着都不一定呢，要那么多的条条款款岂不是把创业者往死里整？我这是给大家留空间，毕竟呵护创业者才有好项目。"

许雅茹见说不动他，只好换个角度分析起来。

"还有，你看新闻里的这条：欧阳树认为，创始人得把我说信服了，说信服了我就投。这本来是内部的玩笑话，怎么就上了新闻？而且写得好像小树资本的投资非常轻率，会不会让创业公司觉得我们不专业？"

赵见德一听也急了，恨不得把钱真从空气中拎出来："咱们在这里猜来猜去，还不如想办法找到钱真，我还不信一个大活人人间蒸发了？得想办法找到他！"

三人正合计着，邱一雄的电话进来了，看来他也看到了这个新闻报道。"阿树，这次的新闻很负面啊。"这几年邱一雄基本上没对欧阳树说过太多重话，这次虽然颇为不悦，但他也没有表露过多的不快，"赶紧修复一下专业投资机构的形象。"

欧阳树本来还想为自己辩护一次，结果邱一雄温和的态度反而让他羞愧，连说"是是是"。

待处理完这个事情。他又打开邮箱，发现之前用笔名"林三少爷"投递到出版社的《舌尖上的267道中式面食》居然被退稿了。

他在内心骂了一句大大的脏话。要知道这厚厚的300页文稿里，是他过去五年所积攒的关于面食的食谱。里面所有的配料、做法、步骤都是他一步步经过无数次厨房实验得出来的美食经验，而且书中所有的图片都是他一张张亲自拍摄，然后找专业的设计师一张张排版配图的。

哪怕随便翻开一页，都是一份绝妙的美食食谱。比如这份排骨酥面的做法：

材料：

阳春面两捆、排骨块350克、白萝卜350克、面粉200克、高汤800毫升、葱少许、白菜少许

腌料：油葱酥1汤匙、蒜泥1小匙、葱花一小匙、米酒1大匙、酱油1小匙、盐1小匙、糖1小匙

调味品：鸡粉半小匙

做法：

1. 将所有腌料混合均匀后，将排骨块放入其中，抓拌腌制1小时；

2. 将腌制后的排骨粘上面粉，用手捏紧；

3. 在油锅中将排骨炸至表面金黄色，约180秒；

4. 白萝卜加高汤及排骨酥一起熬至白萝卜熟软，盛至碗中；

5. 将阳春面放至汤碗中，加入少许葱花及白菜。

欧阳树沉不住气了，给出版社的编辑打电话询问原因。对方回答说，主编李乐乐不同意出版，李乐乐的意见是："这类面食出版物大同小异，并没有什么新鲜的卖点，纯粹属于浪费纸张。"

这话一下子点着了欧阳树的怒火，但他还是克制住情绪，与编辑做最后的争取："帮我转告你的主编：美食治愈人心，有很多很好看的电影比如《小森林》《深夜食堂》，立足于美食，讲的都是温暖人心的故事。而在食物里，最简单易做但又

温暖人心的就是热乎乎的面食。我这本书简单又聚焦，主题都是面食，方便易学，有何不可？"

临了他又加了一句："你再说说看，实在不行，帮我约约你们主编，我亲自拜访她。"

这次《舌尖上的 267 道中式面食》遭到退稿，让欧阳树想起了当年毕业时，两年灰暗的地下室时光。加上今天的引爆创投圈的负面新闻事件，他一直觉得心里塞得慌。晚上从公司出来，他径直去了酒吧。本来他就不太会喝酒，也不知道酒保今夜是怎么调的酒，一杯酒下肚，他居然有些醉了。

迷迷糊糊地叫了代驾，到家已经是晚上 11 点了，他一路摸着墙才进了公寓。保安极少看到这样子的他，于是慌慌张张地帮欧阳树打开了电梯，按了 15 层的按钮。

欧阳树晕晕乎乎进了电梯，睁眼一看居然发现身后还有一个人影：苏漓。

他这才想起邱一雄交代的苏漓的项目自己还没搞定，接着想起这一整天的糟心事，不由得有些沮丧，表情都摆在了脸上。

"苏小姐，不好意思，今天有些不胜酒力。你怎么这么晚才回来？"

一身酒气的欧阳树让苏漓想起了此前见过的另外一位投资人柳海生，和欧阳树相比，柳海生专业、知进退、理性，善于为创业者规划。再反观眼前的欧阳树……真是一言难尽，他也算是她这辈子遇到的人中奇葩了。

人还是要选同类型的，易于沟通。而对于创业者而言，选合适的投资人是创业万里长征路上的重要一步。

尤其是今天看到的那则小树资本逼走创始人的新闻，让苏漓不由得提高了对投资方的警惕。

创业路上难免起起伏伏，若是和如此不专业只认数据的投资人为伍，难免也会落得凄凉下场。

醉醺醺的欧阳树不知道的是，就在电梯打开，苏漓看到他的一瞬间，苏漓选择投资人的天秤倾向了柳海生。

做出了这样的决定之后，她快速给秦将人打了个电话："最近有些投资人到公司拜访，我也见了一些，但比较之后，我倾向于选择柳海生，所以我准备和他再谈一下投资协议的细节。等投资签定之后，也希望你正式加入我们团队。"

面对不同的选择，做出正确而快速的决定，这也是创业者必须要经历的事。

柳海生接到苏漓的电话时并不太意外，为这个项目他也付出了足够的努力。

人生就是战场。

这是柳海生从上学的时候就知道的。但凡能考进燕园大学的人，都是万里挑一，此前在各自的学校都是人中龙凤。而在这群龙凤之中，柳海生立志也要成为龙首。

但不幸的是，虽然他毕业之后又幸运地进入了必然资本，但和同时进入公司的新人相比，他说不上出众，甚至一度被副总裁挤兑。那段灰色的日子也造就了他发誓要走向金字塔尖的决心：只要足够强大才不会被人践踏尊严。所以只要是他想达到的目标，他会不惜一切代价实现它。

他亲眼见识了他的老板、公司一把手仇剑的晋升之路，那条路上他没少踩着别人的头颅往上爬。所以在仇剑的手下工作，他总是有些胆战心惊，生怕一个闪失，多年的努力付诸流水。

这是在他在公司内部的真实处境，说步步惊心并不为过。

而这个行业里也有他羡慕嫉妒恨的人，比如欧阳树，这个曾经名不见经传的燕园大学校友。欧阳树短短几年时间，从一名落魄的作家变身为成功的创业者，最后在投资大鳄邱一雄的支持下成立了小树资本，独立山头，成了超越柳海生的知名早期投资人。

这个看起来傻呵呵的欧阳树，他一想起来就恨得牙痒痒——更确切地说是妒忌。所以，他密切关注欧阳树的一举一动，但凡是他知道的欧阳树感兴趣的项目，他总想插一杠子。

刚在脑海中记起欧阳树的脸，办公室的电话铃声响起。原来是《创业圈》的首席记者赵敏想就小树资本的那篇"投资人逼迫运维做出好数据，创始人不堪重负跑路"的负面报道采访他。

媒体从来就是名利场的放大器，创投圈的媒体也不例外。创业媒体和创业者、投资人保持良好的共生关系，对彼此都是利大于弊的。这些年来，柳海生一直和一些知名的记者保持极好的关系，于公是有独家消息优先让他们加以包装，于私是每年少不了给他们一些物质上的好处，因此有什么投资项目线索记者们也会提前告诉他。

赵敏是个精明的记者，知道这种帮柳海生蹭热门新闻热度的事情对她有好处。"柳总，这次风头正劲的小树资本爆出这样的负面新闻，您怎么看？"

"欧阳树是位非常专业的投资人，我相信他不会做出如此短视的事情。当然，我们并不知道这则新闻的消息源来自哪里，所报道的内容是不是属实。另外，若创业者不堪创业重负，完全可以和投资人做更好的沟通，商业模式不行就变换商业模式，资金不足就再次去融资来增加资金，或者实在不济就清算公司等待下一次创业机会，怎么也用不着跑路。"同时他话锋一转，"总体上来说，这则负面新闻对投资人非常不利，甚至完全激化了投资人和创始人之间的行业矛盾，若报道中提到的情况属实，可能会让小树资本在一段时间里失去创业者的信任。"

"那么，若您投资的公司的运营数据并不好，你会强势干涉吗？"

"投资人的角色定位应该是雪中送炭而不是火上浇油，创业者始终应该是创业这条船上的主舵手。针对运营状况不好的公司，我们若有公司董事会席位的话，会在董事会上提议在投后服务和战略上帮助创业团队，但是其实我们会更寄希望于创业团队自身的学习能力。退一步说，对于互联网公司来说，运营数据确实会反映用户数和企业目前的经营状况，但对投资公司来说，更重要的是企业长远的发展愿景。别忘了我们创业出发的初心，是让世界变得更美好。"

赵敏平时没少受柳海生的恩惠，所以作为最早对这次跑路事件进行后续报道的记者，她明白自己该怎么写这篇新闻稿：既站在投资人的立场，也能从中读懂创业者的初心。

苏漓和秦将人也在第一时间看到了《创业圈》中赵敏的推送报告。

报道中欧阳树所在的小树资本的做法，让苏漓觉得若是选择柳海生，未来的道路会更为顺畅一些。于是她很快给柳海生电话，说想约个时间就投资的事情进一步接触一下。

柳海生的回复也很快速，他直接提议苏漓和秦将人第二天一起来必然资本和团队见面。

在业界，必然资本是传说中"只要踏进它的大门，便能年薪百万"的地方。只不过必然资本对员工的挑剔程度不亚于顶级的高科技公司，比如谷歌是连面试都要过几十轮的：它要选中的是世界上最优秀的学校毕业、连高中都要求是重点中学的未来之星。而且和其他顶级的投资机构类似，若这些进必然的员工家里面还能有些背景，那是锦上添花的事，因为这样的背景会在未来拉项目或者公司上市时派上用场。

这是业界心照不宣的秘密，只不过骄傲的必然资本并不掩饰它的傲慢，直接把这些要求告知候选毕业生而已。但话说回来，它的投资业绩也确实是一流的。

柳海生并没有什么背景，他出身于普通的家庭，通过自身的努力进入到顶级的机构工作，步步为营地在这里工作多年才跻身于青年投资人之列。但他的排名居然还在进入投资领域才几年的欧阳树的后面，这是他无法忍受的。

必然资本办公室所在的摩天大楼里，有知名 500 强外企，也有摩根等顶级投资银行入驻，可谓气场强大。苏漓和秦将人走进电梯，身边都是西装革履的青年人，他们一个个神经紧张但又野心勃勃的样子，让苏漓联想到好莱坞影片中的投行精英。

上到必然资本所在的三十层，打扮精致的前台将他们带到一间会议室。透过透明玻璃窗，他们看到柳海生和他的团队正在倾听一个创业团队的创业项目。从双方的身体动作上，苏漓感觉双方的谈判也许并不顺利，但还是在竭力维持友好的氛围。

等待的时间里，苏漓打开小伴智能系统的橘色界面给自己"充电"，在这片橘色的背景里，她才感受到阳光般的气息。

柳海生很快看到了对面办公室的苏漓，所以他很快结束了正在进行的会议，带领团队来到苏漓所在的会议室。

大家简短寒暄之后，柳海生给双方做了介绍："这位是人工智能专家 Ayn Su,

苏漓教授。旁边是他们公司的顾问，华讯科技的副总经理秦将人先生。我也给大家介绍一下必然资本的团队成员，这位是必然资本的副总裁姜雅妍，这位是分析师钟建国。之前我们已经有了初步接触，这次主要是双方正式谈一下合作细节。"

柳海生正要往下说，办公室忽然又进来一位中年人。苏漓看这人无论在身高和气势上都较柳海生更盛一筹，难道是柳海生的上司？

果然，这位男士进来之后，原本放松的柳海生也有些收敛地向这位男士点了点头，同时办公室里面的氛围立刻变得紧张了。但这位男士似乎试图维持一种融洽的局面，他主动伸出手："苏教授，久仰久仰！欢迎回国！我也在美国待了 10 年后才回国的，咱们都是背井离乡多年归国创业。"

看到苏漓疑惑的眼神，柳海生匆忙站起来向大家介绍："这位是必然资本的管理合伙人仇剑。这是苏漓教授和她的公司顾问秦将人先生。这次的见面是想深入了解刚刚提到的苏教授回国创业的项目——小伴智能陪伴系统。正式产品三个月之后才上线，所以有劳苏教授现场让我们看看产品的模型。"

在众人的关注中，苏漓很快打开小伴智能的橘色界面，投放在大屏幕上，她全程说话不多，只是在演示产品时适当说明背后的设计逻辑，但看得出来，众人的眼神中已经透露出欣喜的神色。

"我知道目前市面上有一些公司已经做得不错，比如大公司背景的奇点智能，当然还有一念科技，刚好必然还投资了一念科技。投资行业对这个模块的重视，说明了智能陪伴未来的巨大商业潜能。"

一直没有讲话的秦将人这时也适当做出了说明，"确实，我们都生活在高楼林立的都市里，很多人看似过着忙碌而充实的生活，但实际上生活被时间和空间不断挤压，所以孤寂感和抽离感总是如影随行。而智能陪伴如家人一样 24 小时在你身边，你只需点击页面，一键带你进入一个温暖如春的世界：小伴无时无刻不在你身边。"

"更为重要的是，每个人可以设置和培养不同的小伴。"苏漓打断了秦将人的补充，从算法层面做出了更详细的介绍，"陪伴人们的时间越长，人们使用它的频率越高，它就越智能，也就更为私密，也就是说未来它不单知道你在想什么，它更知道你想要什么，而且它还能根据你的需求，给你智能推送。可以说是完整意义上的一款智能陪伴系统。"

仇剑的身体不由得向苏漓所在的方向倾斜，他一直在很认真地听着苏漓的介绍："苏教授，我们知道这个项目的核心竞争力是您的技术和算法。但我想问问您的团队搭建的情况。要知道您是最近我们见的、唯一没有商业计划书的团队。关键是您的这个项目还是海生很重视的一个项目，他之前就提议我今天一定要参加，我们今天开完会之后就会尽快做决定。"仇剑说完还哈哈一笑，似乎只是随口一问。

"我的团队成员大部分还在美国，等这轮融资到位之后，美国的核心团队将迁移到中国。目前中国团队的成员都是产品和技术人员。今天到场的这位秦先生是华讯科技的副总经理，他在科技圈发展已经有十年时间，未来将负责我们公司的运营、财务事宜。"

柳海生似乎已经读懂了苏漓的选择意向："苏教授，上次我们聊到的小伴智能估值两个亿，这次你们稀释 10%，2000 万，对于这个融资额你觉得如何？"

"不，这轮融资估值两个亿可以，稀释 5%，1000 万即可。目前我们不需要那么多钱。等三个月产品上线后，我们会考虑再融一轮，当然我们可以在协议上注明：Pre-A[1] 轮融资优先必然资本。"

柳海生看了一眼仇剑："这个……我们团队会再商量。"

苏漓注意到，在场的另外一位女士姜雅妍并没有说话，而是全程一直在记录些什么。

柳海生还未说完，仇剑紧接着问了一句："不过苏教授，我知道最近有很多投资人想和你接触，为什么你选择了我们？"

"专业，我们需要的是专业的投资人。"苏漓一字一顿地说道，"速度有时候是要用钱买的。仇先生，柳先生，我想你们比我更明白这个道理。还有，我在业界也做了调查，必然资本的投后服务团队确实是会帮到我们的。因为还是天使轮，所以融资速度越快越好。"

---

[1] A 轮之前的融资。Pre-A 可以看作一个缓冲阶段，可以缓解创业者资金压力，也可以让新的投资人进来。

仇剑看到苏漓一副胸有成竹的样子，看来她并不是在欧阳树那里融资受挫才来选择的他。

而柳海生在心里已经明白，这次欧阳树输了，他成功地在欧阳树那里抢走了苏漓的项目，大概欧阳树自己还不知道。

虽然苏漓还没有签正式协议，但想到这一点，他在内心已经开始笑了。

苏漓和秦将人离开后，必然资本会议室里的讨论依然热火朝天。

在对小伴智能陪伴系统的投资决策会上，仇剑、柳海生、姜雅妍三人在讨论最后的协议框架。

"这个项目是海生发掘的，海生，要不你先来说说？"仇剑身为公司一把手，主持这个需要在最短时间做出决策的投委会也合理。

柳海生显然志在必得："这是我们所看好的方向，或者说整个投资圈都在找这个方向里有潜质的项目。之前我们已经投资了一念科技，这个赛道我们已经占了一席之地。投资小伴智能不过是想在这个赛道上多一些安全筹码。我们是最早接触苏教授的投资公司，而且我确信我们已经赢得她的肯定，所以现在是个非常好的投资点。若是再过一两个月，越来越多的基金接触她了，那时候小伴智能的估值说不定就不是这个价格了。当然若是团队觉得我们的投资决策过于草率，那么为了保证我们的权益，我们也可以再加一个对赌协议：小伴智能产品上线后，用户下载数得达到一个既定目标。到时可以和一念科技有个对比，两家公平竞争，也算是给两家公司一点压力。在这样的前提下，这项投资决策快些，是没有什么风险的。我的提议是尽快签署投资协议，后面尽快开始尽职调查。"

姜雅妍之前没有说一句话，她一直在观看苏漓的产品演示。她是必然资本最年轻的副总裁，身为清大机械工程系的高材生，有着过人的冷静与魄力，这使得这几年来她的投资业绩和公司其他同级别的男性投资人不分伯仲。听柳海生说完，她才开口：

"我们可以做个对比，其一，一念科技我们投的是 A 轮，估值已经 10 亿。而小伴智能这轮是天使轮，估值两亿。其二，从双方的团队组成来看，一念科技的创始团队都是大科技公司背景，训练有素，商业化能力高，且对国内市场很了解；而反观小伴智能，苏教授只是人工智能专家，美国团队已经成立，但国内团队还在筹备之中，当然我们对她的技术深有信心。这两家是各有利弊。"

仇剑听到姜雅妍的分析一直在点头，一直以来他都很欣赏这位姑娘："既然海生和雅妍都很认可，那么我对这个项目没什么异议。况且我们之前已经达成共识，第一，要加强在这个赛道的筹码；第二，我们本来就看好苏漓教授的技术。而且海生刚刚也提到了我们可以和苏教授签对赌协议，苏教授对自己的技术非常自信，她应该会答应的。好了，雅妍你准备投资协议吧。"

投资决策会很快结束。走出办公室的时候，柳海生叫住仇剑："仇总，要不您来做小伴的主投资人？我是一念科技的投资人，也在一念科技的董事会里，所以不便再在小伴智能的项目上了。况且我手上的被投企业已经有15家了，我还需要精细化的历练，苏教授这家公司值得多花些精力，所以您看……"

仇剑对于柳海生这种拍马屁似的"主动让贤"有些意外，但若是苏漓的小伴系统能成为未来的"独角兽"公司，作为直接投资人，他的直接投资业绩也就更为辉煌了。这种技术背景强的项目出不了什么大乱子，何况已经有对赌协议在前，何乐而不为呢？

"我听说小树资本也追得很紧。如果是这样，您看要不要在打款的同时就主动发布投资报道？"

"可以，我们提前对外发布个新闻稿，像苏漓这种大神级专家，也能为我们吸引来一批技术牛人创业者。"

姜雅妍很快准备好了初步的投资协议发给苏漓，同时抄送给仇剑和柳海生，并在邮件中说明有不适合条款可以再商讨。但是她没想到，苏漓很快就签署协议并发了回来，对其中多加的一条对赌协议也没有任何反驳意见。不知是源于足够的自信，还是技术人员的天真。

仇剑这次一反常态地提示团队提前发布投资小伴智能的新闻稿，这让姜雅妍在做后续尽调时多了一些压力。但苏漓迅速又专业的配合又给了她很大的信心。

CHAPTER 8

美食攻略

我经历过很多大的历史金融事故，为什么每次都能劫后重生，其实靠的就是一个字：心。内心认可的东西，就是一种信仰。对于信仰，不管中途经历什么艰难险阻，哪怕九九八十一难，你都会咬牙走下去。

欧阳树此时确实并不知道柳海生从他眼皮底下抢走了苏漓的项目。

那天，源泉咖啡馆里，苏漓和柳海生第一次见面聊天的时候，他们并不知道这间开在摩天大楼里号称"让职场中人感受会呼吸的咖啡"的咖啡厅是从西藏支边一年，然后周游世界一年后才回归北京的欧阳泷——也就是欧阳树堂弟的杰作。

平日里欧阳泷貌似在沙发中各种"葛优瘫"，但实际上内心在盘算做些不一样的事情。到目前为止，这家看起来"往来无白丁"的咖啡厅，实际上就是营收基本持平，离日进斗金的成功局面还差十万八千里。但欧阳泷一点也不着急。而且最近又突发奇想搞了个冥想空间，说是"硅谷顶级科技公司的高管都在上的冥想课——要用安静改变世界"。

欧阳树对这个堂弟一直是听之任之的姿态，这样的自由放任姿态倒是让欧阳泷对欧阳树更是顶礼膜拜。当然还有一个重要的原因——欧阳树是欧阳泷源泉咖啡厅的天使投资人之一。不仅如此，欧阳树还为他聚集了30位天使投资人，这30人里面还有不少成功的创业者。不过在选址方面欧阳泷并没有听取他们的建议，把源泉咖啡馆开在创业大街，而是坚持选在互联网公司汇集的商务大楼里，他坚持："一张一弛才是文武之道。源泉的定位是创业界的星巴克，要让人感受到美好和愉悦，而不是创业大街的咖啡厅所塑造的紧张和迫切。"

欧阳泷最后不但拿到这30位投资人的投资，而且还成功说服他们将地址选在商务大楼，看来也是得到了欧阳树的一些谈判和融资技巧的真传。

欧阳泷一回家，看到在书房里盯着电脑发呆的欧阳树，就联想起苏漓，于是故作神秘地和他透露一些"内部信息"，以报答欧阳树的"多年留宿之恩"。

"哥，你猜我最近看到谁了？"

欧阳树正看着针对小树资本的后续新闻报道事件的页面发呆，于是顺势把新闻页面推给欧阳泷："谁？难不成是这个跑路的创业者？"

欧阳泷看了一眼新闻，嘀咕了一句："您一直情场失意，按理来说商场应该得意啊。难道这铁打的规律到你这儿失灵了？算了，还是不伤害你了，不说了。"

欧阳树一听，欧阳泷这是话里有话，立刻起身拉住欧阳泷的胳膊："反正今晚正好有些无聊，看来你看到了什么不该看的。说说看，我不介意你再在我伤口上撒盐。来，有什么让我难过的事情说出来，让暴风雨来得更猛烈些吧。"

"哥，那我就和你说实话吧。我在咖啡厅遇到你中意的邻居，就是对门住的那个美女。其实遇到了也没什么，我还看到她和一男的，两人相谈甚欢的样子。这也还不算什么，关键是我还看到这个冰美人，连着笑了两次！这里面肯定有情况……你说你吧，好不容易遇到个女的，人家还住你对门，这么千载难逢的好机会你都抓不住！"

"我声明一下啊，事情不是你想象的样子。其一，我送这位女士回家，是想尽地主之谊，而且我并不知道她住我家对门。其次呢，我对她很殷勤，是因为她是鼎鼎大名的人工智能教授，我只是想获得她的好感，让她赶紧同意让小树资本成为她的投资方而已。"

"原来如此……说到投资，那天我听到他们的交谈里，刚好也提到投资啊，人工智能什么的。这说明想成为她投资方的不止你一个人啊。"

欧阳树本来有些心不在焉地听欧阳泷的唠叨，但一听欧阳泷提到的这个细节，整个人立刻清醒了起来。想想最近因为公司的一些投资事宜，自己有段时间没有拜访苏漓了，经过上次的醉酒和被曝光的小树资本投资公司跑路事件之后，他其实也是在有意回避苏漓，苏漓当然也不会主动找他。难道这么快就被别人钻了空子？若是如此，这之前的努力不就白费了？

不行，虽然他知道苏漓对他并没什么好感，但这关系还得尽快热乎起来。

怎么办呢？看来得有个什么事情来做个桥梁，好让两人之间冷却的关系重新活跃起来。

"美食，用美食修复我们的关系！"

于是，欧阳泷惊讶地看见，刚刚那个濒临绝望的欧阳树瞬间满血复活。

说到做到！记得上次颜振广提到过苏漓是杭州人，那就做个南方女生喜欢吃的点心。

欧阳树走到厨房，拿出牛奶、鲜奶油、鸡蛋、砂糖、炼乳、吉士粉，还有一包蛋挞皮。把牛奶、奶油、吉士粉、蛋黄相继放入锅中搅拌之后，再用过滤网将蛋液过滤两次，然后把搅拌好的材料倒入蛋挞皮中，放入预热至160度的烤箱。上火150度，下火160度，烤制10分钟。

整个制作过程非常娴熟流畅，看得欧阳泷忍不住拿出手机把他做点心的整个过程拍了下来。把点心装到盘里，欧阳树笑着递给欧阳泷一个："尝尝。"

早就等不及的欧阳泷三下两下便吞到肚子里，吃完还忍不住舔舔嘴唇，"嗯嗯，好吃！哥，你这人且不说年轻多金，关键是还能做这么多好吃的，哪个女孩子嫁给你那都是上辈子拯救了银河系。不对，一般言情剧里，不是应该女孩给男孩送自己做的点心吗？你这怎么反过来了？"

手拿蛋挞托盘，正准备出门的欧阳树回眸尴尬地一笑："特殊时期，牺牲一下。大丈夫要能屈能伸。"

门对面的苏漓正在和美国那边的同事迈克进行视频通话，交流系统开发的情况。

大家正聊得火热，迈克分享了一个有意思的观点："记得图灵曾经钻研过一个问题：人类大脑与确定性机器之间是否存在根本区别？他的结论是，人与机器间的界线要比他原来想象中的更为模糊。而且他认为，如果一台机器可以根据已处理的数据调整自己的程序，这难道不是自我学习的一种形式吗？他花了很多时间来研究计算机如何模仿人类大脑的活动。所以有的时候，我觉得自己并不单单在从事科技活动，我也是在从事人文活动。"

迈克是名美籍华人。在人工智能的圈子里，华人因为数学和计算机学得好，颇受圈中人的青睐。但和苏漓不同的是，迈克不单单是一名技术狂人和顶级程序员，还是一名人文爱好者。

"对了，有个好消息，一个坏消息，你愿意先听哪个？"苏漓并不似迈克那么感性，她把话题又拉回到小伴智能的运营进展上来。

"理论上应该先听坏消息，但是中国现在是晚上，所以我想破坏这个规则，听听好消息吧。"迈克倒是说得直接。

"好消息是我们在中国的融资还是挺顺利的，估值两亿人民币，这轮稀释5%，融资近200万美元，等值1000万人民币，协议我已经准备签署了。这轮融资到位后，迈克你可以带上部分团队成员来中国。坏消息是按照对赌协议，我们不仅需要让产品在三个月内上线，而且第一季度用户还需要达到30万以上。还是有一些压力的，但是我有这个信心。"

透过屏幕，苏漓可以清晰地看到迈克脸上由喜转忧。但是这样一群技术天才不会让人失望的，苏漓一直对他们有信心。

门铃声响起，苏漓一看时间，十点了。这大晚上的会是谁来找自己呢？透过智能监视器，她看到了欧阳树的脸。

这位邻居消失了一阵，现在跑来是想干什么？她打开门，看到欧阳树手中托盘里放着四个蛋挞，"苏小姐，家里蛋挞做多了一些，特意拿过来给邻居尝尝。咱们也许久未见了。"

苏漓看了一眼托盘，焦黄的蛋挞让人垂涎欲滴，正像小时候妈妈给她做的。

而妈妈在27年前狠心抛弃了她，还是在爸爸最需要她的时候……

在母亲离开之后，父亲就再也没醒过来。

从那之后，她再也没有吃过一口蛋挞，即使那曾经是她曾经最喜欢的甜食。

对于这份蛋挞，她心里想接受，但身体却在逃离。她有些想关上已经打开的大门，于是半掩着门，对欧阳树说："欧阳先生，投资人工作范围并不包括送蛋挞吧？而且我不喜欢吃蛋挞。此外，现在已经是晚上十点了，你并不是我的投资人，所以现在也不应该是我们碰面的时间。"

面对苏漓这么直截了当的拒绝，欧阳树还能一副死皮赖脸的微笑："我此刻的身份不是你的投资人，而是你的邻居。看在我当过你的司机，同时也替你搬过行李的分儿上，你就收下这份专门送过来的蛋挞吧。另外，虽然我现在还不是你的投资人，我相信很快就是了。"

苏漓实在赖不过，只能接下蛋挞，斜眼看了欧阳树一眼："欧阳先生怎么如此自信，知道不久后一定会成为我的投资人？"

"我的工作十分到位，连深夜送蛋挞这主意都能想得出来。苏小姐，这么精致又让人意外的投前服务我都能做出来，若是你不选我，那真是太遗憾了。"

……好吧，就让他继续高兴到小伴的投融资消息披露出来的时刻吧。苏漓关上门后，随手就把蛋挞倒进门旁边的垃圾桶里。

此刻她的心中除了对母亲的怨恨，剩下的是对父亲的思念。

"爸爸，我该回家看看您了。"

回到家的欧阳树自以为计谋得逞，睡了一个好觉。

第二天早上，来到办公室的欧阳树又恢复了一脸笑容。看到颜振广，他格外神秘地叮嘱了一声："我已使出杀手锏，苏漓那边应该很快就能搞定。也真是奇怪，你说这位教授怎么这么难搞定？有趣有趣。"

颜振广有些心疼欧阳树最近所受的一连串创伤，但还是不想隐瞒他一个事实，他打开一个新闻页面推送给欧阳树："你看，60秒前收到的新闻。"

欧阳树一看傻眼了：

人工智能专家苏漓归国创业，资本再次助力智能陪伴赛道。

"不会吧，我这投资协议还没签呢，谁泄漏出去的消息？"

颜振广指着屏幕给欧阳树："看清楚了，这新闻上的投资方不是小树资本，是必然资本。"

本来站着的欧阳树仔细看了一些内容，一下子有点蒙了，颜振广赶紧搬了个椅子让他坐下："咱们是有些太大意、太轻敌，对这位苏漓太友好了。不过说实话真是看不出来，这位科技天才这么表里不一，脚踩两只船啊。这样的女人真是不可小瞧。"

欧阳树想起刚才溜到嘴边的蛋挞事件，幸亏刚刚没告诉颜振广，要不然现在非得找个地缝钻进去。此刻他才明白为何苏漓昨日神色有些怪异，原来是她心中早就另选了其他的投资机构。

他此刻只觉得很是失落。

本来这项目是块马上要到嘴的肥肉，却生生被人夺了去。"这项目是必然资本投资的？"

"对。"

"这仇记下了，从我这里生抢项目啊。此仇不报非君子！"也是怪自己太大意了。人，有时总会为自己的感性所犯下的错误买单。

欧阳树想起邱一雄的嘱托，不由得像泄了气的皮球，第一次不知如何向邱一雄交代。

这次算是彻彻底底地让邱一雄失望了。

既然事已至此，不如主动负荆请罪。

他当即约了邱一雄，说是有些事情想当面和他交流一下。邱一雄让助理调了一下既定的日程表，让欧阳树次日去公司找他。

邱一雄这位投资界的大鳄，在别人眼里是雷厉风行枭雄一般的存在，但对于欧阳树而言，他是如师父与父亲一样的形象。

欧阳树明白，这样的长辈并不是人人可以碰到的，所以格外珍惜。他从不想让邱一雄对自己失望。

但最近有了接二连三的问题，他需要为自己的错误负起责任。

和很多投资公司不同的是，南元资本的办公地点并不在投资公司汇集的CBD、三元桥、望京，而是在各种金融机构盘驻的金融街。从CBD到金融街距离虽然不算太远，但因为途经华贸、国贸、长安街，所以但凡遇上堵车，通常20分钟的车程能开上两个小时。

为了可以早点到达南元资本的办公室，欧阳树第二天一早就出发了。等到达南元资本的时候，邱一雄还在进行上一个会议。前台小姐见是欧阳树，自然是喜笑颜开，这位投资人年轻英俊又诙谐，很招人喜欢。

这一层办公楼都是南元资本的。一家投资人员过百的投资机构，在投资界算是大规模的公司。欧阳树在心中暗暗羡慕，心里寻思着他什么时候也能把小树资本带到这样的规模和行业高度。

"阿树。"邱一雄的召唤声把欧阳树从沉思中拉了回来。

不等欧阳树开口，邱一雄主动给欧阳树递了一瓶水，他看得出来欧阳树的紧张，"最近似乎有些事情不太顺利？"

"嗯。其一是创业者跑路事件，不知为何被媒体利用了，您也看到了。当然还有苏漓的项目被人半路夺走，这个做得非常不到位。我不敢说我尽力了。"

"商场如战场。胜败乃兵家常事，也许过些时日真相就会水落石出。到那时，坏事也许变成好事，否极泰来说的就是这个道理。阿树，我经历过很多大的历史金融事故，为什么每次都能劫后重生，其实靠的就是一个字：心。内心认可的东西，就是一种信仰。对于信仰，不管中途经历什么艰难险阻，哪怕九九八十一难，你都会咬牙走下去。"

邱一雄的话让欧阳树有些意外。他本来以为邱一雄会狠狠教训他一顿，没想到他现在不气不恼地坐在这里和自己讲人生道理。

邱一雄可能感受到了欧阳树的意外，继续说道："眼前的失意也不是什么坏事。过去一年，你所带领的小树资本一直是行业典范，基本都是成功的案例。在媒体报道方面，也基本是高歌小树资本和你本人。在这样的赞扬里待久了，人难免忘记出发时的艰辛和初心。还记得小树资本成立时，你和我谈到的投资理想吗？"

"发掘优质的项目，成为创业者背后的力量。"欧阳树脱口而出，这句话他铭记于心。

"大家都觉得创投圈是神秘又冷酷的，很多人把创业公司幕后的推手资本看成是嗜血的魔鬼。其实所有商业的本质都一样。资本是逐利的，它的任务是完成促进优质资产和产业的再合理配置，它肯定不是雪中送炭而是锦上添花。投资人手上掌握雄厚资金，虽然难免也会情绪波动，但优秀的投资人一定要极其理性。不是我们冷血，只不过是对这份职业的一份敬畏和责任罢了。这一切容不得半点感情冲动的差池。"

欧阳树很少听邱一雄说出如此语重心长的话语，不由得当场做了表态："对小树资本的声誉有影响的事，我会积极补救。"

"阿树，我说的不仅仅是眼下的事情，以后你碰到这样的事情还会很多。你还年轻，早经历一些也总是好的，若碰到一些过激的事情，也权当是生命在早早地提个醒。人们经常说，人不犯我我不犯人，有时却是莫名奇妙的你不犯人，人来犯你。所以，你想成就一番事业也好，完成心中理想也罢，要时时记得一句话：若你选择了站在一个更高的位置上，你便得有力量去承担一切，好的不好的都得承担。"

欧阳树用自己喜欢的一句话回应邱一雄："茨威格说过，所有命运赠送的礼物，早已在暗中标好了价格。担得起，才能担得好。"

邱一雄知晓欧阳树已经明白他要说的话，于是话锋一转："听说苏漓的项目被必然资本抢走了？"

"这个项目确实是大意了一些。起了个大早还没赶上集。我很抱歉。"欧阳树顿了顿，"有件事情我一直想问您，很少看到您对一名创业者像对苏漓一样上心，我很想知道您为何这么在意这个案子？"

"智能语音这个方向是人工智能很重要的发展方向，但是对算法的要求很难。一旦智能语音真的变得智能，那这项技术对人类发展是指数级影响，有些项目是长线型的值得跟进，比如苏漓教授的这个。"邱一雄先从理性分析的角度回答了欧阳树的问题。

接着他抬头看着远方的阳光，目光仿佛穿越到另外一个世界，欧阳树注意到他刚刚说到苏漓时，语气中有一种很难见到的悲伤，"其实，我很久之前就知道苏漓了。那时她还很小很小……人是个多面体，有的人表面云淡风轻，其实背后有很多故事。有的人冷若冰霜但其实内心温暖，背后承担了常人不能承受的痛苦。真正了解一个人，要去看看他的成长史。话说回来，苏漓的这个项目，我们虽然并没有机缘在天使轮投进去，但我们可以关注它的下一轮融资。"

邱一雄很久前就认识苏漓？还说苏漓是个很有故事的人？苏漓背后有怎样的故事？

欧阳树很是好奇，但见邱一雄并没有继续说下去的意思，也就不便追问。

既然邱一雄已经指示欧阳树要投资小伴智能的下一轮，那他这次可不能再把这事儿办砸了。一走出南元资本，欧阳树就给柳海生打了个电话："你们公司新近投资的小伴智能，主投人是你？"

"不是我，是仇剑。"柳海生的回答毫无犹疑。

必然资本投资小伴智能的迫切的心，苏漓完全能感受到：新闻稿在投资协议签定的第二天就发布了，而且在姜雅妍做尽职调查之前，必然资本决定先提供给小伴智能一笔过桥贷款。

苏漓和王小娇确认第一笔过桥贷款到账之后，按照苏漓和团队之前的约定，接下来迈克带领主要团队很快来中国，而秦将人也正式入职。

由于之前的铺垫工作做得周密，秦将人从华讯科技辞职和到小伴智能的入职速度很快。他只是和苏漓谈了基本的薪酬就同意加入了，倒是苏漓主动给了他一笔丰厚的期权，这也是创业公司报酬中最吸引人的部分。如此一来，他也是小伴智能第一位融资成功后入职的外部空降高管。

而迈克和美国团队主要技术人员的加入算是另外一件值得庆贺的事情。

从目前看来，开局如想象中一切顺利。

一行二十多人挤在已不算宽阔的办公室里，大家叫来外卖披萨开了个融资聚会。

王小娇格外兴奋，"团队融资成功，我们有钱了！"她兴奋得手舞足蹈起来。

大家清清楚楚听到王小娇小伴的声音："有钱了，是不是要搬到大办公室了？"

众人大笑起来，看来小伴在互联网的深度学习又进了一步。

而苏漓一个人坐在角落里，静静地看着这群年轻人，嘴角漾起一丝不易察觉的微笑。秦将人拿起一杯红酒递给苏漓，和她碰了一下杯子，"还记不记得上学的时候，那群美国同学在班级派对上也是这么疯狂。其实国内互联网和美国互联网连企业文化都越来越像了。"

"是啊，时间都过去很久了，虽然已经离开校园，但这班年轻人又让我想起校园时光。我们现在是一家正式的创业公司了，而且刚刚拿到融资。这一切来得有些快，节奏比我想象中还要快。你说，后面是不是也会被嗜血的投资人鞭打？"

秦将人没想到苏漓首先想到的是今后可能遇到的危机，他熟悉苏漓的这种抽离的冷静。"只要我们团结一心向着目标前进，不管遇到何种困难，最后都会解决的。有句话是这么说的：那些打不死你的，只会让你更强大。"这句话似乎触动了苏漓的感性神经，她回过头来望着秦将人，"老同学，谢谢你的加入。公司目前没办法给你很高的薪水，大家共同有的只是一个未来。但我深知，这就是我的人生使命，做这件事我很快乐。"

"这几天还比较空，要不你回杭州一趟吧。你回国后一直忙着，也没空回老家一趟吧。"看着眼前这位让他尊敬又让他有些怜惜的老同学，他体贴地拍了拍苏漓的椅背。秦将人中学时就知道苏漓是个孤儿，好容易回国了，总得回杭州给死去的父母扫扫墓。

"好，那我就早一些出发。"秦将人的加入，让苏漓觉得国内团队有了一些可以依靠的力量，所以她没有拒绝秦将人的提议。

两人还没来得及说更多，迈克从屋外冲进来，一把拉过两人："我们一起跳个集体庆祝舞吧。跳完这支舞之后，我们就要开始赶活儿了，所以，快来参加我们这次狂欢吧！"办公室已经变成了节日大狂欢舞台。

同事们的热情很快感染了苏漓和秦将人。众人簇拥着俩人跳起来，整个团队成员都加入了狂欢派对。

CHAPTER 9

不孤寂物种

二十多年来，她学会了最尖端的科技，也一直走在发展的前沿，但却没有学会一样东西，也是她一直在回避的东西：爱。

爱是一种什么样的东西？爱可不可以被分析？爱可不可以被解读？爱可不可以被碰触？带着这样的疑问，她创造了小伴。

到家又是深夜了。

周围很安静，苏漓只留了床头的台灯。融资到位，终于可以在今夜睡个好觉了。

半梦半醒之中，似乎看到爸爸、妈妈、姑姑，都在渐渐离她远去。

"别走……"苏漓伸手想抓住三位亲人。

一睁眼，看到的只有屋里有些昏暗的灯光，才反应过来自己刚刚是在梦中。

似乎她的人生总是在不断地和亲人别离，而自己的情感也仿佛慢慢被抽离干净。

二十多年来，她学会了最尖端的科技，也一直走在发展的前沿，但却没有学会一样东西，也是她一直在回避的东西：爱。

爱是一种什么样的东西？爱可不可以被分析？爱可不可以被解读？爱可不可以被碰触？带着这样的疑问，她创造了小伴。

小伴的名字来源于"陪伴"，就如同今天一群小伙伴的陪伴。但是一到夜晚，她还是感受到深深的孤寂。

她对孤寂并不陌生，或者说她把孤寂当作一种力量。

一种可以促使她去创造"不孤寂物种"的力量。

三个月后，小伴会上线，用户会看到这个"不孤寂物种"，从此人人都能如她那般拥有"永生的家人"。

想到这里，她又有些欣慰。

倒上一杯红酒，喝了一大口，脑中忽然对另外一件事情的渴望格外清晰起来：回杭州，哪怕就一天的时间。

苏漓马上订了第二天早上的高铁。

同时她发了封邮件给公司团队成员，告诉大家，明早她要到杭州临时出趟差，一天之内回来。日常办公可以网络协作完成，她的出差并不会影响大家的技术开发进度。

她现在不属于自己，她属于小伴智能每个成员。成立了这家公司，她就得对这家公司的每个团队成员负责。而这份责任的最优化表现形式，就是让小伴智能成为一家成功的企业，这不仅是她的梦想，也是小伴智能团队每一个成员的梦想。

似乎又是在半梦半醒之间，她回到了自家的庭院。

八月桂花香，桌上有每天早上妈妈做的黄灿灿的蛋挞，这香气诱惑得她非得吃上四个才肯下桌。

妈妈是个美人儿，本来是金融专业的高材生，但嫁给身为公司总经理的父亲之后，就专心做一名家庭主妇，日常就是照顾一家人的起居。她小时候每天都能和妈妈在一起，妈妈不但能做最美味的食物，也会给她做漂亮的衣服。那个时候，她觉得妈妈是世界上最心灵手巧的妈妈。

后来，她的妈妈却成了最狠心，舍家人而去的妈妈。

那个曾经最爱的妈妈去哪里了？妈妈那时对她的爱是真的吗？还是一切只是她的幻觉？

为什么？妈妈为什么要离她而去？离病重的爸爸而去？她不是说出趟远门很快就能回来吗？那是多远的远门啊，一晃 27 年了，她都没有回来？妈妈你在哪里？

……

"小姐，杭州站到了，再不下车就下不去了。"苏漓被身边的人从梦中叫醒。

杭州站到了。她提着行李，踏出高铁门的一刹那，还是禁不住湿了眼眶：27 年了，想念了这么久的故乡，我终于回来了。

当年家所在的位置已经被拆除，在原地拔地而起了一栋摩天大楼。她围着大楼转了转，一切已经物是人非。在这个热闹的城市里，没人记得 27 年前的她家破人亡。

还好，她还能找到当年的故人，比如父亲公司当年的财务总监姜政。

姜政这个人的存在她也是费了一番周折才知道的。父亲苏秦的玖正科技被尚盛科技兼并之后，姜政并没有加入合并后的尚盛科技，而是投身到财政学院成为一名财务学老师，似乎在远离当年的是非。他知道什么吗？他在逃避什么吗？

而找到姜政本人，苏漓并没有费太大的周折。在财政学院的介绍栏上，姜政的介绍里清楚地写着"曾担任玖正科技财务总监一职"。

因为是故人，苏漓怕自己的贸然到访会惊到姜政，所以并没有直接在学院见他，而是找到一名学生给他递了一封信，说是一位苏秦的故人请求相见，地点约在西湖边上杭州凯悦酒店的大堂。

小时候，妈妈经常带她来西湖边上玩耍，父亲不忙的时候也会带着一家人在西湖边走走。她在西湖边找了个凳子坐了下来，望着西湖轻微起伏的波浪和湖中泛舟的人们，闭上了眼睛：爸爸，我回来就是要查明真相的。

回到酒店大堂，姜政还是如约来了。苏漓从财政学院的照片墙上看到了姜政现在的样子，所以当满脸狐疑的姜政走过来的时候，苏漓立刻认出了他。

姜政看上去一副云淡风轻的表情，大概是久居校园的缘故，和同龄人相比，倒是显得年轻许多，不似六十来岁的人。

"我是姜政，是您找我？您认识苏秦先生？"

姜政的到来，大概也是因为对邀约者的好奇。所以在简单的介绍了自己之后，他很快就想知道眼前的这名女子是苏秦的什么人。

"姜伯伯，我是苏漓。"直截了当一向是苏漓的风格，她早已不是当年那个每天笑容满面天真无邪的小女孩。做完自我介绍，她看到姜政的脸色由晴转阴，他张大了嘴巴，但没有出声，只是呆呆地望着她。

"阿漓，你是阿漓？我之前见你的时候，你还这么小。"姜政坐倒在身后的沙发上，用手比画了一下五岁小女孩的身高，"这些年你去哪里了？你爸爸去世之后，你不见了，你妈妈也不见了。没有人知道你去哪里了。这些年……"

"姑姑把我带去了美国，我的母亲……我也不知道她去了哪里，我父亲故去之后我再也没有见过她。"苏漓一脸的平静，好像在讲一个跟自己完全无关的故事，"这些年我一直在美国求学、工作，最近才回到国内。"

苏漓简单回答完姜政的疑问，就开始切入正题："姜伯伯，我冒昧来找您，是因为我父亲临终前的一句话。那时太小并不知道是什么意思，但总觉得有些隐情。"

"苏总临终说的？什么话？"

"我父亲临终前说，虽然他犯了错误，但也罪不至死。姜伯伯，我想知道父亲的公司当年究竟发生了什么事？"

哪知姜政听完这句话忽然脸色大变，"阿漓，这都是过去的事情了。二十多年了。当年的事情……我也不记得了，你还是别问了。"他踉踉跄跄地站了起来，"我一会儿还有课，要赶回学校。阿漓，别再来找我了。我现在只是一名老师，已经不属于商界了。"

苏漓拉住准备要往外走的姜政，她直觉对方是知道些什么的："姜伯伯，我只是想搞清楚父亲的公司为何突然就没有了，当年究竟发生了什么？他的这句话每个晚上如同梦魇一般出现在我的梦里。他只有我一个女儿，我一定要调查清楚，不能让他死不瞑目。姜伯伯，当年您是公司的财务总监，并购案所有的资料都有您的签字。求求您，告诉我当年发生了什么？"

姜政看着态度坚决的苏漓，还是摇了摇头："我真的都不记得了，让我想想，让我想想……"说完，头也不回地奔向大门。

整个会面前后不到三分钟。苏漓可以确定的是这里面一定有什么事情，而且是姜政不愿意再提起的事情。

这次他不打算说出来，那我就下次再来；若他下次还不说，我就一直来找他，直到他说出来为止。

苏漓暗暗下定了决心。

从杭州回北京的高铁上，她闭上眼睛，又想起母亲：父亲当年的事情也许她会慢慢查清楚，而母亲呢？她又在哪里？全国叫韩梅的人数不清，她之前试图联系过一些人，最终却发现都不是母亲。难道她人间蒸发了？

家人一个个离去，此刻陪在她身边的只有小伴。这个虚拟的"家人"让她有了丝丝暖意。

让每一个人再多一位永生的"家人"，这是她做这件事情的初心，她相信这也是每一个孤独人的愿望。

要让小伴变得越来越智能，这个事情不容易，整个行业都在试图解决这个难题，留给她的时间不多了。

对于三代同堂的欧阳树而言，家人是幸福的源头，但有的时候也是烦恼的源头。他的黄金单身汉生活不时地被逼婚的外婆和妈妈打扰。

本来早上欧阳树要早早出门去公司开会，哪知刚洗漱完毕就被一大早到访的外婆和妈妈拖住，一定要他吃了早餐再走。

欧阳树看着一大桌早餐发愁，这哪是早餐啊，这分明是晚餐的排场。

"小树，来，再多喝一杯牛奶，再来一个蛋挞。怎么样？好不好吃啊？"

欧阳树只好一边喝着牛奶，一边哭笑不得地点点头。

"小树啊，外婆给你看几张照片。"

欧阳树一听就知道是外婆又在准备招呼他相亲，妈妈林爱芳在旁边陪着笑。他朝妈妈投去一个求助的眼神，林爱芳会意赶紧给外婆夹菜，而欧阳树趁机逃出家门。

想和他搭车一起走的欧阳泷立刻也追了出来："哥，等等我！诶，问你一件事儿，苏漓教授公司有个女孩儿叫王小娇，你知不知道？"

"王小娇？我不认识苏漓公司的人啊。你认识？"

"她们公司就在我们咖啡厅楼上，她总是去我那儿买咖啡。这一来二去呢，我呢就有点喜欢人家……不过人家是大公司出来的，现在也在创业，人漂亮又有理想，也不知道能不能看上我……"

"就你这样？美女看上你？好吧，那你抓紧好好努力，要不然怎么追得上美女呢？"

"得嘞，你看我这不和你一起上班嘛。我已经定了个小目标：先赚一个亿。"

欧阳树难得看到欧阳泷表现出正经的样子，不由得暗自感慨爱情的力量，同时心里也嘀咕起来，苏漓这块儿被必然资本偷走的肥肉，他还是得抢回来。

邱一雄说苏漓是个有故事的人，这位大学教授能有什么故事呢？

"哥，另外啊，上次看到的那位和苏小姐在一起的男人，我经常看到他约苏小姐吃饭。每次他都是满脸期盼，而苏小姐刚开始还是那样冷冷的，后来聊的次数多了笑容也多起来了。你说那个男的会不会是在追求她呀？哎呀，你还不赶紧加油啊！对了，我还拍了个照片。"

欧阳树拿过手机一看，气不打一处来，这不是柳海生吗？于是他赶紧堵上了欧阳泷的脑洞，"别瞎猜了，这男的我认识，柳海生，燕园校友。他是苏小姐的投资人。两人经常谈的大概都是公司发展的事儿吧。哦，对了，我对她没意思啊，我对她这么热情纯粹是拿下创业项目的需要。"

欧阳树刚说着，忽然想起自己给柳海生打的那个电话。柳海生不是说这个项目是仇剑主投资的吗？那就算是公司发展战略讨论，也不用他自己每周跑去和苏漓见面吧？

想到这里，欧阳树立刻又给柳海生打了个电话："海生，咱们好久没聚了。这周找个时间会会？"

"好啊，是欧阳兄有什么好项目想找我们合作吗？"

"我没什么好项目给你，倒是对你们投资的小伴智能有点兴趣。你们最近开会的时候，方便的话能不能叫上我啊。"

柳海生爽快地答应了，两人约着下周在小伴的办公室见面。

欧阳泷做了个鬼脸："哥，你这算是和情敌当面对决吗？不过感觉对方创造机会的能力更胜一筹啊，因为他们起码有机会一起坐坐吃饭喝咖啡什么的。说是开会，其实啊，就是约会！"

欧阳树有些不耐烦了："你哪只眼睛看到我暗恋苏小姐了？我就是帮她接个机，搬运了次行李，偶尔做点好吃的送给她而已。地主之谊！"

"缘分啊，妙不可言。你说啊，怎么就那么巧呢？她就住你家隔壁。而且呢，我的咖啡厅刚好就在她的办公楼里，更巧的是，我居然喜欢上了她的下属。放心吧，等我搞定她的下属，我就有机会为你牵线搭桥了。"

欧阳树看了一眼欧阳泷，他这堂弟的幻想世界一旦展开，一时半会儿是醒不了了。"所以为了追到那女孩，你就打算牺牲堂哥，让你堂哥色诱她上司？我堂堂知名投资人，居然沦落到当你小子的诱饵，如果你真是这么想的，我希望你最近尽快搬离我家。"

"好好好，不说了。别赶我走啊，你家那么大，空着也是空着，我交房租还不行吗？等我咖啡厅赚钱了，手里有钱了我立马就搬走。"

欧阳树把车停在源泉咖啡门口，欧阳泷神秘兮兮地指了指咖啡厅里面。欧阳树顺着他指的方向，看到苏漓正在里面，看样子正在买咖啡。身边的欧阳泷又说："卖个情报给你，她最喜欢摩卡，不加糖。这条消息是要抵房租的啊。"

臭小子，欧阳树挥手打了欧阳泷一下，欧阳泷贼笑一声赶紧下车闪开了。

兄弟之间的打打闹闹也是欧阳树宝贵的放松时刻。家人嘛，总是最值得珍惜的。

看着能量满满的欧阳泷，他再次感概爱情力量的伟大。但是爱情这东西，成本高代价大风险系数趋于无穷大。"所以，它离我远一点比较好。"欧阳树小声嘀咕了一句。

他感觉自己还是回到工作状态比较得心应手。

一季度一次的会议，他迟到不得。

季度会原定九点开始，没想到欧阳树八点半赶到开会地点时，大家都早就到了。作为一家把人工智能赛道作为重要投资领域的公司，没有选择科技范儿十足的会议场所，而是选择一处风景秀丽、小桥流水的亭台楼阁作为会议地点，这是欧阳树的意思。

团队扩张还是挺快的。欧阳树记得去年也就十个人，一年过去，已经发展到20多人了，过去的一个月又新加入了两位。按照这个速度，明年得有三十人吧。他不是一个非常善于做管理的人，或者说不太喜欢管理别人，他更喜欢每个人都是自律的，自己管理自己。

来到庭院会场，大家还是比较放松的，但是今天的会议却并不轻松。

小树资本这个季度会重点讨论的投资赛道是人工智能和大文娱。

作为人工智能方向的负责人之一，颜振广对目前投资的一些项目做了季度回顾："人工智能技术，特别是深度学习技术，每天都在快速往前发展。这个领域正处在造就'独角兽'公司的时代，我们要投资的是人工智能技术的颠覆者。从实际结果来说，这一季度我们在人工智能方向投资最多，有6个，基本上每月两个项目，都是比较偏早期的，整体投资节奏有些快。对于下一季度的具体投资节奏，我们也需要再来探讨一下。"

欧阳树接过话题："人工智能更像是一个游乐场，各有各的玩法，就看谁在垂直领域的项目更有人气，更有生命力。消费者并不是唯一受益于人工智能的人，企业也开始学习如何使用人工智能和机器学习技术。消费者和企业在人工智能的强大技术世界中，共同成长和保持相关性，所以不管是to B（与企业间的商务模式）方向的，还是to C（与消费者间的电子商务形式）方向的，都值得关注一下。当然，我在这里还要做个检讨，由于我个人的疏忽，苏漓教授的项目被其他基金抢走了，非常可惜。但我会继续跟进，争取有机会在下一轮进去。"

大家对于欧阳树的自我检讨已经很习惯了，他们的老大信奉"错就是错了，对就是对了"，是那种特别坦诚的领导者。这也是他们喜欢小树资本很重要的原因之一。因为在这里，工作能力和品格并重，不会出现聪明人互相倾轧的乱象。

这种季度会往往畅所欲言，新人当然也有发言的机会。不过尹正鸣带来的是一个提问："冒昧问一下，苏漓教授的项目好在哪里？为何大家都去抢？"

"一个具有突破性质的算法。就人工智能领域的投资机会而言，现在拐点的到来，是因为互联网积累的数据量越来越大，计算机的计算能力越来越强，使得人工智能前沿项目加速从实验室走向了实际应用。就科学研究本身而言，人工智能也属于类脑智能研究。而苏教授的创业项目就是在创造智能大脑，目的是在透彻研究人脑后，模仿人类脑部运作机制，研发具有情感、智力和意识的类人机器及系统。这个领域需要大量数据积累，原本那些拥有海量数据的巨头才比较有突破机会，但由于苏教授所做的超级算法和研究，也许能够使得小伴智能弯道超车。"

欧阳树对这个领域确实做了很多研究，说起来头头是道。

许雅茹忽然提道："听说奇点科技有上千人的团队在做这方面的研究，而一念科技也被投资领域看好。"许雅茹并不是投资人员，因而她的突然发言让大家都惊讶地看向她。她赶紧解释道："哦，我看到之前那篇新闻报道上做过行业公司对比分析，就是上次苏漓获得投资的报道。"

"对，奇点科技财大气粗，我们还是应该时刻关注奇点的技术突破，但大公司内部孵化新产品总有它的弊端，运营不太灵活。话说回来，一念科技的部分核心团队也是从奇点科技出来创业的，所以也算是近亲繁殖，只是一念在获得投资的这一年多的时间里并没有什么建树，可能是技术还没什么突破，所以我们也期望能够投资到未来能够和他们抗衡的公司。苏漓的小伴智能也许是我们在这个领域的一个突破口，错过了确实有些可惜。"欧阳树后来做了不少研究，由开始的纯粹对苏漓这个人的好奇，后来变为对这个赛道的兴趣。"人工智能技术在各大模块的应用型公司，我们还需要加大投资，这是未来的方向。就如振广所言，人工智能是一个比互联网还要大的市场。对于参与这些项目的人员，大家也可以做些分享，包括可以看看哪些是我们错过的，一年两年后再看看，我们投了或者没有投，是不是正确的决定。"

众人就所参与的项目做了些分享，对于错失的项目也做了一些理性的分析。会场讨论也很激烈，毕竟这个热门的赛道有太多双眼睛在盯着，谁都不甘落后，都想投出"独角兽"公司。

会议休息期间，众人喝着新鲜的井水泡的茶，随手吃着一些甜点，一派放松的气氛。赵见德越过人群走过来，附在欧阳树耳边轻声说："钱真又出来创业了。"

欧阳树喝了一口茶，若有所思："这种不守规则的创业者还有人敢投资？当年他也算是一个有理想的创业者，怎么就做出这种有违职业道德的事情？还好，对我们小树资本所造成的负面影响已经消除了，不过还是要找他要个说法。如果他就此能改过自新，这个事情就这么过去了。"

"好的。不过，现在市场上是不是热钱太多了？他现在做的还是之前的方向，人工智能，竟然还真的让他拿到了投资，是一个没怎么听说过的基金。我总觉得这件事情有点奇怪。"

"你再好好调查看看，谁知道他后面有没有什么猫腻。但我相信一个品格不怎么样的人，技术再牛也是不值得投资的。这是我非常朴素的投资观。"欧阳树正要再说几句，许雅茹走了过来，她刚好听见了两人的悄悄话："欧阳，难道你就这么饶过他了？这事儿还真是不能就这么算了。"

"看看吧，我相信创投圈里都是些聪明人，不是几篇栽赃的报道就能蒙蔽众人眼睛的。这种事情越描越黑，路遥知马力，走着瞧吧。不过业界同行之间还是应该多走动走动，平时有消息就多交流交流。"

等说完钱真的事情，刚好 15 分钟的间歇休息时间到，大家又回归会场，继续开展投资的头脑风暴。

"AI 其实就是一个大的赋能平台。当然，结合视觉、语言和言语沟通方式的机器人将会开始出现，如同智慧家具一样，不仅价格会越来越实惠，技术也会逐渐提升。机器人能更好地完成各种复杂的任务。可以说未来人工智能的前景是无处不智能。"

说完人工智能这么多的好处，欧阳树又随口说了一句："反者，道之动。"

"什么意思？"一帮工科背景的投资人听到欧阳树这话都有点摸不着头脑。

"反者，道之动。老子在两千多年前就揭示了一正一反两股力量相佐相生的规律。我们现在所看好的方向都是看到科技进步所带来的好处，但是科技进步也带来了不好的一面。现在'去科技'也是一种潮流，很多人开始探求质朴的人性。这就是为什么在坚持人工智能赛道投资的同时，我还是坚持在大文娱赛道的投资力度。"

"欧阳，有个好消息是，我们在大文娱行业的投资项目都顺利拿到了下一轮投资，说明投资圈还是看好这个抗周期但是增长缓慢的行业。"

提到文化投资，欧阳树忽然想起来，自己的《舌尖上的 267 道中式面食》出版还停留在半空中，有必要约那位拒绝他的主编李乐乐出来谈谈。

CHAPTER 10

机器的温度

六七十年前，图灵先生提出了著名的图灵测试，以此判断机器是否具备人类的思维和情感，现在我们的人工智能研发正在慢慢接近这个目标，我们投资机器智能这件事情，无非是在努力跟随一个时代。我们更相信，不管机器达到何种智能，首先是创造者们制造的。

欧阳泷是铁了心要让欧阳树这张"金字招牌"帮他招揽生意。

当他得知欧阳树要约出版社旗下《全球美食家》杂志主编李乐乐吃饭的时候，他坚持一定要把地点定在源泉咖啡。

"你是投资圈少壮派的流量担当，那人家李乐乐是知名饮食网红，是我们美食界大的流量标志。流量标志是能带来商业销量的，这正是目前源泉咖啡所需要的。你看看啊，李乐乐在社交平台上的粉丝得有几百万了。她的任何公开行为，哪怕在社交平台上的浏览、点赞都是有商业价值的。所以，既然是和她见面，请不要浪费流量，一定要把这次伟大的会晤，也是免报酬的广告活动放到我的地盘。全部开销免单，费用我来承担如何？"

还没等欧阳树答应，他就自顾自地拍了拍胸脯："好，就这么定了。我赶紧去准备你们的黄金套餐。"

欧阳树联系的那位编辑看来是很喜欢"林三少爷"的《舌尖上的 267 道中式面食》，也不知道她用什么方法说服了李乐乐这样的红人来见他这位"名不见经传"的作者。

欧阳泷早早地将一切准备就绪，还在网络上搜索了李乐乐的照片，按照李乐乐的模样做了一杯人像咖啡，一切准备就绪，等李乐乐进场。欧阳树所投资的公司也有一些做网红孵化的，说真的，他不太喜欢这种风格，所以对于这种网红人士他也没太上心。但为了出版作品传播面食的梦想，他觉得还是有必要和她见面争取一下。

他本来正在打电话，忽然欧阳泷一个闪身来到他身边，在他耳边小声喊了一句："来了来了。"

欧阳树应声抬头一看，只见一位红衣女子架着墨镜，头上戴着一顶精致的小礼帽，踩着十厘米的高跟鞋飘然而至。欧阳泷赶紧走上去热情地和她打了个招呼，然后径直把她引到欧阳树餐桌这边来。

"我是李乐乐，你就是'林家三少'？你好。"她一贯是趾高气扬的做派，但上上下下打量了欧阳树一番后，从他的穿着打扮判断，眼前这名男士似乎也还是一位成功人士，于是客气地寒暄了一下。

"是啊。久仰久仰。怎么，我不像是做面食的？"欧阳树被她盯得有些难受。

"我们美食这行倒是三教九流都有，你吧，起码不像大厨。多数厨师若能精心出版一本书，巴不得自己的名字能放大些好让读者看到。你倒好，连真名都不用。我今天过来也只是好奇你是做哪行的？为什么想出这么一本面食的书？"

这种咄咄逼人的问话真是够直接，欧阳树喝了一口欧阳泷特制的咖啡："大道至简。任何的饮食茶点想要做好都不是简单的事，简单的面食要想做好也不简单。面食的原料只是面粉，但能做出那么多形态各异的美味，多有成就感啊。况且中式面食关乎美食国粹，为何我们不能花些力气流传下去？"

欧阳树说话的时候，李乐乐拿起手机对着欧阳树拍了张照片，"你连说话的口气都不像个大厨。你要不介意的话，我拍张你的照片，让同事帮我查查。"李乐乐刚发出照片不久，信息就很快传了过来。她盯着信息，对着屏幕念出了欧阳树的一些信息："小树资本创始合伙人，年度35岁以下最优秀投资人，国内百位优秀投资人……哇，你还成功创过业？创业公司被上市公司收购？原来我眼前的这位美食大王这么有来头啊！"

"林家三少"的真实身份这么快就曝光了？人工智能年代真是无处藏身，一点都不好玩。本来他不想破坏自己的专业形象，所以决定以笔名出版美食书，没想到这么快就被人扒出来了。他扬扬眉毛，整理了一下西装，挺直了腰背："李主编，所以呢，我的真实身份你也知道了。不好意思，本来是想凭实力出书的。"

李乐乐的态度已经发生了180度的大转弯："大投资人选择在我们这里出书，是我们的荣幸。欧阳总放心，回去我就安排出版的事情。"她脸上的微笑灿烂得好像一朵盛开的鲜花。

欧阳树还真是没见过变脸如此之快的人。

李乐乐有她自己的算盘：欧阳树这样的金主，就算书卖得不好，能结识上也没坏处啊，回头还能给自己拉拉流量。

她低头喝了一口咖啡，心中不禁嘀咕着：眼前欧阳先生这么年轻有为，不知道有没有女朋友？

在她紧盯着欧阳树的时候，旁边一位伙计打扮的年轻人又给她送来了几样咖啡和甜品，"李主编，请您尝尝我们店里的咖啡和甜品。我们这个源泉咖啡也是欧阳总投资的，而我作为欧阳树的堂弟，目前就是本店的创始人和店长，请多多指教。"

"堂弟？"情商极高的李乐乐立刻明白了欧阳泷的需求，这不就是想蹭蹭她的知名度，为源泉咖啡做个广告嘛。她当然得给欧阳树这个面子，"当然当然，这咖啡我已经尝过了口感不错，甜品也钟意。我来拍个照发发，帮你们推广一下。毕竟酒香也怕巷子深，宣传还是要做的。另外这是我的联系方式，有什么我能帮到你们的，随时联系。"

知名网红这么轻易被搞定了？欧阳树无语地抬头往外看，居然看到苏漓走了进来，旁边还有一位绿衣姑娘。这就是欧阳泷说的那个女孩？

苏漓多年来养成的习惯如此：每到下午感觉有些反应迟钝的时候，她就下楼买杯摩卡。一天一杯摩卡，已经变成了她生活的一部分。此刻她也看到了欧阳树，他今天穿得特别精神，旁边坐着一位妙龄女子，从装扮上看似乎是时尚圈人士。王小娇小声地在她耳边说："那个女的我知道，李乐乐，知名美食网红兼杂志主编，网络大 V。哇，真人挺漂亮啊还大胸……她的美食视频很火的。"

欧阳树看到她走进来，隔着老远招手和她打招呼。苏漓有段时间没有见到这位邻居了。说实话，天使轮没有要他的投资，是因为对这个人并无好感。但他在投资圈能量不小，保持联系总是必要的。再加上欧阳树也没做过什么伤害她的事情，她此刻自然也向欧阳树点头回应。

欧阳树这边，情况已经有些尴尬。李乐乐已经开始问东问西，聊一些他的私人话题了，比如有没有女朋友什么的。欧阳泷为了讨好李乐乐，不断在旁边出卖他，欧阳树不断用眼神制止欧阳泷，心里暗自着急。

苏漓这时候出现，真是及时雨。

"李主编，那我们一言为定。后面稿子若是有什么需要更改的地方我们随时联系。我接下来还有个会议，这不对方已经来了。不好意思只能先告辞了。"他说完，"唰"地起身朝苏漓的方向奔去，但又感觉不大礼貌，于是回头笑容满面地对欧阳泷说："要给主编来顿大餐哦。对了，李主编，下次我亲自做碗面给你尝尝，保证独家。"

虽然这场会面结束得有点突兀，但看得出来，李乐乐并没有因为他的匆匆离别而不高兴。这不，欧阳树已经说了下次要和她单独品尝美食的嘛。

故事还是会有下文的。

快步走到苏漓身边的欧阳树立刻露出了喜笑颜开的表情，不同于李乐乐刚才的表情转换，这回是他发自肺腑的。他也确实有话想和苏漓说："苏小姐，好久不见。之前看到你们融资的信息了，天使轮遗憾没有进来，我们也想提前来聊聊，不知道下一轮是否有机会？"

苏漓看了他一眼，不动声色："Pre-A 轮得到几个月之后了。我们的产品测试版一个月之后才上线，你确定现在这时间不会太早？"

反而是王小娇态度好得多，大概因为知道他是欧阳泷的哥哥。"欧阳先生还没去过我们公司吧，就在楼上，要不要上去看看，实地考察一番？今天碰巧必然资本的姜雅妍副总也在，欧阳先生一起来聊聊，没准会碰出新的火花来呢。Ayn，你说对吗？"

其实欧阳树早就计划到访小伴智能，只是没有什么机会。柳海生倒是同意了让他一起开会，但又不说定时间，搞得他干着急。今天在源泉咖啡遇到苏漓和王小娇，真是个好机会。

这丫头古灵精怪，这么个热情似火的姑娘，刚好适合陪在冷冰冰的苏漓身边，欧阳树心里默默点赞。

这是欧阳树第一次来小伴智能办公室，办公室的整体格调为橘色，偶尔有一些白色的点缀。不大的办公室挤满了工程师，除了一间大会议室和几间小会议室，大家都是在敞开式办公区域办公的。

欧阳树走过工程师团队办公的地方，刚好看到一些技术人员凑在一起讨论：

"这里有个 bug，我来改动一下。"

"数据大概什么时候能够汇总完？"

"哇，若是这样的编程，我想我们的进度会更快的。"

……

和欧阳树看过的其他创业公司一样，都是一派热火朝天的工作场面。

苏漓给所有人都点了咖啡，让欧阳泷和咖啡店的伙计们一起拎着上了楼。欧阳泷老远就朝欧阳树使了个眼色，表示李乐乐已经离开源泉咖啡了，让他放心，然后捧着杯咖啡就递到王小娇手里，要不是地方有点挤，恨不得摆出个单膝下跪的姿势来。

欧阳树看着这赤裸裸的献殷勤简直目瞪口呆，现在的年轻人，恋个爱非得惊天动地才好。

分好咖啡，王小娇带着欧阳树一起来到会议室。必然资本的姜雅妍已经在那里等着了。欧阳树之前就听说过姜雅妍的名字，但一直没见过面，倒是姜雅妍猜到了他的身份，立刻伸出了右手做自我介绍："欧阳总，幸会。我是必然资本的姜雅妍。"

欧阳树之前听颜振广提起过她的事迹，而且每次说起都赞不绝口，于是赶紧握住她的手，说道："久仰，今天终于见到必然资本的女神。"

"过奖了。因为刚投资了小伴智能，所以今天来做一下项目部分尽职调查。"

"尽职调查还没有做完？你们不是已经发布投资新闻了吗？这样似乎不太符合行业规则啊。"一般都是在投资项目交割完毕后，再进行融资公布的，也不怪欧阳树有些意外。

"仇总的意思是，苏漓教授这样的顶级国际专家不用做尽职调查了，我这也只是来走个基本的流程。您今天怎么也过来了？"

看来柳海生并没有和姜雅妍提及小树资本和苏漓的接触过程，不过今天能见到姜雅妍也算是收获。他早就听说姜雅妍办事细致，工作到位，现在发觉连说话都是如此滴水不漏。"我跟进一下这个项目。不知海生有没有和您说过，本来我才是第一个知道这个项目的投资人。但没办法，你们必然的动作太快了。坦诚说，我很受伤啊。"

姜雅妍歪头一笑："那欧阳总今天不会是来兴师问罪的吧？您要是感兴趣的话，欢迎您和我们一起聊聊啊。"

正说着，苏漓走了进来。姜雅妍主动和苏漓说："今天欧阳总难得过来，咱们也当是有机会和欧阳总讨教讨教。Ayn，没关系的吧？"

难得这位女子有如此胸怀，欧阳树不由地对她又高看几分。投资行业大家靠的是信息的灵敏和判断力。不同公司之间大家其实走动并不是太频繁，今天欧阳树以"跟丢项目"的身份来参加其他公司被投企业的讨论会，已经算是霸王硬上弓了，没想到对方还笑着接受了。

苏漓心中对欧阳树的这种霸王行为也暗暗称奇。但出于女人的直觉，她隐隐觉得姜雅妍对欧阳树并不反感，也只好同意了。

巧合的是，这时柳海生忽然出现了，欧阳树马上说道："海生，本来说约你，没想到说曹操，曹操就到了。"

柳海生明显有些意外，他吃惊地看了看姜雅妍。本来上次欧阳树说想参加小伴智能的调研会，他在电话中只是客气地附和一下，压根没真想带他来，没想到欧阳树如此无赖还真跟来了。他心里有气也不好表现出来，只好哈哈两句含糊过去。

众人再次坐定之后，柳海生便发话了："欧阳，智能陪伴的语音系统其实可以用在很多场合，感觉国内对于这块的创业关注点越来越重视了。所以我们也希望苏教授的小伴智能语音系统能够尽快上线。"

苏漓本来一直低头盯着电脑，听到柳海生发话，便接了一句："团队正在赶工，一个月之后先上测试版。"

刚走进门的秦将人也有机会接上话："若是投资款能早些进来就更好了，毕竟我们最近正要再扩大团队。开弓没有回头箭，只好提早多加装备和弹药武器了。"

"上线速度快一些自然是好。虽然天使轮我们并没有投资进来，但是希望小伴能够一鸣惊人，毕竟后面有机会还是希望能合作的。"欧阳树的姿态倒是不卑不亢，仿佛他才是这场会议的主角。

柳海生望了一眼姜雅妍："背景调查若是没有什么问题的话，我们把投资进程加快一下吧。给苏教授这边上好弹药，待产品出来之后，我们争取在人工智能界扔下一枚重磅炸弹。"

"柳先生，语音交互这个市场很大，每一家都有自己的专长，在我的心目中，没有竞争对手一说，我担心的是小伴智能的机器学习还不够智能，所以它还需要时间进化。希望资本能够理解。"就算在资本面前，苏漓也一直很冷静。

欧阳树一听苏漓这么清晰的表达，从内心对于她的这种自信的姿态表示欣赏："苏教授，你相信只要机器学习的能力足够强，机器也可以拥有人的智能。我记得笛卡尔在1637年出版的《谈谈方法》一书中提出'我思故我在'这个著名的哲学观点。他在书中写道：如果存在一些跟我们的身体类似的机器，它们能够在各个方面尽可能接近地模仿我们的动作，我们还是可以利用两条非常可靠的标准，来判明它们并不是真正的人类。"

欧阳树忽然开始讨论哲学问题，有些出乎众人的意料。他也没管大家惊讶的眼神，继续说道：

"第一条是，这种机器绝不能对自己接收到的任何内容都做出条理清晰的回应，而这些，连最愚蠢的人类都能办到。第二条是，某些机器在完成某些工作的时候，可以做的跟我们一样好，甚至可以做得更好，但是它们肯定做不好其他的事情，这表明它们的行为并非建立在理解的基础上。"

他一口气引用完笛卡尔的话，然后对苏漓做出了一次认可："六七十年前，图灵先生提出了著名的图灵测试，以此判断机器是否具备人类的思维和情感，现在我们的人工智能研发正在慢慢接近这个目标，我们投资机器智能这件事情，无非是在努力跟随一个时代。我们更相信，不管机器达到何种智能，首先是创造者们制造的。所以苏教授责任重大。在我的眼里，资本只是背后的力量。"

他说完看了一眼柳海生，柳海生脸上还挂着笑，但表情却已经不自然起来，于是立刻改口："不过任何领域不可能一家独大，所以抢占先机还是很重要的。毕竟所有的资源最后还是要向头部公司倾斜，人工智能公司也不例外。"

说到头部资源，大的科技公司毕竟财大气粗。欧阳树也没少做功课，所以也告知了一些他最近搜集到的信息：

"听说奇点科技也在自己投资一些小的智能开发团队。看来他们可能将智能聊天或者聊天机器人定位为未来各种服务的入口，尤其是移动手机端 APP 应用，及可穿戴设备场景下提供的服务入口，这可以等同或类似 Web 时代引起互联网热潮的搜索引擎级别的入口。苏教授，我猜想也许您的智能陪伴系统未来可以独立存在，而且是个性化定制的。您说过个性化正是小伴智能的理论基础，对吧？因为它足够了解喂给它数据的这个人，再加上一些日常生活方面的应用，比如航班、订餐、智能家居的设备控制、车载设备的语音控制等，所以未来的想象力还是很大的。大的科技巨头都在为争夺这个未来服务入口而提前布局。"

苏漓倒是少见地一直在安静听欧阳树的分享。投资人和创业者之间的关系，其实有时候就像横轴和纵轴。两者在各自领域耕耘，有时相互交流行业看法和分享资源，会产生"1+1>2"的功效。这是苏漓第一次看到欧阳树的工作状态，不得不说，和之前嬉皮笑脸的样子相比，欧阳树专业的样子倒是好看很多。

而柳海生若有所思。

苏漓并没有看众人，低着头，似乎也是有所回应："机器智能聊天这件事，如果只是做出来，谁都可以。但是，如欧阳先生所言，若是要让机器有人的思维，要让机器像大脑一样工作，那确实不是一件简单的事情。但正是因为这件事情不简单，所以才值得去尝试。人工智能之父图灵提出过经典的图灵测试——交谈能检验智能。所以最难的是，这台机器本身得是一台有温度的机器。它有人的温度，与它的交谈就好像和人的对话一样。所以我的版本迭代基础也是图灵测试。我已经进行过很多这样的机器测试，但肯定还有很长的一段路要走。"

"有温度的机器，我很喜欢这个提法。"一直没有说话的姜雅妍一直在记录和整理着资料，听到苏漓的这个提法便来了兴致："人工智能领域其实还是男性的天下，苏教授作为女性，本身也具有女性的感性成分，所以对于机器和机器学习有不同于男性视角的解读，这也是您的优势。"

说到这儿，姜雅妍忽然露出稍显尴尬的笑容："另外，我能补充个小问题吗？对于这个问题，我首先表示抱歉，可能会侵犯您的个人隐私。"

苏漓很好奇做事利落的姜雅妍为何忽然有些尴尬，"无妨，请讲。"

"是一个私人话题。我们业界投资的公司之前有因为离婚事件而导致公司的整体上市计划破产，给公司和投资机构带来了很大损失的案例。所以，为防止以后再有这样的事件发生，我们的尽职调查里面都会有针对配偶或者家人的访谈。之前我们虽然做了很多搜集工作，但均未发现苏教授的配偶和家人的信息，所以只好来亲自问问您了。其实，这也是这次尽职调查中我们存在疑惑点的地方。"

苏漓沉默了一会儿，但是很快又昂起来头，她的背似乎比平常要更加挺直："配偶方面，我今年 32 岁，单身未婚，这是我个人的真实情况。人生在于自己的选择，所以每个人都应该享受这个选择。至于家人方面，我五岁时父母都不在了。我的父亲也是一位企业家，当时也是因为企业失败打击太大而患病离世。后来我美国的姑姑收养了我，但姑姑在我 15 岁时也离开人世了。"

苏漓并没有提及母亲还活着。

三人听完同时陷入了沉默，他们这才知道苏漓教授是个孤儿。倒是早就知道真相的秦将人显得很镇定，打了个圆场："苏漓是我在美国时的中学同学，苏漓一直是学校特等奖学金获得者，是我们这些男生的膜拜对象，心中的女神。对苏教授的仰慕是从中学就开始的，这也是我加入小伴智能的原因。"

空气忽然有些凝固，每个人似乎都有所深思。

如欧阳树这种同理心本来就非常发达的人，在那一刻，望向苏漓的眼光都变得不一样了。这个和他同龄的女子，那双冷静的眼睛背后，究竟隐藏着怎样的情感？若他和苏漓已经是朋友的话，他真想好好拥抱她一下。内心深处的秘密通道，不知为何在那一刻向苏漓敞开了。大概是因为他怜香惜玉的本性吧，或者说，他之前对这个表面强硬又冷漠的女人的好奇，在那一刻得到了答案。她身上的谜团还有哪些？他很想去解开。

他想成为她的解谜者。

苏漓似乎感受到了什么，她向欧阳树看了一眼。欧阳树一惊，仿佛自己的秘密被她窥破，为了掩饰自己的内心活动，他朝她微笑了一下。

一个有温度的微笑。

而同为女性，姜雅妍的表现却更为直接，望向苏漓的眼神中也带上了一丝感同身受的难过。苏漓身为一名女性，这样的身世，又长年独自在异国他乡，她究竟是靠什么支撑下来的？是什么样的精神力量一步步促使她走到现在，变成现在这个平静地坐在她面前的苏教授？

人们从她身上看不到任何悲伤和消极，就算现在她谈及自己的身世，也似乎是在讲一个和自己无关的故事。

短暂的沉默之后，姜雅妍把话题从苏漓转向了秦将人："秦总，我们也有些好奇，华讯科技已经是业界知名企业了，为何您会从华讯辞职加入小伴呢？"

这个问题，秦将人早就有了答案，只不过今天是要当着众人的面表达出来："很多人问过我这个问题，我在内心也问过自己多次。其实原因很简单。第一，是我对苏漓教授的认可。我们少年时相识，自那时起我就很佩服她。她回国创业，我是非常相信她可以成功的。第二，我本身就对人工智能方向感兴趣，这是大势所趋，而且小伴智能是做智能陪伴系统的，这个方向我很喜欢。人工智能会解放很多的行业，这些被解放出来的人们该何去何从？我从小很喜欢科幻小说，这个问题也一直在我脑海里，现在我终于有亲历其中，找到答案的机会了。当然，加入创业公司风险还是有的，比如若小伴遭遇大公司围剿，比如若小伴智能失败了怎么办？没关系，那我和苏漓就一起再创业，再次出发。所以，无论是从情感、方向还是愿景上，我都认定了苏漓教授和她的团队。"

创业团队的革命友谊大概就是这样子：无论前面是万丈深渊还是无路可退，

我们共进退。

从秦将人的言谈中，大家都看到了他的决心。

这样的决心，让投资人也感到安心。

"那么，华讯科技那边，您还保留了董事会席位吗？我们都知道您是华讯董事长的女婿。"姜雅妍这尽职调查的功夫也是做得相当到位了。

"是的。目前公司主要事务由我岳母，也就是华讯科技的现任董事长罗玫女士打理。岳母当年和岳父一起创业才打造了今天的华讯科技，她对公司的业务更为熟悉，也很支持我加入创业公司，同时也同意保留我的董事会席位。"秦将人的话语中，听得出来他对这位能干的岳母很是膜拜。

没想到姜雅妍一如既往的犀利："秦先生，我有一个小小的疑问，如果让您感到不快的话我提前给您道歉。既然罗玫是您的岳母，应该说是一家人，但我们在做访谈的时候，了解到罗玫女士和您在公司治理上闹过不愉快。抱歉，问这个问题是因为您是公司 COO（首席运营官），我们想确认您加入小伴智能不是因为不得不离开华讯科技而无奈选择了小伴智能。我们希望自己所投资企业的核心团队非常的稳定。"

"我岳母是公事公办而已，她在能力上确实更胜我一筹。而加入小伴智能，也确实是我深思熟虑的选择。"

苏漓接过了秦将人的话："是我主动邀请将人加入的。因为我们目前 40 人的团队都是产品和技术出身，我本人在美国多年，对国内市场并不是太熟悉，而将人在华讯科技负责的正是商务拓展和运营，所以，将人和我是很好的互补关系。"

姜雅妍看起来对这个回答还算满意，她点点头，看看身边的柳海生。

柳海生表示等姜雅妍的尽职调研报告出来后，再做分析。

一场特别的尽职调研会议，就这么结束了。

最有收获的，当属欧阳树。

CHAPTER 11

人脑和人心

人脑、人心，欧阳树反复念叨着这两个词。

这两者产生的神秘物体都是机器所无法计量的。

欧阳树知道以后面对苏漓的时候，大概会有些不自在了。因为自己再看到这个女人时，有了感情的因素。欧阳树是直觉型的人，除了拥有投资人敏锐的大脑，他还有一颗敏感细腻的心，这是他的优势——虽然有时候看起来也是劣势。

苏漓朝欧阳树看的那一眼，不经意间，启动了欧阳树的情感机关，他想起了自己最喜欢的诗人，诺贝尔文学奖获得者聂鲁达的诗词：

我喜欢你是寂静的

仿佛你消失了一样

你从远处聆听我

我的声音却无法触及你

虽然只是一瞬间，但却是真实的存在。

在那个真实存在的瞬间，在那个寂静的空间里，秦将人、柳海生、姜雅妍都消失了。

在那个瞬间，他让苏漓进入了心里的自留地。

欧阳树不知道原因，也许是因为发现了一个不一样的苏漓，或者说是更真实的苏漓。

那里是寂静的。

很快，四周的声音又重新可以听到了。欧阳树回到了现实的商业世界。

今天自己死皮赖脸蹭到的交流会，收获颇丰。

第一，他知道了苏漓的身世和背景；第二，没想到苏漓还有一个背景厉害的合伙人，说明苏漓的团队号召力很强。毕竟她不再是在实验室深耕的科学家，而是一名创业者了。团队号召力也是加分项。

姜雅妍问完之后，欧阳树自觉这次"蹭"来的调研会可能会让别人觉得他不够专业。于是他表了一个态："海生，姜小姐，对于这次非常不地道的来访，我也表个态，我是打算提前参加小伴智能的下一轮融资会。我喜欢苏教授……和她的小伴智能。"

欧阳树不知为何说到"苏教授"三个字时有些结巴了，这个停顿让大家都吃惊地望着他，他赶紧补上了下半句"和她的小伴智能"。

气氛一时相当尴尬，幸亏此刻古灵精怪的王小娇来给大家送矿泉水，她笑嘻嘻地说："我也喜欢苏教授，我们都喜欢苏教授。"

众人一阵大笑。

回去的路上，欧阳树不停念叨着这两个词：人脑、人心。

这两者产生的神秘物体都是机器所无法计量的。

欧阳树知道以后面对苏漓的时候，大概会有些不自在了。因为自己再看这个人时，有了感情的因素。

没想到自己拥有"暖男"特质。

回到公司，他叫来了颜振广，"振广，如今各大巨头都在加大入口之战。语音交互也是其中之一。我今天去访谈过苏漓教授的小伴智能，更是觉得，有类似的公司也值得我们跟进。"

颜振广点了点头："好的。对了，这个赛道上的初创企业里面，一念科技也发展很快，要不要也约过来聊一下？"

欧阳树点了点头。

颜振广提到的一念科技，和苏漓的小伴智能不一样，它的团队成员基本来自于大的科技公司。从报道上的照片看，公司高管们都是西装革履，一副职业经理人的样子。

公司创始人李铁鹰也来自奇点科技，是之前奇点科技的智能交互语音系统的项目总监。他早年也是计算机专业出身，中途转做了管理。在大公司工作，由技术岗位转向管理岗位，这是30岁之后的职业经理人的职场路线。

李铁鹰不是那种典型的技术人员，他知道自己在技术上并不是最厉害的那批人，没有办法在技术研发这条道一直走下去。但好在他情商极高，加上之前的技术背景，很快成为项目经理。在大的互联网公司，多数程序员由于常年沉浸在技术世界里，交际能力和沟通能力都算不上优秀，所以，一个能做人员整合的项目管理人员也是至关重要的。

李铁鹰在项目经理的位置上得心应手。但他很快发觉，在大公司里，无论是自我进步，还是职场晋升都太慢了。所以他不断地在寻找机会。当语音智能交互系统项目开始的时候，李铁鹰使尽浑身解数终于参与进来，幸运的是很快升职到项目总监。但奇点市场占有率虽然是最大，参与的人数也多，他好不容易做上了项目总监，却始终无法进入核心管理层。于是，自觉没有遇到伯乐的李铁鹰萌发了另起炉灶的打算。刚好那时他碰到一个有想法有能力的技术团队，于是双方一拍即合。

一念科技由此诞生。

表面上，李铁鹰逢人便提奇点科技的栽培之恩，实际上更多的是不甘。

李铁鹰的优势在于，他曾经就职于最热门的人工智能大公司奇点科技，能很快地组织好团队，而且训练有素的创业团队也是许多投资公司所偏爱的。

一念科技很快获得了一家不知名投资机构的投资，然后是必然资本的天使轮Pre-A轮、A轮的投资，并且都是柳海生亲自操刀的。

欧阳树作为业内人士，对这些市面上活跃的公司自然了解。

欧阳树心里也有小算盘：必然资本抢了我的小伴智能，那么我约来他所投资的一念科技聊聊，也不算过分。而且投资行业大家本来就喜欢把某赛道上最好的公司都约上聊一聊，而创业者也乐于提前认识风险投资公司，两全其美的事情，也不算违反行规，何乐而不为呢？

李铁鹰如约前来。欧阳树觉得这种见面不仅能更好地探知对方的实力，而且这种向竞争对手学习的机会也不容错过，干脆叫上了颜振广和赵见德，三人一起约见李铁鹰。

李铁鹰一看就是大公司出来的，言谈举止都是大公司的范儿。他一看三人进来，立刻伸出手分别与三人握手，然后递上名片。

"各位，久仰久仰，其实早就想拜访各位了，这次终于如愿以偿。再自我介绍一下，我是一念科技的创始人李铁鹰。在创业之前，一直在奇点科技。"

欧阳树等三人和李铁鹰交换了商务名片。

李铁鹰很自然地介绍一念科技，谈到和融资相关的部分，他不由得多说了几句："我们的天使轮和 Pre-A 轮、A 轮都是必然资本投资的，到正式 A+ 轮的时候，我们也会考虑其他基金的。上一轮的估值 10 亿，这个赛道，除了奇点科技，我们就是行业第二了。"

颜振广显然知道他此次见面的目的："铁鹰，你是从奇点科技出来的，当然是占尽了天时地利人和，我们知道一念科技的很多团队成员也来自奇点，而你们的产品和奇点的产品也有相似的地方，那么，我很想知道，就技术层面而言，你们应该说是很难超越奇点科技，对吧？"

李铁鹰显然不认同颜振广的观点："奇点科技作为领军企业，财大气粗，但智能陪伴也只是他众多人工智能方向中的一个，所以战略地位并没有那么重要。而一念科技作为创业公司，所有的项目人员都是在全情投入，要不是看好这个方向我们也不会从大公司辞职，而担着创业失败的风险一路狂奔。所以相比较而言，我们的优势在单点突破。"

颜振广继续提问："据我所知，你们未来的发展方向还是 to C（与消费者间的电子商务形式）方向的。我看了一下数据，你们的用户基数还是挺大的，达到了上千万。未来会有什么变化吗？"

这回李铁鹰有些吞吞吐吐："嗯，未来的发展……这也是我们正在探讨的话题。我们在思考，也许等下一轮融资的时候，会有更好的答案。"

"您指的我们？"

"哦，哦，我和我的团队。"

虽然李铁鹰的回答并没有什么纰漏，但欧阳树觉得李铁鹰作为这么高估值的一家公司，言辞之间有些闪烁其辞，似乎在掩饰什么，也仿佛在等待什么。

欧阳树是直觉型的人，除了拥有投资人敏锐的大脑，他还有一颗敏感细腻的心，这是他的优势——虽然有时候看起来也是劣势。

一念为什么融资这么快速？虽然用户数量不小，但技术上没有太大的突破，产品也说不上多么出彩，10亿估值确实有些高了。

欧阳树若有所思。

难道是我对一念科技有偏见？开车回家的路上，欧阳树盘算了小伴智能上线的日子，不到一个月的时间了。苏漓应该会忙得热火朝天吧。

所以，也没有什么时间可以接近她了，他知道，若不是工作的事情，故意接近她反而适得其反。

有没有一个什么事件，能把两人连接上呢？

忽然想到了一个人，欧阳泷。

他回到家，发现欧阳泷果然坐在沙发上，正在一个人对着手机傻笑，连欧阳树已经到家都没有察觉。

欧阳树走近一看，原来是在和苏漓公司的王小娇聊天。

"吓我一跳，居然偷看我聊天？侵犯人隐私哎……"欧阳泷被吓得跳了起来。

欧阳树假装脸色一沉："隐私？喂，你可是住在我家啊。没告你侵犯我隐私已经算不错了，你居然反过来说我侵犯你隐私？想想看，因为你这家伙，我这三十好几的爷们儿，才是真的一点隐私都没有了，赶明儿从这搬出去啊。"

欧阳泷从这话中听到了威胁，更听出了欧阳树对他有所求："好啦，我的亲哥哥，我创业初级阶段呢，没钱租房。不是一直说好的嘛，就住一年，增加你的人气儿！这么大的房子就你一个人，我多不放心啊。不过呐，今天故意这么亲近我。说，是不是有什么事儿要请我帮忙？"

"要你帮忙？我的事儿你能帮上忙？我就是关心你一下，那个王什么娇，你搞定了？"

"搞定！我的亲哥，世上最好的恋爱就是——我望着你时，你心里也在想着我。这句话说的就是我们俩——欧阳泷和王小娇。你听听，这名字多般配啊，一个阳刚一个娇媚，真是天作之合！"

欧阳树看着欧阳泷这洋洋自得的劲头儿，直斜眼看他，欧阳泷也觉察到自己有点太得意，马上岔开话题："哥，聊点私事儿。那个苏漓姐，就是小娇的老板，去我们店里的时候，似乎脸色不太好。也难怪，他们公司的产品很快要上线了，听说有个什么对赌协议，压力够大的，小娇也是天天在公司自愿加班。哥，你找个理由关心人家一下。"

欧阳家看来真是暖男多啊。

"啊，苏什么姐？"躲在远处听欧阳两兄弟聊天的外婆和林爱芳顿时发现了重点。

欧阳泷吐了吐舌头："哥，对不住了啊。我以为她们已经睡着了。"看来是藏不住了，欧阳泷于是主动坦白，"苏漓，就是住咱家对面的美女，国际知名专家。外婆，对门啊对门！"

"小树喜欢这姑娘？"外婆顿时喜笑颜开。

"我哥喜欢，但他嘴硬不承认。不过苏大专家好像对我哥还没啥意思，人家连公司融资的机会都不给我哥。咱们都得帮帮我哥，要不然他得变成万年老光棍了。"欧阳泷完全是在火上浇油，气得欧阳树抄起件东西就要打他。

时钟指向晚上 11：00，对门今天又是晚归。

苏漓走进楼道的时候，隐约听到了对面传来的打闹声，打闹中还间杂着笑声。

这个场景，她很小很小的时候曾经经历过。

但现在，已经变得很陌生了，或者说，她很不习惯。

若没有发生那次变故，若爸爸妈妈都在的话，那种热闹的场面，她也会不时在现实中经历一下吧。

其实她内心深处对于这种家人团聚的场面是羡慕的。

因为不能和家人在一起，她希望她创造的家人"小伴"早些来到大家面前。

想到自己这么多年的心血"小伴"终于要站在用户面前了，苏漓的内心就像当年参加重要的入学考试一样，特别在乎又特别焦虑。

这种期待和焦虑的情绪，使得苏漓最近的睡眠不太好。

而除了小伴，还有一件事让她焦虑，那就是爸爸当年事件的真相。她打算等产品准备差不多的时候再回一趟杭州，给父亲苏秦扫墓的同时，再去拜访一次姜政。

还有……妈妈，你在哪里？

她看了一眼床头标注的"小伴"上线倒计时牌：20 天。

欧阳树听到了苏漓关门的轻微响动，他停止了打闹，开始向家人询问情感问题："外婆，妈，若是一个女孩很小的时候就成了孤儿，然后她自己在国外生活，这些年来一直一个人，但她非常优秀，你们说是不是很厉害？"

欧阳泷一听就知道欧阳树有所指："谁，苏小姐吗？真看不出来啊……身世这么苦。"

外婆更动容了，"对门的那位女孩子吗？太不容易了。小树，其实所有的女人呢，不管她是厉害的不厉害的，都是希望能有人爱有人疼的。她如果不理你，你就拼命对她好嘛！多多关心她，记挂她，一来二往，她和你熟悉了，也知道你的好了，不就理你了。"

"嗯嗯，外婆，苏小姐看起来很难接近，但对别人还是很温柔的，经常去我们店里给全公司的人买咖啡，对我们也很客气。"欧阳泷还是有了插嘴的机会。

"对啊，这个女孩子多好啊！人家暂时对你没意思，你就多主动一点，水滴石穿嘛。多关心关心她，外婆教你啊，比如，小泷刚才提到她脸色不太好，你就熬一些汤放在她家门口，写个便条给她，表达下善意，慢慢来。"

"一上来就煲汤，会不会太刻意了？"欧阳树觉得这一招有些老套。

"太刻意？没关系，你可以说是你外婆做的啊。对了，她做哪一行的？"

"人工智能……嗯……就是做个能和人说话的机器人。"

"听起来是个很优秀的女孩子，小树喜欢外婆就喜欢。放心，外婆会帮你的。"

第二天早上，苏漓出门在小区跑步的时候，刚好遇到欧阳树。她本来想绕行，但冤家路窄，四目相对，她已经没法儿绕开。

"苏小姐，这么巧。昨晚睡得怎么样？听说你们最近忙着产品上线，应该很辛苦吧？"

大概是已经习惯了欧阳树死皮赖脸的个性，苏漓对他此刻的主动套近乎并不奇怪。她并未答话，只是加快了步伐。哪知欧阳树一路跟随，而且他大概也知道苏漓更习惯于一个人晨跑，并未紧跟。

两人一前一后进了公寓，前后脚登上电梯，却并未搭话。

到15层出了电梯，苏漓正准备开门，忽然看到地上放着一个大餐盒，看样子里面盛了一些汤汤水水。

她正疑惑自己是否有叫外卖，对面走过来一个老太太，脸上满是笑容："苏小姐是吧？我是小树的外婆，咱们住对门。听说你一个人刚回国，又是创业又是搞科研，得保重身体。外婆人老了，早上醒得早，做了点早餐。也给你准备了一份，拿回家尝尝。如果觉得还行，以后外婆就经常给你做。"

苏漓一向对过于热情的人没办法，外婆又是长辈，一时也没想出拒绝的理由。只能捧起餐盒说了声："谢谢您。那我拿进去了。"

回头看了一眼欧阳树，这家伙杵在那里傻笑，一副"这不关我事"的姿态。

把老人家给的餐盒拿上桌之后，她想到老人家的笑容，不禁幻想自己的外婆也会有那么和蔼的笑容。可惜的是，她从没见过自己的外公和外婆。

欧阳树真是个幸福的人，身边家人围绕，所以他才可以有恃无恐地经常干些出格的事情吧。因为他知道，世界上总有一个地方会无条件给他无穷无尽的力量和无穷无尽的爱。

而她不一样，她并没有这样一个全然接纳自己的地方，所以，她只能时刻保持冷静和距离，以防哪里来的冷箭。

虽然苏漓不曾表现出来过，但心里对欧阳树是羡慕的。

人总是会羡慕自己不曾拥有的东西，因为贪心是人类的本性。

我有什么？我有冷静的头脑，我有精密的计划，我有我追随的理想。

我想拥有陪伴我的家人，我也想有我的爱。

最后一个"爱"字，让她自己吓了一跳，也让她从放松的神游状态回到紧张的现实。

她现在没有感情用事的时间，离产品上线的日期越来越近了。

苏漓整理了一下思绪，感觉真有点饿了。她打开欧阳树外婆送来的餐盒：一杯热牛奶、一碗新鲜的乌鸡白果汤、一份青菜、一小碗手擀面、两个包子、一个蛋挞。每一样都不多，但温暖而精致。

喝完热牛奶之后，她的眼睛停留在那块蛋挞上好久，终于下定决心似地尝了一口，确实很好吃，好吃到她鼻子发酸。

手机的提示音响了一下，早上有晨会。

苏漓不再多想，抓紧时间吃完了这顿丰盛的早点。因为不知道如何感谢外婆，所以她在放回欧阳树家大门的餐盒里放了一些坚果算是回礼。

走出大门，虽然外人看来，她还是一张冰冷的脸，但其实今天早上，她的心情很好。

专注也是一种能量。

这些年来，苏漓并不在意名与利，只在乎心中所想做的事。大概就是这份专注，给了她做人做事的纯净气质和心态。所以，她也吸引了一批这样的人来和她共事。这是她的荣幸，也是她该得的。

秦将人觉得自己似乎要爆发了。

离开了罗玫的视线，他终于可以松一口气。未来的一切，他要用自己的双手去挣来，再也不用父亲的庇护，也不用依靠陆家的势力了。说到陆家，妻子陆无霜这些年任劳任怨，全心照顾他的日常起居，为他付出很多。但遗憾的是，她身体不太好，曾经有过两次怀孕的经历，但都不幸流产。两人结婚几年来，虽然恩爱，却还没有子嗣。

罗玫对秦将人不算友好，但对陆无霜却很是关照，经常送来各种礼物和补品。对于这位与世无争的继女，她也算是尽力照顾。

顶着陆家唯一女婿的头衔，秦将人并未出人头地。想到此，他一口恶气直冲脑门：罗玫你走着瞧！他不是仰人鼻息的窝囊女婿，也不是罗玫手下败将的儿子。

因为他遇到了苏漓。

苏漓对他的信任，让他在华讯多年压抑的情绪有了出口，而且他也借机换到了一个更为热门的人工智能赛道，大家所谈论的话题也让他感受到行业的勃勃生机。虽然每天晚上睡觉的时候，总是觉得一大堆的事情都没有什么头绪，但早上醒来的时候，还是觉得精力充沛，豪气冲天。

这是久违的创业的感觉。

秦将人暗暗下决心，一定要好好珍惜这次机会。

人工智能赶上了一个好机遇，而会话式人工智能已经是大势所趋，因此，小伴智能要想做到助力个人与企业发展，得有切实可行的实施方案，才能发挥重要的商业价值。

产品方向的探讨，也让大家的技术研发更有针对性。

秦将人和苏漓晨会之后，单独留了一段时间来探讨商业实现方面的问题。

人工智能带来的商业价值很多，一大类就是执行替代人工的使命，比如机器替代人做些不愿意做的简单、重复的流水线上的劳作，或者重复的体力或者脑力劳动，比如一些会计数据的核对和收集，还包括用人工智能来提升效率，用人工智能来武装人类，等等。所以，人工智能的产品价值到底在哪里，值得任何一家旨在此行业有所作为的创业者早早探讨。

两人都想到两个主要竞争对手，一是奇点智能，因为是大公司自己孵化的公司，所以奇点智能并不急于做商业方面的变现，只是在不断加强其产品的机器学习能力。另外一家是一念科技，它的产品一直以来也只是在深耕个人助理市场，但由于算法上的瓶颈，所以说不上出彩。由于一念的主要团队来自于奇点科技，所以两家倒是有些异曲同工的地方。

"他们两家，目前主要还是把精力放在聊天机器人模式上。系统可以从互联网上抓取许多内容，其聊天的仿真性非常不错，但聊天机器人除了有趣之外，它的商业应用相对比较狭窄。我有些想不通他们为何坚持做这个事情。"

"所以，我们不能走这样的路线了。或者我们可以往前踏一步，从垂直领域下手。人工智能并不是孤立的技术，而是由一系列技术的组合所造就的。底层的计算能力以及大数据的积累，和人工智能的核心技术相结合，才有了真正意义上的人工智能。只有把对自然语言的理解、智能会话的技术、智能语音的技术、图象识别、计算机视觉技术组合到一起，才能做到机器与人之间真正的交互。这样我们也许就能弯道超车了。"

"在他们的眼里，小伴还太年轻，毕竟我们还是一家新公司，根本称不上竞争对手。这也是我们的优势。"秦将人脑中似乎闪过行业对于小伴智能的忽视姿态，于是开了个玩笑。

苏漓倒是没有这么乐观，或者说，她所考虑的事情并不仅仅是竞争对手："可能因为我是创始人的原因，小伴智能已经引起他们的重视了。不去讲什么竞争对手了，专心做好眼前能做的事情吧。现在所有的技术人员都在盯着机器学习、算法和数据，我倒一直在思考，技术是否能够为人类的生活、各行业的发展带来更多新的东西？奇点科技可能还没有想应用到生活场景之中，一念由于技术上还是略逊一筹，所以可能还在原地踏步。"

"聊天机器人这个赛道各种资源都在向头部资源倾斜。所以，我们要努力做到前三，当然有可能的话，做到前两位。因为不管是切入哪个赛道，最终胜出的是第一名和第二名，而第三名要么是被第一名并购，要么是联合第二名和第一名进行抗衡。"

"你在国内多年，对于这些行业局面的变动比我熟悉，这是小伴需要你的地方。我们各有分工，我负责把技术带到更好的阶段，开发出最智能的产品。"

"还有，因为要赶上线时间，所以团队的扩张和费用花销很大。此外，人工智能的技术人员是各大公司关注的重点，所以我们的薪资压力久居不下，这也是一笔不小的开销。当然，目前有很多人是追随你的，他们看中你的技术，愿意降薪来小伴工作。但若是以后大举招人的话，可能就没有这个优势了。我们要准备足够的资金，必要的时候，就启动再次融资。"

苏漓望了一眼透明玻璃外面，看到办公区域这些不太修边幅的程序员们。有的同事顶着大大的黑眼圈，但还在努力喝咖啡提神，有的人桌子下面甚至直接放着毯子，估计是为了尽快看到测试结果，晚上直接睡在办公室了。

"ESOP（公司员工持股计划）我们应该早些落实到位。我希望在座的每一位都能拥有公司的股份和期权，希望他们能获得好的物质回报，生活上没有后顾之忧。"

"全员持股会不会风险太大了些？若你坚持这样，那我就采取分周期兑现的方式，在退出方式上也得想办法保护公司的利益。此外，公司目前的融资也仅够未来六个月的花销。由于我们的办公费用，还有给大家的福利保险都很到位，所以融资这个事情我们还是要一直进行的。而且根据目前的进度，三个月之后，我们要搬到更大的办公室办公。"

苏漓显然想起了什么："没问题，上次小树资本的欧阳树不是强调他想跟进下一轮吗？我们可以一直保持联系，你可以来跟进此事。"

苏漓绝口不提她和欧阳树是邻居的事情。

这是她个人生活方面的事情，她更希望以她的专业和行业竞争力来得到小树资本的关注。

这是作为专业技术专家的骄傲。

小伴智能的团队没有让她失望，迈克、孙东、王小娇和一些技术伙伴们正夜以继日的追赶进度，表面看来是为了和必然资本的对赌协议，但实际上，苏漓知道，在座的每一位都是在为了各自的理想而战，是小伴智能把这些有梦想的年轻人汇聚在了一起。

专注也是一种能量。这些年来，苏漓并不在意名与利，只在乎心中所想做的事。大概就是这份专注，给了她做人做事的纯净气质和心态。所以，她也吸引了一批这样的人来和她共事。这是她的荣幸，也是她该得的。

但正因为这种专注，她也有根本不上心的地方。比如有的时候，她只是站在专业的角度坚持立场，却难免引起别人的不快。

只要自己足够优秀，站得足够高，望得足够远，也就没有所谓的身后暗箭。她想起父亲当年的失败，大概也是暗箭中伤的原因吧。

她期待的是，秦将人的到来可以替她解决这个难题。

她只需要专心技术，让机器学习进化出最智能的交互系统，让个人和企业更好地嫁接进来，形成良性循环的闭环。

这是她和团队的理想。

手机的一声提醒又将她拉回到现实当中，明天是给爸爸扫墓的日子。

她一定要回杭州一趟。

上一次回杭州非常匆忙，给父亲的墓地上了一炷香之后，就匆匆去见姜政了。这次她想着多留些时间，和父亲好好说些话。

她和团队其他人交代好，便匆匆赶往杭州。

没想到，刚到杭州就开始下雨。

十月份的瑟瑟秋雨，让人分外有萧索的感觉。苏漓极少有这种心事重重的感伤状态，可能是从北京回到家乡，空间的转换暂时把自己从创业的思维中抽离出来。

等到达墓地，她吃惊地看到，父亲的墓碑上，居然有人摆了一束白色的菊花。开始她还以为自己走错了地方，走近一看，确实是父亲的墓碑没错。

这束菊花还非常新鲜，从墓地边刚翻过的泥土来看，拜祭的人刚走不久。她四处张望了一下，周围并没有人。

会是谁给父亲送花呢？父亲曾经的下属？不太可能，已经过去27年了，当年父亲公司的同事们早已各奔东西。

她有些想不明白是谁来给父亲送花。既然想不透，索性不想了。

内心还是有些欣慰，起码说明在过去的这些年里，父亲并不寂寞，因为每年还是有人来看他的。

苏漓摆上带来的一些水果和鲜花。雨小了一些，她收起伞，跪在空地上拜了三拜，然后松了松已经被人松过的墓地周围的土，接着坐在台阶上，想陪父亲说一会儿话。

"爸，我还记得小时候您教育我要做一个对社会有用的人，现在，我终于变成了一个对社会有用的科学家。可是您却不能亲眼看见了，若您能在我身边该有多好。"

"爸，我回国创业的时候，没有人理解我为什么放弃美国这么好的创业环境，回国重新开始。新的环境、新的公司、新的方向，没有人知道在城市的高楼大厦之间还藏着我另外的一个梦想，没有人知道每次我从梦里惊醒，都能想起那一段陈年旧事。我要回来查明真相，我要回到您身边，请您在九泉之下保佑我。今天是您的祭日，放心吧，阿漓以后会经常回来陪您说说话。"

……

从墓地回来之后，苏漓径直去了姜政就职的财经学院。她早已知道姜政今天一定会准点在学校上课，他是位称职的教授，从来不会迟到早退，对待这份工作兢兢业业。

显然，姜政看见站在教室外的苏漓时很吃惊，同时也有些慌张，但他还是耐心地上完了这一堂课。

人有的时候还真是多面，谁又知道站在大学讲堂之上的这位和蔼的老师，27年前做了什么不能说出口的事情？只要他不说，便没有任何人知道。所以她要让他说出来，因为这是查明父亲死亡事件的关键。也许经过她一次又一次的拜访，或出于压力，或出于同情，姜政会慢慢告诉她当年的真相吧。

哪怕这只是一个美好的愿望，她也只有这一条路可走了。

姜政一直等下课的学生都离开之后，才走出教室。他看了一眼苏漓，便急匆匆地往前走，并没有想和苏漓说话的意思。苏漓在他身后叫了很多次"姜伯伯"，他也没有回头。

他越这样躲躲闪闪，越是让苏漓确信他一定是知道当年真相的关键人物。

一直走到人烟比较稀少的操场旁边，他才停下来："阿漓，别跟着我了。二十多年前的往事我已经忘了，现在我只是一名人民教师。而且当年的事情，我也不是经手人，我只是奉命行事而已。"

"姜伯伯，我只是想知道父亲为何郁郁而终。难道这背后有更大的阴谋？我并不想来打扰您。但作为他唯一的女儿，希望您能理解我的这种心情。"

"阿漓，我知道你孝顺，但我当年势单力薄，上有老下有小，为了保住饭碗，也只能听从一些人的安排。"

苏漓一个箭步冲到姜政面前："姜伯伯，这么说，当年您也是被挟持的一方？到底是谁在挟持你们？"

"哎，那只是一场普普通通的并购案，不应该造成你父亲的去世。你父亲是被信任的人中伤，一时想不开所以抑郁而终。我们也没有想到会造成这样的意外，大家都是养家糊口，一份工作而已。"

"对于我父亲而言，他一手创办的工厂是他的命根子，一辈子的心血被人盗走了。他当然接受不了。您提到他最信任的人伤害了他，这个人是谁啊？"她的内心焦急如焚，但还是控制着自己不再给姜政压力，好让姜政能一直说下去。

"阿漓，都是陈年往事了。恶人自然有老天爷惩处，我听说他的下场也好不到哪儿去。你就不要再追究了。这些事情都过去了，我也不想再提。"

姜政说完，头也不回地向停车场快步走去。苏漓没有继续追上去，她明白，现在就算追上他，他也不会再说些什么。

她等他主动敞开心扉的那天。

总会等到那么一天的。

被最信任的人背后捅刀，想必父亲很是伤心吧。就像她小时候最想依赖的、最信任的妈妈，这个她最信任、最爱的亲人何尝不是欺骗了她呢？

而且父亲去世之后，她就再也没有被亲人拥抱过了。姑姑虽然对她很好，但她当年全部心思用在赚钱养家上，加上没有做母亲的经验，并不知道小孩子的情感需求。

也只有在想起家人的时候，她才暴露出脆弱的情感。也许，爱是盔甲也是软肋。

苏漓用双手环抱住自己，企图给自己一点温暖。

半夜才到达北京，苏漓很是困乏。但还是有收获的：从姜政那里，她得知父亲确实是被背叛和辜负了。

提着行李上楼，来到家门口，她回头看了一眼欧阳树家。人生有时候真是有趣啊，一墙之隔，欧阳树家尽是温暖，而她面前的一切都是冷冰冰的。这样的两个不同的人居然是邻居。

进屋之后，她发觉自己连洗澡的力气都没有，就直接倒在床上睡着了。

梦里，她尝到了妈妈做的蛋挞，黄灿灿，香喷喷的。

早上，苏漓是被一阵喧嚣声吵醒的。她走到门附近，清晰地感受到欧阳泷充满活力的声音："外婆，您就别去按门铃了。我听小娇说，苏漓姐昨天下午出差了。我昨天晚上打游戏到很晚，听到苏漓姐家的门口有响动，她应该是很晚才回到家的。现在才早上七点，您就别打扰她了，让她多睡一会儿。"

她已经看出来了，王小娇似乎和这位欧阳泷互有好感，正在谈恋爱。

王小娇和欧阳泷之间谈恋爱当然是好事儿，一位好的产品经理，就应该有些情感经历。但对于自己，她并不抱什么期待。

不过她真的是有些好奇。爱是怎么产生的？两人如何一见钟情？或者如何从朋友关系变成恋人？

手机传来一声信息，她低头一看，是必然资本的柳海生。

她对柳海生的好感，确实比对欧阳树要多一些。

"昨晚我发的信息可能你没看到，我是想和你约个时间吃个午饭。比如，今天中午如何？我可以去智享大厦找你。"

这么突然，难道有什么事情吗？但因为是天使轮的投资人，她也不好怠慢，于是回复了一句：可以的。你来定时间地点吧，定好后我过来。

CHAPTER 13

情感助攻

　　算法可以很完美。机器经过逻辑计算、推导、演练、进化而得出精确的结论。这也正是苏漓所擅长的科学计算方法。而人的情感并不是可以计算出来的，它的随机性和不可测量性，让苏漓难以适从。

苏漓到柳海生所约好的餐厅时，柳海生已经坐在那里了。和欧阳树不同的是，柳海生永远是一副谦谦君子的模样：举止得体，交谈时也会照顾别人的情绪，作为朋友很难不喜欢这样的人。

　　在苏漓的眼里，这是投资人与创业者的交流。

　　柳海生一直盯着门口，一看到苏漓出现，老远就向苏漓招手示意。

　　在苏漓到来之前，因为担心她会赶时间，柳海生已经点了一些小菜。

　　"原来苏教授是杭州人，很巧，我虽然在北京长大，但祖辈也是外省的。少时经常回到故乡，近些年回去的机会虽然少了些，但平常也是很想念故乡。今天我特地选了这家杭帮菜餐厅，看看是否合你的胃口。"

　　对柳海生的细心，苏漓还是很感谢的："我吃习惯了美系西餐，比较高效，说白了就是简单。但是各类中餐我也都是爱吃的。"

　　"我们这行追求高效，很多人并没有什么特别的饮食喜好。吃大学食堂可以，吃高级餐厅也可以，路边摊嘛只要达到卫生水平将就也没问题，结果是有了一个千锤百炼的胃。"

　　听得出来，柳海生似乎在寻求和苏漓的相似性，以便于苏漓能够在较短的时间接受他。通常而言，这是人际交往的一种方法。

　　每上来一样菜式，柳海生都非常殷勤地帮苏漓介绍，然后帮苏漓布菜。

　　"柳先生，我比较习惯自己夹菜。你照顾自己吃饭就好。"苏漓并不习惯别人太殷勤，便提议自己夹菜。

　　"我们认识也有几个月了，别总叫柳先生，就叫我海生吧。大家都是朋友，不用客气，随意些就好。"

　　"也好。"苏漓淡淡地应道。

过两周就是新产品测试版上线的时间，苏漓猜测柳海生是想看看产品的进度，于是主动透露道："关于两周后上线的小伴智能测试版……"

她刚开了个头，便听到柳海生说："苏教授，今天咱们不聊产品。作为投资人，我来关心一下优秀创业者的状态，这总是可以的吧？"

苏漓正有些纳闷，只听他又说："苏教授，周五是中秋月圆之夜，我们一群单独在京的好友有个聚会。上次你说在京也没什么朋友或者亲人，所以我想，若是邀请苏教授和大家一起过中秋节，你会不会赏脸？"

这个邀约是苏漓没有想到的。中秋节是一家团圆的日子，柳海生邀请苏漓一起过中秋节，她倒是有些意外，也有些无措。

"中秋节我已经有约了，要去北京的一个朋友家里过。因为早就说好了，不便反悔。所以，谢谢你的好意，还记得我在北京是一个人。"

吃完饭后回办公室的路上，苏漓想起刚才的事情还有些好奇，为什么柳海生会忽然对她表示关心？这种莫名其妙的关心，让苏漓有些不自在。难道还有什么特别的原因吗？

她虽然有些看不惯欧阳树的某些行为和过于热情的态度，但她能感知到欧阳树发自内心的好意。而柳海生的这种殷勤，有些故意而为之，让她有点不舒服。

不过这些都不重要，重要的事情只有一件。

苏漓现在满心都是即将上线的小伴，她想把机器程序变成人，但是自己却越来越活得像个机器。机器可以经过逻辑计算、推导、演练、进化而得出精确的结论，这也正是苏漓所擅长的科学计算方法。而人的情感并不是可以计算出来的，它的随机性和不可测量性，让苏漓难以适从。

苏漓忽然想到，二十世纪的图灵其实已经预料到终究有一天计算机会像人类一样思考。那么，图灵先生是不是也曾经历过这种纠结？

回到办公室，苏漓看着周围热列讨论的程序员们，才感到踏实和亲切。多年的理性思考，已经使得他们中的大多数人习惯于线性思维，比起人际交往，程序员们与互联网和机器之间的交互更让他们得心应手。

可以说聪明如他们，也可以说笨拙如他们。

迈克和孙东正在讨论着什么，虽然两人相处的时间并不长，但他俩之间的搭配可以说是非常完美。作为华裔，迈克也并不想在欧美人占主流的公司里工作，这次刚好赶上苏漓回国创业，所以就一路追随她。而孙东，他本来是王小娇介绍过来的前同事，仰慕苏漓的同时，发觉很喜欢这个创始团队，于是毅然离开之前的公司，加入小伴智能。

团队是至关重要的，这些程序员们帮她分担了很多，众人一起为了创业梦想而努力的感觉真好。

她打开了一念科技的界面，和一念智能机器人做了一会儿交互。

体验一念的机器人产品之后，苏漓对小伴智能的测试版上线更有信心了。

她叫来迈克、孙东和王小娇："对于一念科技这样的产品，你们怎么看？"

"不足为惧，两周后看我们的吧。不过我有一个疑问，他们融资额度也不小，就不能找些厉害的工程师吗？"迈克表达了强烈的美式自信。

孙东倒是有一些新的线索可以分享："我听说他们一直在约谈一些工程师，但是最后并没有多少人愿意加入，有加入的很多也很快离开了。可能和他们的创始团队有关系吧，我听说他们的CTO（首席技术官）最近也离开了，可能对他们招聘技术牛人比较有阻力。"

"CTO离开了，难道不是好事情吗？这样高的职位空缺，很多人难道不跃跃欲试？"王小娇有些诧异。不过，一家人工智能公司的CTO离职确实是不小的事情。

"一念科技目前的两位创始人，听说一位是运营出身，一位是战略出身，所以之前的那位从奇点出来的CTO负责了所有和技术相关的部分，可以说对一念的整体技术框架、算法、大数据挖掘和收集等方面贡献巨大。一家技术导向的创业公司，前期CTO的贡献程度在50%以上，一念可以顺利拿到融资，CTO功不可没。当然，随着公司一切步入正轨，技术团队搭建得越来越成熟，估值上去之后，倒显得CTO没那么重要了。再加上两位创始人的强势，难免日常技术沟通有些磕磕碰碰，估计这位CTO占的股份过高，创始人觉得还不如找个新的CTO，所以把原来的 CTO 干掉了。"

"还有这样的事情？还好我们公司没有所谓的 CTO，因为 Ayn 就是技术大拿。技术执行方面，我们三人的配合也很融洽。"王小娇暗暗松了一口气。

迈克首先点了点头，他倒是很欣赏苏漓的管理方式，因为大家都是技术出身，所以公司文化倡导平等。每个程序员都可以把自己当成一个独立的小宇宙，在互联网的世界里自由驰骋，这种自由平等也是小伴团队很重要的企业文化。"创业公司这样对待团队成员，让人不敢苟同。但是他们都是奇点科技出来的人，所以难免恃才傲物了一些，毕竟奇点出来的人起点还是很高的。"

孙东点了点头："其实外界根本就不知道这样的黑幕，我是刚好之前就认识这位 CTO，以前他可是风光得很呢。"

"创始人文化还是挺重要的。有什么样的创始人就有什么样的创业公司。"王小娇朝苏漓笑了笑，"不过一念科技的变动对于我们倒是个机会。你们想想，我们的测试版的产品两周后就上线了，而在这个时候一念科技发生了动荡，最重要的技术大拿 CTO 离职！"王小娇高兴地鼓了鼓掌。

苏漓倒没她那么高兴，她关心的永远是技术本身："成立三年的公司，有一位高管动荡，倒也不是太大的新闻。不过话说回来，我倒是觉得一念最近的技术后台并没有之前那么让人耳目一新了。不知道他们的技术团队是不是还有更大的动荡？希望他们的重心尽快回到技术层面上来，我们要尊重行业对手，毕竟这个市场很大，大家不存在你死我亡的局面，而是共同努力一起来为行业赋能。"

"听到没有？这就是我佩服 Ayn 的地方。"王小娇毫不掩饰地表达了对苏漓的佩服，"她的眼里可不是赤裸裸地盯着竞争对手，Ayn 关注的永远是远方——用技术改变世界。"

孙东略有所思："我相信这是每一位技术人员的初心吧，只不过走着走着，有些人随着起起伏伏，慢慢迷失了自己。我们倒是要时时提醒自己，当时为何出发。"说完他看了一眼身边还笑嘻嘻的王小娇。

王小娇直接瞪大了眼睛看着他："看我干嘛？我难道没有初心吗？"迈克和孙东哈哈大笑。

"大家齐心协力，两周后产品上线，我们拼了。不过这周五的中秋节晚上，我们还是要留给我们最亲的人，哈哈。"王小娇还心心念念着中秋节。

李乐乐果然没让欧阳树失望。

《舌尖上的 267 道中式面食》在中秋节来临前的这一周上市，这让欧阳树一直紧绷的神经终于有了些放松。

书籍正式出版之后，李乐乐大老远地亲自带着样书来到小树资本，亲手放到欧阳树的桌前。

翻开封面，精心选配的插图跃入眼帘，欧阳树仿佛能闻到画面里传出来的香味。

他不由得长长地深呼吸一口气：老怀安慰，人生的第一本书终于出版了！

欧阳树也顾不上招呼李乐乐了，拿着几本样书，全公司嘚瑟了一圈："女士们，先生们，我手中拿着的是美食界诺贝尔奖的对标书目，目前还没有正式上市，若想要收藏，赶紧过来找它的作者，也就是鄙人签名，然后坐等升值！20 年后等我真的得了美食界诺贝尔奖，收藏价值百万英镑不是梦。"说完他扬了扬手中的书。

众人闻声一哄而上，颜振广眼疾手快抢到一本，翻开看了看，"欧阳你终于有作品出版了。天才啊！中式面食都能做到 267 样。虽然不是小说，而只是美食汇编，但你的作家梦终于是圆上了！要不要请客庆祝一下啊？"

对于颜振广这种阴阳怪气的评论，欧阳树才懒得和他计较呢，就当他是妒忌了，"哼，还是那句话：梦想还是要有的，万一实现了呢？人生呢，就是东边不亮西边亮，小说没出版，但我的美食作品集出版了！请客这事儿是一定要的，看看晚上大家是不是都在，我们去大吃一顿。"

李乐乐忽然从他身后冒了出来，朝众人妩媚一笑，那张本来就很好看的脸更加明媚动人了，"欧阳，这庆功宴也得有我的份儿吧？"

众人看着这位美女，齐刷刷地盯着欧阳树，眼神中充满了疑问：这几年从来没有工作之外的女士来公司找过欧阳树，这位美女是谁？

欧阳树显然读懂了大家眼神里的疑问："哦，一时太高兴，忘了招呼李主编了。给大家介绍一下，这位是美食界的一姐，《全球美食家》的主编李乐乐女士。"

"李乐乐？我知道我知道，就是那位美食界的红人。"前台小冉也喜欢关注一些网红，所以她发出了第一声尖叫。"哇，真人比照片还漂亮，您能给我签个名吗？"

尹正鸣看了一眼小冉，心里替她默哀，当老板的面不要老板的签名，而要这位网红姐姐的，有你好看的。

"哦，原来是美女主编。欢迎欢迎。我们求之不得呢，特别欢迎乐乐主编和我们一起聚餐。"不等欧阳树发话，颜振广已经代表欧阳树同意了李乐乐的请求，同时朝欧阳树使了一个坏坏的眼色。

李乐乐又朝欧阳树娇媚一笑："太好了，欧阳。我大老远地跑过来，连午饭都没吃好，择日不如撞日，今天你就犒劳我一次吧。为了你的这本书，我可是费了很大力气。选用最好的纸张，聘请最有经验的编辑和设计师，最后才出来的这本精品，另外，我个人还完全免费地在网上大力推荐了这部作品呢。"

话都说到这份儿上了，欧阳树当然是无法拒绝。

两人在众目睽睽之下结伴离开，欧阳树听到身后一片起哄声。

随便你们怎么联想，欧阳树心想，我的这本书能顺利出版，确实应该好好感谢她。

欧阳树和李乐乐吃完饭之后，本着绅士精神，绕了个远路送李乐乐回家。回到家已经很晚了，欧阳泷还没睡，一个人窝在沙发上浏览餐厅排行。

"干什么呢？哟，这是在找餐厅吧？中秋和女朋友度过两人认识后的第一个节日？你有本事搞定她，直接让她见家人不就行了吗？"欧阳树终于找到机会怼欧阳泷了。

"哎，我也想啊。只是她们老家的规矩，中秋节一定要全家团圆。所以只好这两天和她在外面先欢庆一番。不过她最近脸上长了一堆压力痘。压力痘！只有我们这些创业狗才会长的，您这张投资资本家的脸不会。"欧阳泷说着摸了一把自己的脸。

"那你这条创业狗都有女朋友了，你老哥还是光棍呢。"

"女朋友啊，咱们对门不是有现成的吗？你们高端人士真是麻烦。理由一堆，说什么工作忙啊、性格不和啊、自己很挑剔啊。我看啊，就是不重视爱情这件事。你若一重视呢就会发力，发力呢机会就来了。女孩子嘛，你不撩100次根本就不会成功撩到的。身为男人呢，还是要主动一点的。若实在不知道该怎么办，我倒是可以帮你想想办法，算是回报你的收留之恩吧。"

欧阳泷说完，假模假式地掐指一算，继而大笑一声："有了，这周五不就是中秋节吗？趁咱全家人一起吃团圆饭，把苏漓姐叫上。有时候呢，情感需要助攻。助攻明白吗？一个好汉三个帮，我肯定算一个，外婆算一个，小娇我发展一下。三个，够了。"

欧阳树有些尴尬，这种事儿还需要人帮忙也是挺丢人的。于是赶紧把话题岔开，把《舌尖上的267道中式面食》扔给欧阳泷："我的新书。"

欧阳泷接住书，连着翻开看了几页，不禁啧啧夸奖："这美食界一姐做的书就是不一样吧。等等，哥你大晚上才到家，是不是就和那位网红姐姐吃饭去了？我可跟你讲，脚踏两只船的事儿千万不能干。搞不好，你一条船都踏不上，直接掉水里了。"

欧阳泷一直跟在欧阳树身后叨叨，欧阳树一时气不过："你说谁掉水里？你哥可是香饽饽好吗？"

说完关上淋浴间的门，直接把欧阳泷隔在门外了。

洗完澡，欧阳树都没来得及擦拭干净头发，赶紧查了查日历。

小伴智能测试版应该是十天后上线吧？这个时候请苏漓来家里吃饭，不知道会不会又吃个闭门羹？

等等，家庭团圆日，邀请苏漓来家里吃饭？欧阳树用毛巾狠狠地擦了擦湿漉漉的头发，看了看镜子里的自己。

我没发烧吧？他摸了一下自己的额头。没有啊，那我是生病了？居然想邀请苏漓来家里吃饭？

他拍了拍自己的脸，嘟囔了几句："也不知道这个女人哪里好，永远一副臭脸，而且还总是让我下不来台。欧阳树，你是怎么了？"

难道是中蛊了？不想了，早点休息，明天早上还有一堆事情要忙。

我这是为了工作而已，他说服自己，投资工作永远是排在第一位的。

投资这个工作，就是一个会接着一个会，永远开不完的会。

第二天早上醒来，他刚睁开眼睛，就被外婆叫去吃早餐。欧阳泷在旁边一直贼笑，欧阳树已经有了心理准备。

"小树你看啊，这追求女孩子呢，小泷说了，那叫什么来着？"外婆今天虽然笑得特别甜，但是说话非常认真。

"外婆，助攻。帮助的助。"欧阳泷笑出声来，差点没呛着。

"对对，助攻。对门那位苏小姐啊，挺好的。外婆出面，邀请她周五来家里吃晚餐怎么样？外婆一会儿就去敲门和她说。"

老太太跑得太快了，还没等欧阳树反应过来，她就已经冲到门口。

"欧阳泷！"欧阳树佯装狠狠盯了一眼欧阳泷。

"哈哈哈哈，我才知道原来外婆是百米健将啊。"欧阳泷已经完全被老人家逗乐了，笑得合不拢嘴了。

欧阳树人在屋内，但是心早已飞到了屋外。

外婆的好意会不会被苏漓拒绝？本来外婆也是好心，但这苏漓吧，有的时候和常人的思维不太一样，万一外婆被拒绝了，估计老人家也挺伤心的。

欧阳树觉得自己内心戏好多。

很快，外婆就回来了。

欧阳树从她的笑脸上看出：苏漓同意周五晚上来他家过中秋了。

认识这位邻居几个月了，周五的聚餐居然是两人第一次同桌吃饭。

人生没有什么是一碗热气腾腾的面不
能解决的。如果不行，那就来两碗。

五岁之后，苏漓再也没有过中秋节。姑姑还在世的时候，她俩每年也只过春节。

但愿人长久，千里共婵娟。

印象中的中秋节，应该是国人仅次于春节的第二大传统节日。记得很小的时候，他们一家人合坐在院子里赏月吃月饼，大人们忙着把酒问月，孩子们乐于嬉戏玩耍，好不热闹。但对于她来说，这个节日陌生而伤感——她并没有家，也没有亲人，无需记得这个一家人团圆的节日。

所以当欧阳树外婆出现在她家门口，邀请她参加欧阳家的中秋家宴时，她一开始是拒绝的。

但这个和蔼热情的老太太不知哪里来的魅力，又勾起了她曾经那些美好的回忆。她本以为自己不需要家人和朋友的关心，但那一刻她忽然明白，原来她所谓的不需要只是没有得到关心和接纳而已。

这位外婆的热情，让苏漓不好意思再拒绝。而且，要想更好地融入国内的环境，她还是应该多多适应一些传统文化，多多参加一些传统节日。

在苏漓心里，这个中秋家宴仅仅是一次稍微正式一点的传统聚餐。她完全没有意识到，在中秋之夜，获得一位男士家人的邀请意味着什么。

开车去公司的路上，苏漓才发现街上原来早就张灯结彩，一派热闹的节日氛围。之前她过于专注，将周遭的变化都忽略了。

一到办公室，苏漓又发觉，她不仅没有关注身边环境的变化，也完全忘记了给同事们一份节日的关怀。于是她赶紧叫来公司行政主管，给每位同事准备一份中秋礼物。中午吃饭的时候，她也主动恭祝同事们节日快乐。

众人这才知道，原来热衷于创造机器的苏漓也食人间烟火，和大家一样要过中秋节的啊！

是的，因为盛情难却，本周五晚上她要过五岁之后的第一个中秋节了。

她比平常早些回到家里，从家中拿了一瓶红酒和一盒月饼。然后敲响了欧阳树家里的门。

开门的是一位中年男性。苏漓从来没有见过这位男士，当场愣住，对方已经意识到了她是谁："是苏小姐吧？我是欧阳树的爸爸，快请进。"

她不好意思地和欧阳爸爸问好，把准备的礼物递给他。

这是她第一次进到欧阳树的家中。

耳畔是欢快的音乐，到处摆放着鲜艳的花束，黑白相间的大理石地板上铺着几块米色的地毯。沙发是蓝色的，准确说是孔雀蓝，客厅中间摆放着宽大的聚会长桌，桌子上铺着蓝色的餐布，摆放着白色和红色的蜡烛和漂亮的花环。整体布置让人觉得又热闹又温馨。

让苏漓吃惊的是，欧阳树家客厅的一整面墙，大概五六米，全都是到顶的书架，上面摆满了图书。这倒是和她家的布置有些相似，她走到书架旁，随手拿了一本《聂鲁达诗集选》。书上竟然还有一小段钢笔写的注释，大概主人经常翻阅。

爱，是如外公外婆那般，牵手一辈子；是寂静无声的美。

看来，这个男人并不似他平日里表现出来的那样粗枝大叶，而是个情感细腻的男人。

"苏漓姐，你来了。"

欧阳泷走了过来，和苏漓打招呼："这位是我们的邻居苏漓姐，我的家人都知道你了。"苏漓刚想问为何他的家人都知道她了，一回头，敞开式厨房里，苏漓看到欧阳树和外婆正在那里忙碌。

果然，他是个爱做饭的美食家，他很享受他的生活。

和苏漓不同的是，欧阳家的所有人似乎天生就有快乐的基因。

"其实，我家祖籍四川，我们都喜欢吃各式辣味和各种面食。今天给你做些家乡菜，可能没有南方菜那么精致，但是真的很好吃。"

苏漓对于这样热闹的生活场景有些陌生，一直拘谨地坐在沙发上，手里拿着欧阳泷递给她的水杯，不停地喝水来缓解自己的不适感。大概这一家人都知道她是孤家寡人，所以他们绝口不问她家里人的事情，这倒是让她松了一口气。

厨房里忙碌的欧阳树正沉浸在做菜的乐趣里。除了苏漓刚进来时抬头打了个招呼，其他的时间一直在低头做菜，他才是今晚的大厨，而外婆只是在给他打下手。若不是亲眼所见，她绝对想不到，在她眼里有些毛毛躁躁的欧阳树，居然是个"厨男"。

欧阳泷看到苏漓不时往厨房看，跑过来递给苏漓一本书："苏漓姐，这是我哥刚出版的美食书，他也没有太多的爱好，就是喜欢倒腾美食，尤其是面食。"

苏漓接过书，书名叫《舌尖上的 267 道中式面食》，封面上写着一句话："人生没有什么是一碗热气腾腾的面不能解决的，如果不行，那就来两碗。"扉页上写着"献给我亲爱的家人"。他大概是那种内心充满温暖的人吧，连喜爱的食物都是热气腾腾的面食。

外婆终于有时间过来问东问西了："苏小姐，你今年多大了？哪个月份生的？"全然不顾年轻人所谓的个人隐私，欧阳爸爸有些不好意思地咳了一声，外婆还以为他口渴，贴心地给他递水。

好在苏漓从来不忌讳别人问自己的年龄，只如实道来："今年七月刚过了 32 岁生日。"

"呀你们同龄啊！其实今天是小树 32 岁的生日，小树是天秤座，比你小三个月。"

原来今天是欧阳树的生日啊。

她看着眼前的外婆，老人家很潮，居然还懂星座。说完这番话，外婆还拉了一下苏漓的手："虽然年龄差不多，但苏小姐确实要稳重得多，我们家小树别看在外面是个大男人，在家里啊其实就是个大男孩儿。"

"外婆，您说我什么坏话呢？"冷不丁的，欧阳树端着一盘菜出现在众人面前，然后笑着提高了音量："伙计们，准备就绪，开饭了啊。"

桌上摆放着二十道菜，大家都靠近自己喜欢的菜式附近坐，完全没有按照长幼尊卑的顺序。欧阳树走到窗边，打开了玻璃窗，为了能看到窗外的那一轮圆月。

不知为何，他觉得今晚的月亮特别圆，比他过去 31 年来看到的都圆。

一家人簇拥着围坐一堂，显然这么热闹的一家子团聚的氛围让苏漓有些招架不住。欧阳树似乎也发现了她的不安，在安排座位时似乎无意地坐在了苏漓旁边，毕竟他是这桌人中唯一她认识的"熟人"。当然这也是他密谋许久想要的机会：可以和苏漓挨得这么近吃饭。

"小树，"外婆在叫他，"今天是你生日，又赶上中秋佳节。来，你许个愿望吧。"已经准备好的生日蜡烛点亮了，灯光暗了下去，周围一片寂静，他顺从地闭上眼睛在内心许了一个愿望。

许完愿，脑子里又浮现出了聂鲁达的那首《我喜欢你是寂静的》：

> 我喜欢你是寂静的，仿佛你消失了一样，
>
> 你从远处聆听我，我的声音却无法触及你。
>
> 好像你的双眼已经飞离去，如同一个吻，封缄了你的嘴。
>
> 如同所有的事物充满了我的灵魂，
>
> 你从所有的事物中浮现，充满了我的灵魂。
>
> 你像我的灵魂，一只梦的蝴蝶。你如同忧郁这个词。

上次想起这首诗的时候，是苏漓坐在会议室，安静地讲述自己的往事。

这次，苏漓正坐在自己的身边。

真是一个神奇的瞬间。

吹灭蜡烛，灯光又亮了起来。欧阳树给众人分好蛋糕，递给苏漓的时候多看了她一眼，并没有多说话。

欧阳泷感受到了异常："哥，我发觉你今晚特别安静，一家人坐在一起，怎么

这么放不开？你平时可不是这样的，哈哈哈。"

"刚刚我是在感慨年龄又长了一岁。"欧阳树反应过来，"来来来，我们现在庆祝团聚。节日快乐，我的家人们。苏小姐，也祝你节日快乐。"

"说什么呢？苏漓姐来咱家过节，今天也是我们的家人。来，苏漓姐，我们一起节日快乐哈。"欧阳泷的活宝气质又展现了。

外婆不住地给苏漓夹菜，不停地介绍："这是鱼香肉丝，这是米粉蒸肉，这是莲白盐煎，这是干煸四季豆……"

对面的林爱芳也忍不住说话了："小树说你是杭州人，所以所有的菜式都没放辣，你尝尝是否吃得惯？"

她尝了一口味道确实不错，而且在吃菜的时候，能明显感受到周围外公、外婆、欧阳爸爸、欧阳妈妈、欧阳泷，还有欧阳树，六双眼睛齐刷刷地盯着她看。

她有些不好意思，却还是露出了笑脸："嗯，虽然我中餐吃得比较少，但这些菜很合我的口味，很好吃。"

欧阳树一听苏漓说好吃，禁不住得意起来。

一直没怎么说话的外公似乎很喜欢苏漓享受美食的模样，或者说他很喜欢这个看起来有些内向的年轻人。"苏小姐，你别笑话。我们家到了小树这辈儿都是男孩儿，其实特别想要个女孩儿，但偏偏不如愿。小树呢，这孩子，也都三十好几的人……"

咳咳咳，欧阳树使劲咳嗽了几声，急急忙忙把话题岔开："啊，吃面吃面，我去把长寿面拿过来。"

欧阳树手中的那碗面分量大一些，其他人都是一小碗，"大家尝尝，这是我最新研发的面条，一根到底，粗细适宜。面粉是用四川本地生长的谷物研磨做的，所以名字叫家乡长寿相思面。"

众人尝了一口连连叫着好吃。外婆还不忘为欧阳树美言几句："小树这个孩子看起来大大咧咧的，其实还是很细心的。听说苏小姐要来，还特意准备了一些自己做的点心。你看，这个月饼他也是按照苏杭风格做的，你尝尝，很好吃的。"

苏漓尝了一口外婆递过来的月饼，确实很有小时候吃过的月饼的味道。她看了欧阳树一眼："挺好吃的。"

饭后，一家人站在窗前赏月。苏漓站在众人的后面，欧阳树给她倒了一杯酒，"苏小姐，食物还合你的口味吗？你今晚的话似乎特别少。"

苏漓接过酒杯，饮了一小口，"我平常本来话也不多嘛。"

欧阳树回忆着笑了一下，"好像是，似乎一直都是我在说。"

"话多的人通常比较幸福。你有很幸福的一个大家庭，所以你才成为欧阳树。"

"生活在这样一个大家庭里，我也觉得很幸福。无论做什么家人都很支持，所以也总是充满了干劲，因为你知道有一个地方会全然接纳你，给你无条件的爱。"欧阳树望着房间里热热闹闹的家人说出了这样的话，今晚的他感觉很幸福。

"所以，家就是这样一个地方。以后遇到什么不开心的，欢迎随时来我家吃饭，我给你煮面吃。面食啊，对情绪有治愈作用。"

苏漓一直在欧阳家待到十点，才起身告辞。

关上自己家的门，刚才的热闹仿佛一场梦，一场关于"家"的梦。

其实欧阳树对苏漓最后说的那番语重心长的话，是他那个晚上说得最长的一段话。

在苏漓面前他掩饰得很好，但他当时也面临着一个很大的难题：

邱一雄很看重的弘创科技的美国上市计划可能要泡汤。原因是大家所没有预料到的，用赵见德的话说，千算万算也算不出会发生这样的问题，千防万防也没防到这招：创始人突然离婚，闹得公司品牌价值急剧下降，上市的关键时刻被竞争对手反超，最后丧失了上市资格。

欧阳树很是沮丧，弘创科技的创始人是欧阳树刚刚做文学网站的时候认识的，本人是位很有文艺气质的青年，对文创行业十分热爱，所以做文化类创业再适合不过了。只不过成也萧何败也萧何，他非常冲动地和认识不久的女朋友闪婚，几个月之后发觉两人不适合，就想离婚。哪知女方家族并不同意他开出的离婚条件，于是爆出各种有的没的黑料逼他提高离婚补助。在社交网络如此发达的时代，真相很容易被快速传播的假象所掩盖。最后，积累了六年的品牌、用户、市场占有率逐渐下降，短短两周之内，本来十拿九稳的上市计划，说不行就不行了。一家原本预计很快 IPO[1] 的公司，日薄西山。

造就一家公司很难，但是要毁掉一家公司很容易。

事已至此，邱一雄也无力回天。

欧阳树的郁闷程度可想而知，但是他并不想告诉家人这些，因为他想让大家好好的过个节，于是一切按照外婆之前的安排进行。

他在楼下的车库里，把车熄火后在车里坐了好久，待到情绪基本平稳了才上楼。

所以，他安静地下厨，因为做面食可以极好地安抚他的情绪，他可以在自己的那个小世界里安插一个树洞，把所有工作上的不快都埋藏起来。

家，本来就是制造快乐的地方，而不是处理工作中不良情绪的垃圾场。一家人在饭桌上就餐的时候，他感觉很安心。

那时，他看着身边总是那么冷漠的苏漓，不禁想，她一个人度过这么多年，难免遇到这样七七八八的难事，她是怎么过来的呢？

她似乎永远都那么平静。那一脸的冷漠和骄傲背后，到底经历了怎样的过往？

他从自己今天的遭遇出发，不由得情绪上下波动，对她生起好奇来。但她现在只是他的邻居，他也不能说太多，只好和她说这样一句没头没脑的话：

"以后遇到什么不开心的时候，欢迎随时来我家吃饭，我给你煮面吃。面食啊，对情绪有治愈作用。"

看得出来，她并没有明白他这句话后面的真情实意。也罢，以后还有的是时间。

晚餐之后，苏漓告辞，他送苏漓到门口。今晚一餐饭，虽然两人并没有说太多的话，但他对她的了解似乎又深入了一层。

欧阳树回过头来，看看家人，他们还是那么的快乐。

快乐是一种能量。他受到家人的感染，无论发生什么，他都决定去积极面对。

从欧阳树家回来之后的这几天，苏漓的睡眠奇迹般地好了许多。

---

[1] 全称 Initial Public Offerings，中文名为首次公开募股，是指一家企业或公司（股份有限公司）第一次将它的股份向公众出售。

终于到了产品上线的最后一周，对于整个公司而言，好像是期末考试的倒计时。

周一的晨会氛围特别紧张，但是她也收到了惊喜。王小娇给她捧来了一大束鲜花，红玫瑰，上面并没有署名，从王小娇的暗暗发笑的神色来看，她猜到可能是欧阳树的恶作剧。

但是很快，苏漓收到了一条信息："鲜花收到了吗？产品很快上线，所以提前庆贺一下。"

居然是柳海生。

若是为了庆祝产品上线，可以送其他的花束不该是红色玫瑰。苏漓回想起上一次柳海生约见自己，他怎么突然做出这些奇怪的关心她的举动？还搞得这么神神秘秘的，究竟是何目的？

"Ayn？"迈克叫了一声，很明显刚刚大家都看出来她走神了。"大概的进度就是这个样子，下周一测试版产品上线没有问题。"

苏漓几乎是一瞬间就把状态拉回到会议中："产品上线进程方面若是没有问题的话，将人，我们来聊聊产品上线之后的定位问题。"

秦将人知道，下周产品上线之后，自己身上的责任重大。"奇点一直想让别人用自己的智能语音系统，所以并不会做智能开放平台。一念最近的进度慢下来了，从之前的经历来看，目标指向占据语音聊天这个模式，虽然有趣，但它的商业应用相对比较狭窄，可能是一念对于自己的产品还不太自信，大概还在进行图灵测试。所以他们两家各有千秋：一个是自己研发自己用，另外一个是只攻一个赛道。那么，之前你提到的，开放系统给其他商家的话，算不算是开放平台？"

"我们的优势在于我们的产品已经经过了苏漓的十年锤炼，应该是最好的技术。我之前提到的开放，其实就是与垂直领域内好的公司合作。最终，系统被什么样的客户采用，这是我们应该关心的，目前我们需要的是客户的质量，而不是数量。"

秦将人提供了一系列潜在客户的名单，显得很胸有成竹的样子，"这个放心好了，各个垂直领域都有我之前的人脉积累。我也已经和很多潜在客户提前沟通好了，只要我们的产品质量过硬，他们愿意做第一个吃螃蟹的人。而且他们深信你的技术，也想更好地拥抱人工智能大潮。"

看到秦将人信心满满的样子，苏漓放心了。

苏漓这一周并没有感受到来自欧阳树的"骚扰"。

因为欧阳树正在经历冰火两重天般的人生时刻。

"火"的一面是他的新书在李乐乐的大力推荐之下，已经荣登美食图书销售排行前三甲，估计他这不务正业的人设算是正式确立了；所谓"冰"的一面是他正忙着给弘创文化上市计划失败四处灭火。

真正让他头疼的是来自邱一雄的责问。

VC之所以叫风险投资，因为资本投向的都是极大程度会遭遇失败风险的高新技术及其产品，而像弘创文化这种抗周期型的公司，公司连年实现稳定增长，本以为投资它可以对冲高科技公司带来的潜在风险性，但没想到，最先出问题的居然是这家公司。

欧阳树最近来邱一雄这边，就没见过邱一雄的好脸色。他其实也明白，若是其他人的话，"机器熊"可能早就拍桌子了，对于邱一雄的这种"平静的生气"，他已经很感激了。

但邱一雄越是这样对他，他就越发不安。

"阿树，"欧阳树听到邱一雄在叫他，"弘创文化，小树资本是天使轮投进去的，南元资本是D轮投进去的。你们投了100万人民币，但我投资了一个亿，这家公司即使上市也不是资本回报最大的公司，当年，南元投资不过是看它一定会上市这个先决条件。这种十拿九稳的公司居然失败了，不是因为业务或者战略失败，而是创始人的婚姻状况变动造成的。行业里之前就有餐饮行业公司，因为夫妻离婚而错失上市机会的案例，怎么这个案子也出了这样的纰漏呢？"

"这家公司是几年前投资的。创始人一直是单身，但是几个月前闪婚闪离，他觉得这是自己的事情，说出来也不光彩，所以对投资人包括我，都没有坦白。最后，前妻打官司闹至媒体曝光，等到离婚事件发酵到社会层面了，我们才知道这个事件，但扑火已经晚了……"

"对于早期公司的投资而言，创始人是重中之重。我已经多次强调，不单单要关心他们的业务和战略，也要关心他们的心理状态和情感。当然，意外总是不可预见，以后要做到的是尽量防患于未然。"

"好，我回去之后，与一些公司创始人都访谈一下。创业者都是辛苦的，很多人完全顾不上家庭的情感需求，遇到一些理解他们的伴侣还好，若是不理解的伴侣，出这种意外倒是不小的概率。"

"创业维艰……"邱一雄忽然想起来了什么，"阿树，你自己的情感状况呢？我记得这几年你都没和我提过。"

欧阳树摸了摸鼻子，有些不好意思地笑了："还是老样子，嘿嘿。等忙过这阵，我自己也考虑考虑。我就是怕出纰漏所以全身心创业，所以也一直没把感情放在心上。"他不失时机地拿出自己那本《舌尖上的267道中式面食》，刚好可以用来岔开话题。"这是我最近出的一本面食书，抢先版，给您拿了一本。"

邱一雄翻开看了看，轻轻叹了口气："听说，你因为这本书荣登了著名美食家榜单？术业有专攻，面食你做得再好，也比不上那些顶级大厨。不要对太多事有贪恋，要节省你的时间，用到投资事业里。每一件与众不同的绝世良品，都是以无比寂寞的专注和勤奋为代价的，要么是血，要么是汗，要么是大把大把的曼妙青春好时光。"

邱一雄已经多次对欧阳树说过这样的话了，不知为何这次欧阳树倒是感受到了邱一雄"高处不胜寒"的寂寞。

"对了，你走的时候，别忘了和前台说一声，我在她那放了一瓶红酒，是你的生日礼物。我记得，你上周过生日。"

欧阳树没想到邱一雄还记得这个。其实，每年生日邱一雄都会给欧阳树一个礼物，大都是在生日之前。今年他之前并没有提及，欧阳树以为他忘记了，也没太在意，毕竟邱一雄太忙了。他这么一提，倒是让欧阳树很有些感动。

"32岁，正当壮年，意气风发。人生就是一场冒险，你得让自己变得再强大一些。"邱一雄对欧阳树还是满心的信任，"还有，临走前再叮嘱你一下，苏漓教授的产品测试版下周上线，应该会引起一阵投资机构的疯抢，要和她要保持良好的合作关系。人生难免起起伏伏，不必记挂在心上。"

对于邱一雄最后这个关于苏漓的叮嘱，欧阳树早就铭记于心。

　　莎士比亚说过，"爱情不过是一种疯。"爱情是在适当的青春年龄里，男女本能地互相吸引，这只是一种纯粹的自然现象，但双方若能进入到深层次的精神领域里，坦诚交流和心灵共鸣，才会有爱的升华，那才是爱情的样子。

苏漓整理完毕所有的信息，一一备份。她准备这个周五晚上早早回家睡个好觉，等待下周的产品上线。

有一周没有欧阳树的消息了，她居然感觉有些怀念。她伸了个懒腰，想到楼下的源泉咖啡应该还没有打烊，打算去那里买个三明治当作晚餐，一个人安静地度过周五的晚上。

哪知她刚到源泉咖啡，欧阳泷远远就朝她喊："苏漓姐，这边这边。"

好歹也是咖啡店老板，欧阳泷到现在居然一点老板的样子都没有。"晚上要不要和我们一起吃饭啊？"欧阳泷看她没什么反应，一把从背后抱住边上王小娇，"苏漓姐，王小娇现在是我女朋友啦。吃不吃惊？意不意外？"

"你们？"苏漓指着他们俩，"When and how？我倒是不吃惊，就是有些意外你们的神速。"

"嗨，也没什么神速不神速的啊。我觉得小娇不错，小娇也看我顺眼，一来二去我们决定交往啦。我们都不猜不作，珍惜彼此。不好意思，苏漓姐，之前一直瞒着您。"

王小娇拍拍欧阳泷的脸，一脸幸福的表情，当她看到苏漓似乎有些担忧的时候，似乎猜到了苏漓的心思，于是赶紧说道："Ayn，放心吧。恋爱呢，不会影响工作的，你看我约会的时候都把笔记本电脑拿下来确保工作时间。而且呢，恋爱促发的多巴胺分泌，还能让我灵感迸发，你看连我的压力痘都消失了。"

苏漓看着腻歪的两人，笑了笑，没再说什么。

年轻人的热呼劲儿，她早就寻不着了，或者说从来没有过。

关于爱情，苏漓早就做过研究。

莎士比亚说过："爱情不过是一种疯。"爱情是在适当的年龄里，男女本能地互相吸引，这只是一种纯粹的自然现象。但双方若能进入到深层次的精神领域里，坦诚交流和心灵共鸣，才会有爱的升华，那才是爱情的样子。

她接过店员准备好的外卖："我的晚餐已经打包好了，我自己回家吃。我可不想变成巫婆，打扰到你们的周末。"

"巫婆？"欧阳泷笑了，追上苏漓，"苏漓姐，你在有些人眼里可是仙女啊。只不过我哥比较笨，情商低，自己都不明白自己怎么回事儿。不过你可是第一个被我哥邀请参加家宴的女性哦，你都不知道外婆多喜欢你……"

没想到欧阳泷这么直截了当，苏漓赶紧喝了一口咖啡压压惊，头也不回地逃掉了。

她习惯于回避情感的问题。情场和职场，两者若是让苏漓选其一的话，她一定会选事业。毕竟这才是她心中的大事。

现实社会中所取得的成就，能够促进科技进步和发展，这才是抵抗生命无常的法宝。

情感呢？

她回头望了一眼王小娇和欧阳泷，在这一对年轻人你侬我侬的时刻，那份情感确实是看得见的。

与此同时，柳海生的职场生涯也正在经历一些考验：仇剑借一念科技最近差强人意的表现，在给他施压。同时，仇剑主投的小伴智能产品即将上线，估计对一念科技目前的状况来说是雪上加霜。不怕不知道，就怕竞争对手相比较。

柳海生知道仇剑对他的情感是有些复杂的。一方面仇剑需要这位得力下属帮助他巩固地位，另一方面他又要不时打击柳海生这颗冉冉升起的投资新星。

正所谓，一张一弛，文武之道也。

仇剑提到一念科技最近的不顺利，这正是他最近的焦虑源头。他确实对一念科技非常有感情，想当初，是他鼓励李铁鹰出来创业，并指导他组建团队。由于一念科技起点颇高，所以融资根本不成问题，短短三年，已经估值到了10亿。

本来，一念科技是唯一能对奇点科技造成威胁的潜在竞争对手。

没想到中途冒出苏漓这技术头号人物，她的技术优势大家都知道，本来人工智能领域，赛道很多，苏漓偏偏就选了他看好的一念科技的赛道。

当时柳海生想，绝不能被欧阳树投资了，那样将来就是一场资本助力的创业公司大战，一定要拦截下其他可能助力的苏漓这只老虎资本。因为只有必然资本投资了小伴科技，他作为投资人才能接触到第一手的资料。当然，他的运气足够好，由于种种"巧合"，苏漓最终抛弃了最先接触她的小树资本，而选择了他所任职的必然资本。

这个女人真的是聪明绝顶！

柳海生想起一句话，智商超群的人情商一般都很低，但他发现苏漓说话办事滴水不漏，这个智商高情商低的定律在苏漓这里似乎失效了，他根本找不到苏漓的弱点。

机会总是会降临的。那次与欧阳树、姜雅妍给苏漓团队做创始人个人尽职调查时，苏漓谈到她从小是个孤儿。他回来后，用最快的速度咨询了心理学家："我的一位女性朋友，职业挺成功的，但从小是孤儿，国外长大，这样的人会有什么样的性格和心理缺陷？"

"一个孤儿若取得了成功，往往会付出比寻常人更多的代价。一般而言，她很独立，有主见，好强，同时也理智得缺少人情味，会把友谊和情感看得很淡，不容易和他人亲近。但一旦突破防线，彼此亲近后，这种信任会超越一切。"

对于如何接近她这个问题，心理学家给的建议是：

"接近她不能太刻意了，首先，要取得她的信任，她很难相信一个人。"

这说明，柳海生之前的方法是错误的。他本来以为，苏漓在国外长大，应该更易于接受"坦诚的表白"这样的方式。若是要制造些机会，才能接近她，这意味着要花更多的时间来取得她的好感取得她的信任，这件事情是否值得呢？

目前一念的下滑势头和小伴蓄势待发的状态形成了鲜明的对比，一落一起对他今年的投资业绩也构成了威胁。接下来，需要如何布局他还没想清楚，但有一点他很明白，取得苏漓的信任十分关键，所以，当务之急是接近苏漓，看清她的战略步伐。

因为一念科技的生死对他而言，真的是太重要了。

每个行业最终只会剩下第一名和第二名。一念的唯一出路是保持第二名的位置。

姜雅妍最近造访苏漓的次数愈发多了起来。

因为苏漓这个项目的主要负责人仇剑最近一直在美国做资金汇报和全球考察，所以姜雅妍暂时代替仇剑跟进苏漓这个项目。

她时不时会来苏漓公司一趟，或者每周打个电话问问最新进展。坦白来说，苏漓在国内并没有什么朋友，但是对于姜雅妍这样的女性，她天然地多了一份情谊。首先是因为她的专业，姜雅妍的理工科背景使得她和苏漓之间的思维方式比较接近，沟通起来十分顺畅。同时她也是一位非常冷静和聪明的女孩子。

经过这几个月的接触，在姜雅妍的心目中，两人之间也有了类似友谊这样的东西，彼此之间的交流越来越多。

当然，姜雅妍是她和苏漓关系的推进者。

这天，两人约在一家甜品店会面。两人熟悉后，姜雅妍才知道，对于饮食比较随意的苏漓对甜品情有独钟。所以，甜品也成了两人可以讨论的话题。

前一段时间，苏漓一直点的是胡萝卜蛋糕，卡路里不高。姜雅妍是易胖体质，以前若是工作压力大，她就靠食物来给自己减压，时不时受体重困扰。但认识苏漓之后，她对于饮食也控制了起来，每次都是挑些卡路里低的食物。

"今天不谈工作，只谈工作之外的话题。自从认识了你，我都减重7斤了。果然是近朱者赤近墨者黑，交朋友得慎重啊。"姜雅妍最近确实清瘦了不少。

"那可能是你自己真的想瘦吧，不过是遇到我，你投射了一下想要瘦身的自己而已。想保持身材也没什么秘诀，无非是迈开腿，管住嘴。"

"说的是，自从有了健身的爱好，感觉整个人都不一样了，大家都说我气色好了很多。以前就是加班啊加班啊，全国到处飞，你知道的，这是非常不健康的工作和生活方式。"离开工作状态的姜雅妍，仿佛变了一个人，不再似工作状态中那么刻板。

"不管是什么样的人生状态，其实一切都可以自己把握的。"和姜雅妍不一样的是，苏漓是工作状态和生活状态高度统一，就是克制、冷静。

"靠父母，你可以成为众人眼中的公主，但靠自己，你可以成为自己人生的掌舵人。美丽和漂亮从来都是两回事儿，有的人也许眼睛并不漂亮，但是眼神却透露出美丽的光。有的人身材不够完美，但是仪态举止却很好看。这是后天下功夫才能得到的。先天得到的东西是上天的赏赐，而通过自己的努力得到的东西，才是生命的礼物。"

姜雅妍这样的职业女性显然对苏漓的这一套"独立宣言"很受用。"说真的，苏漓，我觉得你轻描淡写的样子特别帅。你一直是这样的状态吗？"

"一个人一生的任务，是成为自己，而不是成为别人眼中的那个人。"

刚刚还在烟火人间的苏漓，忽然显出哲学家的一面。

如她一般，与众不同的人生，与众不同的想法，与众不同的人生选择。

"你内心深处对于创业这个事情是怎么看的？一位三十出头的未婚女性，选择了创业这样一条路，我总是有些佩服的。你知道的，创投圈还是男性主导的世界。"

"既然都入创投圈了，还分什么男性和女性？商业世界里的进击人士，在我的精神世界里，首先不分男女。我只将之分为：财富创造者和占有者。"

"商业里的创造者和占有者，如何定义？"姜雅妍倒是第一次听到这种定义。

"他们的不同是基于一个本质问题：财富的来源以及获得财富的方式。创造者，也可以称之为真正意义上的创业者，他是通过创造财富的方式来获得财富，当然，财富不是创造者所真正追求的东西，财富只是其达到目的的一种手段——扩展他们活动范围的手段。拥有一些财富也只是为了创造新的财富，这种创造从某种意义上来说，可以等同于艺术、科学、哲学或任何其他的人类文明价值。创造者总是以一个博大的胸怀、一个革命者的热情、以及一个受难者的忍耐致力于他的事业。对于创造者而言，他努力只是因为他喜欢自己做的事情，而不是紧盯着事情的结果。"

苏漓吃了一口蛋糕，接着和姜雅妍说道："而占有者，在我眼中只是有钱人，他有另外一种概念。他不是通过创造，而是通过分割由他人创造的财富来有所收获的。他通过操纵别人的社交策略，将已经存在的财富从别人的口袋转移到自己的口袋。所以他等待潮流参与投机行为，而且他们清晰地知道如何逃避最大程度的努力。"

这是姜雅妍第一次听到这样的理论："没想到你还是位哲学家。其实我们每天和很多创业者打交道。真正让我尊敬的是那些从事创造，想为了这个世界的进步而开创事业的创造者。"

"但成为创造者也是有风险的，因为选择了一条艰辛的道路，所以很多的创造者并未能获得客观的财富。有人也只是仅仅实现了他们很小一部分的创造性潜能，而更可惜的是有些人就从来没被人们听说过。但在我心目中，他们都是值得尊敬的人。而聪明的占有者呢？他们通过娴熟的社交技巧，坚信人情练达即文章。但这种占有是掠夺性的，他这里多了别人那里就少了——这只是占有而不是创造。"

"Ayn，这个理论听起来很有意思。其实我内心深处已有所感触，只不过你概括得更加清晰准确。我总是觉得，各个行业里的顶级人士其实都是一样的创造者，只不过他们把人生的精力放到了不同的行业而已。好的创造者其实也是艺术家。"

"深以为然。"

"平时看你只是在谈到自己的技术时才会滔滔不绝，想不到说起商业哲学，也颇有见地。看来人工智能时代，创造者是最不能被取代的一群人。"

"认识到和最终做到，还是有很长一段路要走的。我也不是完人，一个人解决不了所有的事情，所以我也需要我的团队。我得先把技术问题解决好，未来的事情，未来再去解决。"

姜雅妍全身心地听苏漓分享她的哲学，难得遇到一个不盲从的人。她听得入迷，不小心把一勺水果粘到了身上，这才关注苏漓的打扮。

苏漓的装扮每次基本以简约的裁剪为主，黑、白、灰是主色调，再加上一些基本的点缀，总能营造出一种高级感来。

"苏漓，你的衣品真好。说起来，就算到了人工智能时代，服装设计师也是不能被取代的吧。不过，人工智能可以帮设计师算出哪些衣服面料、款式、长度是最受欢迎的。"

"所以，人工智能除了自身的发展，还能把它应用在各行业里，这才是技术对人类进步的价值体现。"

"对你们的测试版产品的上线，我很期待……"姜雅妍刚一出口，苏漓就笑了，"本来你的提议是不谈工作的，没想到最后还是憋不住了。"

姜雅妍一开口就已经意识到了："好啦好啦，今天就不说这个了。以后我们约定工作的事情只在办公室里说，办公室之外的时间，我们用来关注生活。"

苏漓轻轻叹了一口气："你倒是分得挺清楚。但对于我来说，我的工作就是生活，工作对于我而言是一种生活方式，我每时每刻都在工作状态。当你所做的一切刚好是你喜欢的事情，难道它不值得你全心投入吗？"

"我刚参加工作那两年也是这样的，只不过后来……苏漓，问一个我好奇的问题：难道你不谈恋爱吗？"

"人工智能就是我的爱人啊，工作就是我的爱人。况且，我全身心来做小伴智能这个事情，就是让每个人多一位永生的'家人'——永生的家人，永生的陪伴，想想这件事情多酷啊。"

"这个事情确实挺酷的。苏漓，你的愿望锻造了你的项目。但是，人类的爱，和机器的爱是不一样的。"

"我们在做的事情就是让机器越来越像人，越来越了解人本身。在现代的都市丛林里，你不觉得人活得越来越像机器了吗？我们依赖于各种高科技，它确实给我们带来了便利。就如人们说的，人工智能同第四次人类技术革命一样，这是无法避免的潮流。"

"技术确实给我们带来了便利，人类越来越依赖机器，我同意这是无法避免的潮流。但是技术所创造的世界也无法替代血缘，比如我们的家人，比如真正的友谊，比如我们这样惬意的聊天。"

"若是有的人并不能拥有亲密的血缘关系，那么机器智能可以陪伴你。或者说，那时人们可以多一些选择。技术带来的变化是让生活更美好，让我们的选择更多。而且有一天，我相信我们和机器也能进行这么深入的聊天，这是我正在努力的方向。"

"听起来确实是一个很美好的事。虽然项目方向是我们所支持的，但就我个人而言，我更喜欢温暖的怀抱。苏漓，可能你还没有自己喜欢的人，但我有。喜欢一个人的感觉，是一种魔力，让人对世界心怀善意，让人觉得时间不够用，让人想做更好的自己，让人的嘴角不自觉上扬……"

姜雅妍看着街道上的人群，沉浸在一种温暖的情绪里。

"我曾看过这样一句话：喜欢一个人就是感觉他身上发着光，光亮照到你心里最柔软的地方。"

"是的，光亮会照到你心里最柔软的地方。"

姜雅妍重复着苏漓的话。

苏漓难得"噗嗤"一声笑了出来："敢情你是得了单相思？"

"似乎确实是我的一厢情愿，因为一厢情愿，所以才没必要让对方知道，自己默默放在心里就好。如果有一天我有足够的准备了，觉得自己也足够进入他的视线，我会告诉他的。"

"复杂的人类……不过机器就很简单，你写好一行代码，它就回报你一行，它还能自己学习进步。若你问它，你喜欢我吗？它会回答我喜欢你，让你很快知道答案，并不用费这么多的周折。"

"苏漓，你真该好好谈场恋爱。恋爱最美好的就是朦胧期，你不知道他是不是喜欢你，而你得不断地让他确定心意。在一段时间里，你会想变成更好的自己，一个可以在他眼中更加美好的自己。人和机器是不一样的，可能你的眼里全是机器、算法，但在现实世界里其实到处都是活着的有血有肉的人。"

姜雅妍像忽然找到了苏漓的弱项，于是打开了话匣子："若你想让自己的产品更接近人的思维，那么你就该好好了解人类的情感，因为你要做的不是一个自动化的机器，而是温暖的机器。"

"所以，我的投资人鼓励我去谈恋爱？"苏漓觉得姜雅妍似乎给她找了一个新的命题。

"是的，我期望你可以成为一名温暖的产品经理，这样你的产品才会有温度。"姜雅妍似乎找到了苏漓的弱点，给她提出了一个解决方案。

姜雅妍的话，让苏漓若有所思。

"你为什么给我提出这样的建议？"

"我们俩年龄相仿，说实在的，从前我是一名工作狂，后来因为喜欢上了一个人，才觉得原来爱情这件事，是超越想象的美好。于是我对于爱这个物种，产生了敬畏之心。你是立志做出最好的智能语音交互系统的科学家，由此及彼，觉得这种事情对你而言也不能忽视了。"

与姜雅妍这番谈话，让苏漓心绪难平。开车回到地库的时候，差点撞上前面的汽车。

她定睛一看，居然是欧阳树。

　　他能感受到她的变化，可能这种变化
和她所创造的产品越来越智能有关系。他
有他的敏感，那是一种人文主义者的自我
修养。

　　这种能力，不是人人具备。

自从上次参加欧阳树的中秋家宴之后，两人很久没有见面了，彼此也并无对方的消息，没想到，现在居然在地下车库见面了。

还好，欧阳树并没有注意到她，苏漓故意随意停在一个位置，给后面的车辆让道，这样的话，欧阳树就见不到她了。

稍微过了一会儿，她估计欧阳树已经停好了车离开停车场了，四处看看也没有发现其踪影，这才开车入位。

苏漓独自进了电梯，哪知电梯忽然在一楼停了下来，走进来一个人。苏漓一看，正是她躲避不及的欧阳树。

欧阳树一手在打电话，一手拿着他刚刚出版的新书。

看得出来，他非常的疲惫。

狭小的电梯里，俩人无处可躲。

欧阳树也看到了苏漓，于是赶紧和正在通话的人说了声"那就先这样，稍后我再打给你。"他挂上电话，很明显没话找话地扬了扬手中的书和苏漓打了个招呼："苏小姐，这是我的新书，之前家里也有几本但都被我外公外婆拿回家去了。这本送给你。"

苏漓接过欧阳树递过来的书，原来外婆回家去了，怪不得这一周都没见到她。

"谢谢。"

"不客气。"欧阳树不再说话，电梯里就他们两个人，所以气氛略微尴尬。

一直到15层，欧阳树帮苏漓开了电梯门，让苏漓先走出电梯。

全程欧阳树一反常态的安静，没再说话。

欧阳树正准备开门，突然听到身后的苏漓问了他这样一个问题："那个，你知道喜欢一个人是什么样的感觉吗？"

怎么？她这话是什么意思？难道是她看出来我对她有好感？难道她目前有了意中人？这是什么信号？

欧阳树正在激动，忽然想起颜振广和他说过的一句话："对于技术女，理解她的字面意思就好，线性思维而已"，突然又觉得自己内心戏太多。

瞬间他又有些失落，但既然她问了这个问题，他还是要故作"情场高手"："喜欢一个人的感觉？这个……这个……怎么说呢，首先你见不到她的时候，你会一直想她此刻在干什么；你期望一直都能见到她，你期望能不断和她偶遇；等你见到她的时候，你反倒不知道说些什么了，只是希望她一切都好，你希望看到她开心，希望看到她笑……她的笑容最好看，她的眼睛最美，她做的一切都是完美的……嗯，对了，你还想给她做好吃的……"

欧阳树发觉苏漓一直在认真地听他讲话，于是语速越来越快，等讲完最后一句话的时候，他忽然反应过来，这讲的根本就是他自己，而且前不久他邀请苏漓来家做客时还说过给她做好吃的，只好很尴尬地停了下来。

但看看苏漓还是面无表情，也许她并没有听出他话里有话，才略微放下心来。

哪知，站在家门口的苏漓又冒冒失失地问了他一句："那么，你现在有喜欢的人了吗？"

这么直接？

"我吗？有了，可是她并不知道。"

欧阳树鼓起勇气，假装平静地说道。

他听到对面的苏漓吐了一口气，"复杂的人类，"似乎又想起了什么，"喜欢一个人就应该告诉她。因为这种对方知道了的喜欢，才是一种互动的爱。"

欧阳树很诧异苏漓和他说这种话，一时不知道怎么接。幸好，苏漓打开自己家的房门，和他说了一声"晚安"。

复杂的人类？

苏漓肯定是和机器待得太久了。难道需要他这个大活人来拯救她一番？英雄救美？这是什么套路？

欧阳树思来想去，也没有琢磨清楚，忽然想起刚刚的电话还没打完，重新打开手机。

"振广，你是查到苏漓本是玖正科技苏秦之女？当年的并购案造成了苏秦的家破人亡？我怎么觉得这里面还有很多故事？你把找到的线索和资料都给我备份一下，若是能找到当年的一些内幕，相信苏漓也会很感激的，也许，这会让我们之间的合作更融洽，拜托你了。"

欧阳树其实在心里一直有疑惑，若是人工智能领域的创业，以苏漓在国外的根基，她在美国创业的成功概率也许更大，为什么一定要回国呢？是不是因为在国内还有挂念的人和事情？

前些天，他听王小娇说过，苏漓回过杭州两次。杭州是她的家乡，她是不是在杭州寻找什么？

也许苏漓的回国，是与当年发生的事情有关系？他不是很确定，所以只好让颜振广去多找些资料和线索。

上次的尽调会上，欧阳树听苏漓说家人在她五岁就全离开了。

这位坚强的女性背后，背负了什么样的真相呢？每个人都是一本书，需要花时间和经历去拜读。

他有他的敏感，那是一种人文主义者的自我修养，他能感受到她的变化。这种能力，不是人人具备。今晚苏漓无意间主动和他聊了"喜欢"这样的话题，让欧阳树整个人变得神采奕奕，连洗澡的时候都哼起了歌。

洗澡间歌王的声音，把已经睡着的欧阳泷吵醒了。

"我的亲哥哥啊，夜半歌声，发什么神经啊。"欧阳泷看看欧阳树的脸，"不对，你不是发神经，你是发情。"

欧阳树哼了一声："就许你自己放火，不许我点灯？"欧阳树言外之意，你小子都和王小娇恋爱了，我这个单身狗唱个歌还犯法了。

哪知这让睡眼蒙眬的欧阳泷来了精神："看你这高兴的样儿，是不是对面的苏漓姐给你抛媚眼了，还是你被她壁咚了？"

"壁咚？要是壁咚也得是我主动。她一技术女哪懂这样的情调？"欧阳树略微卖了卖关子，"她今天和我搭讪了，主动的，第一次啊。你知道她问我什么？她问我喜欢一个人是什么感觉，还问我是不是有喜欢的人了！"

"我去，看不出来啊。苏漓姐这是赤裸裸地撩汉啊。她这么直接，我喜欢！我的亲哥哥，你之前的付出总算有收获了。不过，这似乎也太快点了吧？但苏漓姐是在国外长大的，接受的是美式教育，很容易理解！哥，她是在给你释放信号，这个时候你要有所回应。等我问问小娇，帮你留意一下苏漓姐的近况，以确保你接下来采取的行动能够有的放矢。"

欧阳泷这个狗头军师看来还挺尽职尽责的，欧阳树觉得这几个月让他在家蹭吃蹭喝的"投资"行为，终于有了回报。

王小娇的回答让欧阳树有些意外：日常交往方面，苏漓最近和必然资本走得很近，经常约见柳海生、姜雅妍，除此之外就是工作。王小娇还说，苏漓和姜雅妍可能发展成闺蜜关系了，除了工作之外，两人经常一起逛街。王小娇再三叮嘱，她吐露这些是出于亲友团的关心，而不是员工出卖老板行踪。欧阳树当然心领神会。

哇，必然资本这投后服务做得还真是到位。看来小树资本在投后这块还得加强一下：多多关心创始人的个人生活。

想到这里，欧阳树立刻觉得被戳到了痛处。作为行业后起之秀的弘创文化，由于创始人的离婚事件不能上市了，其竞争对手胜维科技想要收购。这几天他刚刚收到对方投资人的来电：让他做做说客，劝说邱一雄同意将弘创文化并入胜维。

确实，对于风险投资公司来说，并购确实是除 IPO 上市之外的第二大退出方式。

并购的收益，多数来讲不及首次公开上市的收益大，但对风险资金机构的好处是它可以更快速的退出。在国际新一轮兼并大潮的背景之下，采用并购方式退出的风险资本也越来越多了。

欧阳树思考了一下这次并购对弘创文化发展的影响。在公开市场上，它的公司估值现在明显低于竞争对手，所以若是被竞争对手并购也许是更好的出路。

弘创遭上市失败的重击之后，不知从哪里传出的信息，说是后起之秀弘创要被行业老前辈胜维收购，这个消息使得胜维低迷许久的股价持续上涨，在行业的话语权越来越大，让弘创被收购的场景变得更加真实。本来人们看好的是弘创对胜维霸主地位的挑战，但没想到最后不但不能挑战成功，还自身难保。

一日江湖，说的大概就是这个意思。

目前的情形已经如此，所以就欧阳树这样的资本方来说，若弘创被上市公司收购，他们之前投资的风险基金能顺利退出，同时弘创又能"曲线上市"。麻烦的事情在于公司创始人之前本来是可以撬动行业格局的人，现在倒成了任人宰割的"鱼肉"，心理落差还真不是一般的大，这也使得游说工作异常困难。

按理来说，在一个赛道里面，进来的创业公司也许初期方向不太一样，但到了后期商业模式殊途同归，所以难免一战。行业老大老二搏斗的时候，其他的公司也很难独善其身，特别是排名第三的公司更会被市场忽视。资本和资源会越来越向头部的第一和第二聚拢，若排名前两家的公司能够联合起来，那也是大家希望看到的场景，当然，失败方的创始人自己首先得认输。这关并不容易过。

所以，欧阳树琢磨着要赶紧见见弘创文化的创始人乔野。

欧阳树一来到弘创文化办公室，就发现员工们大多垂头丧气，士气低迷。从办公区空置的一些座位猜测，不少员工已经离职，或者被竞争对手挖走了。

他来不及叹气，径直去找乔野。

乔野本是业界一名"怪才"，曾经被那些想打败胜维多年行业垄断地位的人寄予厚望。但不幸的是，千算万算最后被闪婚闪离事件算计了。

乔野性格内向，这种内向造就了他对产品的极致追求，而此时，内向的他看上去除了些许憔悴，倒还平静。但欧阳树能感觉得出来，他已经意识到自己酿下了大错。

"闪婚闪离这么大的事情，你居然都不跟我说？最后我还是从媒体那里知道的。"欧阳树语气里难免也有些埋怨之意。

"我本来想这就是一个私事。再说，谁不想一场婚姻到白头？但世事并不是按剧本走的……"乔野点了一根烟，深吸了一口，接着说："当时公司业务很顺，想着一年后上市，心情有所放松，恰好碰到了一个各方面都很适合的姑娘，我认定了她就是我梦想中的那个人，所以连典礼都没办，两人领个证就结婚了。闪婚之后才发觉两人根本不适合，我想快刀斩乱麻，在上市之前离婚。哪知提出离婚后，她一反常态，说是公司的股份也是夫妻共有财产，她也应该有份，这我怎么能接受？后来你都知道了，她动用媒体发布各种不实消息，闹得沸沸扬扬，最终把公司也搭进去了……"

乔野顿了顿，看着欧阳树，眼眶似乎有些湿润："阿树，作为公司创始人，我对不起我的创始团队；作为被投资的企业，我对不起我的投资人。"

欧阳树只怕若是继续施压下去，乔野可能信心丧失，再也没法站起来。而他此行的目的就是试图劝说乔野把公司出售给胜维，这才是当务之急。

"还记得创业时的理想吗？当时你还是一个白衣飘飘的文艺青年。"

乔野轻轻叹了一口气："我自认为没有违背自己的创业初心。做出了市场认可的产品，获得了很好的口碑。欧阳，是我的运气不太好吧？"

"强者不谈好运气坏运气，强者看到的是自身的问题。天下没有无缘无故的好运气，也没有无缘无故的坏运气。"

"我现在脑子比较乱。欧阳，我真想找一深山老林待在里面再也不出来了。"

"躲得过一时，躲不过一世。看看外面还在为公司战斗的兄弟姐妹们，你消失了，让他们怎么办？"

乔野看了看外面："我还能怎么办？大势已去，都怪我自己。"

"乔野，现在不是责怪自己的时候，当务之急是了解公司的现状，商量接下来的战略。直接说吧，你是决定再坚持下去，还是把公司卖了退出？"

"出售公司？把公司卖给谁？胜维？不，不可能。"

欧阳树料想的事情发生了，果然是心理关比较难以逾越。"胜维是最好的买家，强强联合之后，它是绝对的行业老大，而弘创也可以通过并购退出的方式实现上市。这样员工能有所保障，对当年和你一起创业的兄弟也算有所交代。"

即使弘创再继续下去，也没有多少胜算了，还不如把伤亡降到最小。但双方心里都明白，这样的话，乔野对公司的控制权就丧失了。

双方沉默了一会儿，乔野显然认清了现实，接着熄灭了手中的烟，追问一句："他们大概是什么意向？"

"对方全资控股，你主要负责安抚员工，到了约定期限之后，你要离开管理层。一山难容二虎，你明白商业世界的规则。"

"我脑子很乱，我需要考虑一下。"

欧阳树决定给乔野点时间，他需要冷静下来，认清形势。

"阿树，你有没有觉得最近不顺利的事情太多？"邱一雄看完欧阳树的汇报资料之后，把手指放在材料上轻轻敲了几下。

早期公司被对手抢走、投资的公司出现跑路事件、快要上市的公司丧失上市资格……似乎各种小概率的坏事都挤到一块儿了。欧阳树听到邱一雄的提醒，努力回想这其中的线索。然而对于投资这样高风险的工作来说，失败永远如影随形，有时候并没有什么原因可总结。

"不顺利的事情也是风险投资工作的重要组成部分。有些经历不管是好是坏，我都希望你能度过，度过之后，你才能成为一个更为强大的自己。"

谈到弘创文化，邱一雄的态度比欧阳树想象的更为灵活："优秀的决策者的一个重要的特质，就是快速决策。即使是失败的决策，也比没有决策好。我很喜欢一切尽在掌握的感觉，但有时候主动放弃决策权，可能是更好的选择。最近发生的一些事情，都在证实这个道理。我只是提醒你一下，你可以按照你自己的判断去决策。"

邱一雄的一席话，欧阳树感觉有些听懂了，但有些又没有完全明白。看到邱一雄并没有想解释的意思，也就不便再去细问，只是回答了一句："好，如果这样的话，我来推动弘创文化并购这个案子。虽然收益不如上市大，但好在我们的资本能够快速退出。"

邱一雄后面还有其他会议安排，欧阳树匆匆告别。

这个季节，对于创投圈诸多人来说似乎有些"多事之秋"的意味。

柳海生到达一念科技开董事会的时候，明显感觉到不同于往常的工作氛围。CTO 出走，准确来讲是李铁鹰挤走了原 CTO。创始人之间的争斗会对公司的士气有很大的影响。柳海生其实对于他这种先斩后奏的做法很不满。

"铁鹰，现在是一念科技融资 A+ 轮的关键时期。我们前面有奇点，后面有一堆追赶的公司比如小伴智能。这个时候，你居然武断地让创始团队的重要人员离开，这会让我们本来完美的计划功亏一篑。"

"放松放松，一个 CTO 而已。你也知道，就技术层面他已经不能满足我们的需要了。商业是残酷的，当一个人停驻不前的时候，我们需要更合适的人来补充这个空缺。我这样做只是为了让我们的计划更完美，现在有一群 CTO 人选，大部分都比之前的那位更合适，我是想挑到技术最好的备选 CTO。"

"你之前一直在大公司工作，创业本来就是和大公司不一样的规则。大公司有大的平台，足够多的团队成员，而创业公司需要的是大家学习能力强，劲都往一块儿使。可能一个不小心就满盘皆输，弘创文化最近上市失败要被收购的消息你听过吧？一家资质这么好的公司因为创始人的离婚事件就势头一落千丈，多么可惜。"

柳海生光顾着说教李铁鹰，连一口水都顾不上喝，可见他的内心十分担忧。李铁鹰看了看网络上关于弘创事件的报道，看完之后，他低头思考了一会儿："我这样做本来是为了公司好，但可能有些操之过急，眼下要做的就是尽快找到一位合格的 CTO 进来。"

"CTO 离职事件对公司会产生负面影响。这种情况下被赶走，他有怨气也是难免的，如果他出去抹黑公司，受损的是我们，所以你得赶紧处理一下。铁鹰你记住，你永远无法预测会有什么样的黑暗力量背后推你一把，把你推进万丈深渊。"

李铁鹰这次还是听进去了柳海生的话，决定花些时间来安抚被动离职的 CTO。但柳海生的小心翼翼也让李铁鹰心里有了底，必然对自己还是看重的，只要一念的产品好，就不愁走到上市敲钟的那天。

与年龄相仿的人相比，柳海生确实做事更为小心谨慎。和欧阳树大大咧咧、一副满不在乎的样子相比，柳海生显得更加冷静沉着。

他从来没有和人说过自己的背景。一个来自三线城市普通家庭的孩子，家中兄弟姐妹众多，他从来不是最受宠的那个。后来他发觉，只有他取得好成绩的时候，才会受到父母的关注。如果他需要引起父母的关爱，一是把自己变得最优秀，二是让身边的兄弟姐妹看起来比他表现得更差。

这种生存和思维方式，使得成年之后的他变得有些冷酷。他容不得别人比他优秀，他妒忌身边比他优秀的人，那些优秀的人让他没有安全感，甚至，他可以用各种方法破坏别人的优秀。

对于一念科技，他深信他是可以操控李铁鹰的，但是李铁鹰这次的处理方式让他不安。表面上是来开董事会，实际上他是来警告李铁鹰的。

一念科技不仅是他投资的公司，更是他一手打造的"孩子"。最初看重这个方向，他从奇点科技挖出李铁鹰，然后帮助融到天使轮。天使轮是致高基金投资的，但除了他和致高的管理合伙人，没有人知道他才是致高基金的最大掌舵人。因为他目前还在必然资本任职，所以致高的成立其实违背了行业规则和职业操守，他只能是幕后的那个人。

李铁鹰并不知道他才是致高基金的真正合伙人，只是惊诧于他快速的融资能力。天使轮是致高基金，Pre-A 轮和 A 轮都是必然资本，到 A+ 轮之前估值已经10 亿。柳海生明白李铁鹰的长处和短处，所以他需要快速地把一念科技推到行业领先的位置，只有这样才是安全的。

而苏漓的小伴智能对他本来规划的威胁可想而知。

但在小伴智能系统正式上线之前，他能做的只是取得苏漓更多的信任，和苏漓的团队核心成员走得更近一些。

再有就是需要引进一些其他的投资机构，尽快完成一念科技的 A+ 轮融资，欧阳树无疑是一个不错的"接盘侠"。柳海生真正关心的只有一念科技，如果欧阳树真的在 Pre-A 轮投资了小伴智能的话，那么他和欧阳树就站在两个敌对阵营了。还不如先把欧阳树拉到一念科技的阵营里来，长远来看，他需要欧阳树的加持。

柳海生更清楚欧阳树幕后老板的能量，邱一雄强大的投资网络才是一念科技最后上市的保障，拉拢欧阳树无异于有了邱一雄这层保障。

看来最近得约约欧阳树了，为了保险起见，要不先让姜雅妍探探欧阳树的想法？

只要提到情感这个词，欧阳树眼前就
浮现出一副冷冰冰的面孔。

这副面孔情绪稳定，情感从不外露。
但他能看见，冰冷的面孔下，那颗生机勃
勃的心。

这一天，终于来了。

当小伴智能系统试用版本正式推出的时候，团队所有人正屏住呼吸盯着大屏幕上的试用版用户下载数字。下载的用户，都是提前拿到测试码的。

秦将人原计划投入一些资金做市场推广，但被苏漓否定了，她对自己的产品非常有信心。

"好的产品会说话，况且这只是试用版。而且，针对个人用户的产品也不是我们最大的方向。"

当然，秦将人还是调用了一些过去的客户资源，发动大家都来试用，也安排了重点媒体进行报道。早在两天前，一些媒体已经刊登了必然资本投资的小伴智能，两天后测试产品上线的消息。由于只是测试版，关注的公司和媒体并不多。但为了防止关键媒体的恶意评论，秦将人还是私下约见了一些媒体的记者们。像《创业圈》的首席记者赵敏这样的关键人物，为了能够得到她的好评，也颇下了一番功夫。

但让秦将人意外的是，赵敏以这仅是测试版本为理由，拒绝做评论，坚持要等到正式版本出来后再说。当然，只要没有恶评，从另外一个角度来看就是好的了。

秦将人竭力做到万无一失，就等用户反馈了。

大屏幕上出现的下载数字在不断变化: 500、1000、2000……当突破 5000 的时候，苏漓长出了一口气。

姜雅妍是第一个发来庆贺信息的人，不过她也是问题多多:

"苏漓，第一个问题，为何这个界面还是橘色？很多的智能系统为了突出科技感，用的颜色是蓝色、灰色或者白色这样的界面。"

"橘色是郁金香和太阳的颜色。橘色是温暖的，它让人想起加州四季常在的阳光。小伴本来就是一种陪伴，所以为什么还要用特别有距离感的科技色呢？"

苏漓并没有提郁金香是姑姑最喜欢的鲜花。

"也有道理。其实我想说的是，我也喜欢这个橘色。感觉这个颜色可以让人信赖。"

"第二个问题，界面的选择简单到令人吃惊。而且为何你会设置语音和文字两种交流方式呢？"

"大道至简，简单才是王道。说到交流方式的选择，有的人喜欢像和人对话一样的交流方式，而有的人喜欢更传统的交流方式，像是书信一样，虽然古老，但也会受到喜欢和人保持距离感的用户的欢迎。"

"第三个问题，你为何不等正式版本出来后直接上线？提前搞个测试版本，难道就不怕你的核心算法和产品思维被人识破和抄袭吗？"

"这是我最想做的事，我想小步快跑加快迭代，这样可以容忍它的一些试错阶段，也不怕被人感受它的不完美。而且5000人的测试量其实是不够的，如果仅是向圈子里的朋友发送邀请码，我怕得到的数据大体类似，所以也在一些小平台上放了这个测试版，后续应该还会带来一些下载量。你的另外一个问题我也想过，世界上本来也不可能有两个完全不同的产品，产品的核心思维在我们几个核心骨干的脑子里，别人偷不走。我们要做的就是让小伴产品实现我们脑中的所思所想。"

姜雅妍又问了一系列问题，苏漓知道，于公于私她对待小伴这个新产品都十分慎重，所以即使是最基础的设计和开发思维，她都知无不言地为姜雅妍做了解答。

后台的下载用户分类显示，测试版的下载人数一直在增加。

苏漓在斯大的导师皮特也在第一时间参与了测试版的体验。实际上皮特作为种子轮的投资人，一直在关注这个项目。

苏漓刚开始决定回国创业的时候，皮特本来是极力反对的。对计算机算法革命最基础的是数学。对计算机技术产生决定性影响两个人冯·诺依曼和图灵，他们都是美国的数学家。前者提出了使用至今的计算机的系统结构，后者划定了可以计算问题的边界。此外美国还有很好的创业氛围和创业支持，也有更好的前沿数学研究，苏漓留在美国创业的成功概率会更大。

但是当他发现苏漓执意回国，谁也无法阻拦的时候，他不仅变成了技术的支持者，还私下向邱一雄推荐了苏漓。当然，苏漓本人并不知道这些，更不知道邱一雄还是她邻居欧阳树的入门导师。

当小伴智能上线的时候，皮特给予了肯定，也对苏漓做了一些提醒。

听着皮特的提醒，苏漓忽然想起哈佛大学的认知科学家史蒂芬·平克曾说过的一句话："过去人工智能研究给我们的主要启示是，困难的问题是简单的，简单的问题是困难的。若我们都想创造一个成年人的熟知一切的大脑，倒不如去创造一个能够自主学习的幼儿的大脑，它有它的人生轨迹。"

其实，这个理论正是小伴智能的产品核心。

苏漓觉得，若是有人把小伴系统当成自己的终身伙伴，那么她更希望人们在幼儿时就认识它。

欧阳泷也等了好多天，就在等今天新产品测试版上线这个日子。产品上线后，他端了个大盒子跑到小伴智能办公室。苏漓打开一看，原来是一个橘色的蛋糕，上面写着：恭贺小伴智能测试版上线。旁边还有一个卡片，落款是欧阳。

由于大家经常去欧阳泷店里买咖啡，一来二去，都很熟络了。王小娇和欧阳泷恋爱的事情，也在公司慢慢传开了。

但是他们不知道这张卡片上的"欧阳"并不是欧阳泷而是欧阳树。

苏漓一开始也没注意，直到欧阳泷向她眨了眨眼睛，她才明白过来，原来是欧阳树送来的。

苏漓知道，欧阳树自然是要来问候的。但这种方式有些特别，她不知道是欧阳树的本意，还是欧阳泷给他支的招。

"幸亏咱们运气不错，看到你们界面的颜色，所以今天我让糕点师把店里所有的橘色奶油都用上了。下次你们的新产品上线前，请提前告诉我蛋糕需要用到的颜色，要不然我临时还真找不到这么多同颜色的奶油。"

卡片上，欧阳树画了一个笑脸，就是微信上常用到那种咧嘴的笑脸，只不过他画得更为夸张了一些。苏漓看着这张搞笑的脸，忍不住笑了出来。

而她没有想到，此刻的欧阳泷正把她微笑的模样远程传送给了欧阳树。

欧阳树收到的时候，正在和乔野讨论收购架构。昨晚离家的时候，他还一直叮嘱欧阳泷办好这件事情。所以真正看到苏漓的笑脸，他原本那点"用心良苦只图她开心"的无奈终于因为这个小小微笑变成了巨大的喜悦。

几家欢乐几家愁。

欧阳树内心翻腾，此刻坐在他对面的乔野则是满脸惆怅。胜维科技并没有报出多高的价格，若是按照胜维的标的出售公司，相当于"贱卖"。这个结果乔野显然有些难以接受。

"胜维目前的公司估值是 60 亿，账上现金也有不少。弘创虽说估值下滑严重，但是也不至于 5 个亿就出售，毕竟我们还有自己的根基，瘦死的骆驼比马大。另外，大家都清楚一加一大于二的道理，我们是这个行业的领军企业，联合在一起的效能比各自为政大得多。"

"我知道，这是你辛苦打拼出来的企业，在你的心目中公司是无价的，没有什么样的价格能够衡量它。但是你要明白，现在胜维要做的也许未必是收购弘创的优质资产，对他们而言消灭一个大敌是更为重要的任务。这个价格确实有些故意低估的意味，当然还有另外两个可能，一是想先探测探测你的底线，二是想观察一下你对公司的信心。好在我们已经知道了胜维的底线，所以，坚持你的心理预期就好。"

乔野似乎有些瞻前顾后："就我们而言，出售是公司唯一的出路了。若是我的报价过高，会不会激怒对方，使得谈判失败？"

欧阳树倒是不这么看："谈判也是一场心理战。现在你处在劣势，那么在心理上你要变得强大才能扭转形势。若是你此刻已经认输，那就是一败再败了。"

乔野今天的状态确实不太好，情绪起伏很大。欧阳树担心他此刻做决策也不够明智，所以决定让他先冷静一下再讨论。

刚聊完这些，李乐乐的电话进来了。

李乐乐已经是一个成功由传统媒体进化为网红的人，她有极强的人格魅力，这也是她成为红人的关键。若是一定要总结这份人格魅力，除了漂亮之外，很重要的一点就是积极主动。

"最近欧阳公子可是春风得意啊，你随手出的一本美食图书，已经登上畅销榜前三位了。作为这本书的幕后推手，我觉得自己还是出了一些力的。但是，我怎么觉得欧阳公子反倒疏远我了呢？连见面吃个饭的机会都不给。现在给你将功补过的机会啊，明天晚上我们有个全球美食晚宴，很多的社会名流时尚界人士都会到场。而且晚宴是由几乎不露面的米其林三星大厨柯林准备的，你来不来？"

欧阳树本来就对这种社会名流晚宴不感兴趣，该享受美食就好好享受美食，非得用美食做借口来谈生意，若是想要见什么人，直接邀约不就行了吗，还得绕那么大的弯子。再加上他最近工作辛苦，又诸多不顺，实在是没有这份闲情逸致。但李乐乐显然是个聪明人，一听到柯林的名字，欧阳树立刻来了精神。

若能有机会品尝到柯林的美食杰作，对于最近很想了解西餐精髓的欧阳树来说是莫大的期待。当然要是再有机会和柯林当面讨教，那更是无上的荣幸了。上次苏漓说她更倾向于吃西餐，说者无心听者有意，欧阳树一直在找机会和西餐大厨学几招。

这真是心有所想，机会自然来。

无论在东方还是西方，饮食都占据着非常重要的位置。但中餐和西餐确实有着巨大的文化差别。中餐有句谚语："食以味为先"，可见味道在中餐占据的是首要位置。国人在赞美美食时也都喜欢用"色香味俱佳"来评判，味道是压轴的。与这样实在的中餐相比，西餐更像是一种理性的饮食文化，其烹饪首要讲究的是营养而并不是味觉享受。比起调味，强调食材本身的属性，比如五分熟的牛排、鱼类、生吃的沙拉，水煮豆子、烤西红柿等，虽有味道但并不抢味。

东西方的饮食方式也有很大的不同，中餐习惯用圆桌，人们围坐四周，美味佳肴放置于圆桌中央，人们用一双筷子就能夹取食物。西餐宴客多以长方形桌子为主，人们坐在长桌两旁，食物要么已经分好，要么各自取到自己的盘中。

以苏漓的个性，她更习惯于强调食物的便捷营养和食材原味的西餐，也就不奇怪了。

李乐乐发过来的请柬显示，宴会地点是一家海鲜主题的法国餐厅。欧阳树知道这个地方，他之前看过的一部美食电影，主要场景都发生在这家餐厅里。他一直想找机会来尝尝，可是最近太忙碌，只能把个人的尝鲜之旅先搁置了。

欧阳树到场的时候，李乐乐早就等在门口了。很明显，她是这种活动的常客，在门口也一直不停地拍照、录视频、与人交谈。一看欧阳树来了，她便停下手中在忙的事情，把欧阳树引到预先设定好的位置上。"这个晚宴要求一定要带一位陪同男士来，我想来想去，也就你比较合适。怎么样，这格调没让你失望吧？"李乐乐今晚显然经过一番用心装扮：天蓝色的薄纱拖地长裙，精致的项链和耳环，橘色的口红，明艳美丽。

餐厅的装修主打法式浪漫情怀，灯光别致淡雅，桌椅摆设也颇具欧陆风情，整体氛围华丽而温柔。随着到场的人士越来越多，欧阳树看到一些在媒体和屏幕上活跃的熟悉面孔。

开胃酒之后，各种精致的菜肴上桌，以美食为主题的活动开始了，各类精致美味的餐食陆续被送上来。欧阳树吃着眼前的美味，心里却一直想着今天他的主要关注目标：意面。

意面一上来，李乐乐就冲欧阳树挤了挤眼睛，她也知道这位面食爱好者今天的主要目标。意面作为西餐主食的重要品类，分为很多种，比如千层面、宽面、缎带面、细扁面、蝴蝶面、方块面等。这次用的是宽扁面，上好的奶酪酱汁，配上昂贵的白松露薄片。

欧阳树满怀期待地尝了一口……差强人意。虽然是柯林主厨，但意面对于温度要求比较高，所以即便是从厨房以最快的速度端上来，还是些许破坏了原来的口感。这道主食最适宜在家中为家人烹饪。

"这道意面不合大师的口味，也不要失望哦。因为一会儿还有惊喜。"正说着，台上叫到李乐乐的名字。作为一名知名美食网红，在这样的一个场合，自然引人注目。

李乐乐获得了今晚活动颁发的"最具商业价值红人奖"，表彰她过去一年里在社交网络、杂志、美食节目领域做出的成绩。巧合的是，颁奖的正是柯林。她从柯林的手中接过奖杯，在发表获奖感言时还特意提到欧阳树，"兴趣是最大的老师，我们今年新发掘了一位美食达人。虽然他在商业领域取得了自己的成绩，但他依然为自己的美食爱好投注了极大的热情。他就是 7 号桌的欧阳树先生。欧阳先生年纪轻轻就创办了自己的投资公司，现在他把对商业的热忱又用到了面食里，他的处女作《舌尖上的 267 道中式面食》已经进入图书畅销榜前三位。可以说也是我们美食界的未来之星了！"

欧阳树没想到李乐乐会来这么一出，只好礼貌性地起身向大家致意。

在场的媒体也是行动快速，宴会结束还不到一刻钟，欧阳泷便发过来一条新闻：

投资界青年才俊牵手时尚网红主编。

刚刚只不过是李乐乐热情地挽住了他的胳膊，他回以礼貌的一笑，被媒体拍下来竟然看着格外亲密。

李乐乐看到照片，咯咯地笑个不停，"你看现在的媒体多无聊，咱们随便拍张照片还成八卦头条了。"说完火辣辣的眼神意味深长地盯着欧阳树。

面对美人火辣辣的眼神，欧阳树只好装作没看懂地插科打诨："这角度拍的，咱们这么纯洁的革命友谊都被玷污了。"

李乐乐本来兴致勃勃，听到这话难免面色不快。欧阳树也觉得自己说得有些过分，于是赶紧许诺下次做了新款面食一定第一个请她尝尝，这才换得李乐乐的脸色阴转晴。

人在江湖，宁愿多个朋友也不能多个敌人，何况李乐乐还是他的恩人。欧阳树当然不能忘恩负义，但感情这事儿，他自然是警惕得很。一句话，宁缺毋滥。

只要提到感情这个词，欧阳树眼前就浮现出一副冷冰冰的面孔。

这副面孔情绪稳定，情感从不外露。但他能看见，冰冷的面孔下，那颗生机勃勃的心。

　　苏漓确实是少数派。她其实并不认识
太多商业领域的人，所以也无从知道世事
险恶，但她对此有充分的心理准备。

距离苏漓的测试版产品发布，已经过去了几天。

欧阳树并没有直接和苏漓联系，只是上线那天让欧阳泷替他送了个庆贺蛋糕。

但他是真心替苏漓开心，还灵机一动开发了一道橘色的胡萝卜意面。他自己和面，把胡萝卜放到搅拌机里碾碎，静置15分钟之后，用擀面杖再把两者揉到一起。胡萝卜面团制作好后，再切成细条，分开层次摆放好。不过他并不知道的是，欧阳泷把他的橘色面条拍照，发到社交网站上，同时还把页面发给苏漓，言下之意：我哥心里有你。

欧阳泷这几天都早早去店里了。欧阳树做了两碗配上芦笋的胡萝卜意面，倒了两杯红酒。他选了一方坐下，端起一个酒杯碰了碰另外那个杯子，对着空气说了一句"恭喜"。这是他一点偷偷的小浪漫。

欧阳树虽然没去找苏漓，眼线却不少。欧阳泷、王小娇，连姜雅妍都成了他的信息来源。

姜雅妍自然很乐意和欧阳树碰面讲些小伴智能的近况。和欧阳树交流一可以增长行业见识，二来也可以更多地了解这个传说中的业界才俊，三来小伴智能的下轮融资也可能有小树资本的参与，先打好关系还是很必要的。

八卦消息的传播速度通常会赛过光速，姜雅妍也看过欧阳树和李乐乐的合影。但从她的女性直觉来看，可能女方一厢情愿的成分更大一些。对于欧阳树这样的男人，如果恋情是真的，他并不会轻易和一名女子在公众场合走得这么近。而若是在公开场合能够看到他和女性的亲密照片，多半就只是蹭个版面而已。

姜雅妍对欧阳树的信任，其实很大一部分来自于她对欧阳树本人的好感。在圈子里待久了，见到的多数男性都理性而疏离，但欧阳树整个人都是暖暖的。这种独特的感觉让姜雅妍印象很深，再加上对欧阳树之前成绩的了解，她相信这个人是个值得深交的、有趣的人。

不过姜雅妍在于欧阳树相处的时候，还是相当放松的。看到这种报道，她自然也免不了调侃一下欧阳树："真是英雄难过美人关，投资少帅看来也不能幸免啊。"

欧阳树哈哈一笑："这种八卦消息，权当饭后甜品吧。我们还是换个话题。"

果然不出姜雅妍所料。

其实姜雅妍今天特意精心打扮了一番，加上瘦身成功，较之以前更加明艳动人。

欧阳树自然也看出了她的变化。

"姜小姐，最近是不是有什么喜事儿，觉得你今天格外不同。"这种夸奖让姜雅妍很受用。

但姜雅妍很清楚，欧阳树这只是一种风度的表现，他真正关注的是苏漓的项目。她也很知趣，于是很快岔开了话题："你找我来是想问小伴智能的状况吧？目前还是测试版，但很快正式版本要上线了。上线之后，我们会做新一轮融资。上次你说感兴趣，还算数吧？"

"当然，苏漓的项目我们会跟进。你们预期新一轮融资大概是什么时候？"欧阳树果然来了劲头。

"融资的事情我们内部已经商量过了，小伴智能可以等到正式版本上线之后，那时候估值会更合理一些。一念科技也是我们投资的公司，两者都是在同一赛道，所以我们准备先为一念科技融资。欧阳你有兴趣看看吗？"

"一念我们已经聊过了，我还是想等小伴融资的时候再比较一下。"

姜雅妍听得出来欧阳树对小伴智能的偏爱："看来你对小伴智能的兴趣更胜一筹。"

"当然，小伴的估值更便宜一些。有便宜不赚岂不是傻瓜？况且，我对数学家出身的创始人都会多看一眼，毕竟我从小就数学不好。人嘛，总是喜欢对自己欠缺的事情格外多些关注。"

姜雅妍听到前半句的时候，还觉得欧阳树说得有些道理，等听到后面这句话，发觉似乎有暧昧的味道。

但她并没有直接点明这份暧昧:"苏漓是一位不错的朋友。每个人的创业动机都和这个人的身世、经历、眼界有关系,我总是觉得苏漓前面的人生还是孤单了一些,希望她以后越来越好。当然,她对情感的极度控制,也直接造成了产品的克制与简洁。"

姜雅妍其实是从苏漓的好朋友的角度出发,在帮欧阳树分析苏漓。她觉得也只有欧阳树这么勇敢的男性才能突破重重障碍,最终打开苏漓的情感大门。

另外,从投资人的角度而言,姜雅妍也隐隐觉得:苏漓如果有了爱情的体验,她的产品是不是会更优化一些?

这个话题明显引起了欧阳树的兴趣,但他并没有接茬,而是话锋一转:"听说你和苏漓成闺蜜关系了?走得格外近?"

话题果然还是落到苏漓身上,他找她来还是有除了投资话题之外的其他目的的——姜雅妍忍不住露出了一丝玩味的笑容。

"苏漓这样年轻的大专家,还即将成为知名创业女总裁,自然是稀缺物种。我既然有机会和她走得近些,当然想和这样特别的人成为好朋友。"

"我只是好奇,你们俩在一起的时候会聊些什么呢?两个理性高智商美女的闺蜜情,在下实在无法想象……"欧阳树露出有些匪夷所思的表情,"不会一直聊工作吧,难不成还聊哲学?"

"我们其实什么都聊的。时尚、情感、美食、旅行,都会聊的。和苏漓熟悉之后,才发现她也是普通女孩子。"

欧阳树此刻的内心又掀起了一番波澜,慢慢说道:"她那样的一个人,朋友可能不会很多。从你们所谈论的话题来看,在她的心目中,真是把你当朋友了。对她而言,接受一个新朋友大概并不是很容易。这是一件值得珍惜的事。"

此刻的欧阳树,在姜雅妍眼里也愈发特别起来。她想起上学时候看过的一本书:若是一个男性对钟情的女性专一深情,周围的女性便会愈发格外高看他,大概是移情的作用吧。

聪明人之间说话只需意会,不需要点破。

其实现在欧阳树的态度已经很明显了，于公于私，他都想和苏漓走得更近一些。

气氛忽然变得有些异样，姜雅妍"噗嗤"一声笑出来，欧阳树顿时有些尴尬。姜雅妍接着说："恭喜你获得了我这个战友。小伴智能下一轮融资的时候，若是苏漓不想你入股的话，我会为你争取份额的。"

说完这些，姜雅妍起身告辞。

欧阳树定定地坐在那里，因为投资的事情，他曾经被苏漓拒绝过一次，若是再来一次……

那怎么办呢？即使再被拒绝一次，他还是要想尽办法接近她。

谁让他喜欢苏漓呢。

秦将人算是跻身到人工智能的大潮了。小伴智能的上线消息，虽然只是测试版的小幅报道，但还是被之前的一些同事知道了。

对于加入小伴智能这件事，他处理得很低调。一来是想等小伴成功之后的爆发式增长，来给自己长长脸；二来也是担心万一小伴智能遇到挫折，他还有时间来补救。

秦将人知道罗玫的手腕，断然是不会给小伴智能机会的。所以，当前同事来道贺的时候，他还是有隐隐的不安，只好拼命弱化小伴智能和苏漓的背景。

但明眼人都知道，能被必然资本天使轮投资的公司和创始人自然不会是普通人物。

秦将人打电话给秦盛业告知此事，秦盛业三言两语就打消了他的顾虑："罗玫虽然有手段，但她只对和她有过节或者潜在威胁的人动手。你已经不在公司任职，而且你现在从事的是你之前并不曾涉猎的领域，小伴智能才刚刚起步。她若是动手了，那是在拉低她的身价。假如有一天你变得强大了，威胁到她的利益，她才会对你下狠手。但有一点我很确信，你的一举一动肯定都在她的监视范围之内。"

秦将人松了口气，看来短期内自己是安全了。但是他明白，坐地等死并不能摆脱罗玫的控制，他只能让自己变得更强大。

这时候，他能做的就是一心把小伴智能带到更好的行业位置。

这大概也是他唯一的出路。

秦将人觉得开局还不错，据客户反馈，小伴智能系统的认可率超过了调研人数的70%，能有这个结果对于测试版来说，已经达到了心理预期。虽然用户量有限，但这种认可程度，已经不比奇点和一念科技差了。

更没有想到的是，苏漓居然接到了奇点科技投资部的电话。

苏漓接到这个电话也颇感意外。

当时她正和迈克、孙东和王小娇等人在看用户反馈，商讨下一步的正式版本产品迭代思路。

一个陌生电话进来："苏漓教授吗？我是奇点智能实验室的负责人刘益明。我刚用过小伴智能的测试版本，能找个机会见面认识一下吗？"

刘益明？负责奇点语音智能产品的那位？据说他的前半生，也如开了挂一般传奇：海外顶级大学计算机博士，毕业后进入最好的高科技公司，后被奇点智能高薪聘请回国，然后一路带领奇点走上行业老大的位置。

他为何在这个时候想要认识苏漓呢？团队的小伙伴都很疑惑，这个刘益明难道是来刺探军情？

大家都劝苏漓谨慎行事，苏漓考虑了一下，还是认为应该去认识一下他，正好也可以与奇点智能做个行业内部交流。

两人约好在奇点科技的办公室见面。奇点的母体公司多年前早就在美国上市，这些年来一直在人工智能的多个模块布局，在人工智能业界的成绩也非常骄人。

苏漓第一次站在奇点总部的门前，忽然发现这个地方似曾相识。据说奇点公司想把自己的总部区域打造成大学校园的样子，但他们不像大学那样，将各个专业孤立地放置在独立的建筑体里，奇点科技办公楼不同建筑物之间的各个单元是联通的，这样人们就可以相互走动而不受空间的限制。因为创意的产生有时就来自不期而遇的交谈，这样开放的空间可以激励团队成员之间自由交流。

苏漓去过美国苹果公司的新总部，苹果新总部的设计是乔布斯留给苹果的礼物之一，而奇点科技沿用了和乔布斯类似的设计格局，说明他们的认知还是非常前沿的。

苏漓虽然痴迷于技术，但对商业也不是一无所知。稍后她将见到的刘益明是奇点科技的元老，他一手创办了奇点科技的智能板块，并把它从一个 10 人的小团队，带到了今天上千人的规模。苏漓对他早有耳闻，也和别人聊过这种快速扩张埋下的隐患。比如一些团队成员的独立门户对它产生了一些威胁，其中最大的一个便是一念科技。

奇点智能在奇点科技建筑群的一栋连体楼里，刘益明亲自在门口迎接苏漓，两人初次见面自然免不了一番客气。刘益明作为一名技术极客，对技术的狂热气质还是在的，所以苏漓也很快找到了两人的共同点。

刘益明带着苏漓在大楼里简单参观了一下，接着把苏漓迎到了会议室。

"我试用过小伴智能的产品，"他打开小伴智能的页面，"互联网的每个产品都有自己的独到之处，这和它创建者的经历和认知息息相关。坦诚来说，目前我还不敢说非常了解小伴智能的独特算法，但我确实喜欢这个产品，它的与众不同吸引了我。说到这个与众不同，其实就是使用你们的产品让我感觉很美好，因为它更懂我，也就是说它更智能。让人感觉幸福的产品都可以用美好来形容。"

苏漓并没有想到刘益明如此高看小伴智能："它只是一个新生儿，每个产品都有自己的秘密武器。我们还是家初创公司，人工智能的产品需要太多的数据来完善它，这是一条漫长的路。我们的产品也需要走过很长的打磨之路。"

"我很看好它，就一款测试版本的产品，我可以给它满意的分值。未来世界，人们与智能设备相处的时间可能会比伴侣还多，用户与机器产生的对话也会越来越多。人工智能和机器学习的发展，将因为这些基础数据的丰富而获得质的飞跃。越来越多的用户会感觉到，好的语音交互产品，就是要让用户感受到他们不是与机器对话，他们面对的是一个趋近真实的人，这是可以预见的未来。所以我想问问您，有没有想过找一家更强大的公司作为靠山来完善你的智能交互系统的数据？”

"因为想做出特别的产品，所以团队的独立权是我最为看重的。创业不是一蹴而就的事情，短期内通过寻找靠山来获得巨大的数据这点我还没考虑过。就商业价值而言，人工智能聊天机器人的出现，是为了更好地了解用户本身，这些机器人可以通过与用户的互动，获得海量的数据，以此推动智能产品的真正智能化。数据和智能陪伴的循环是一个相互喂养的关系，没有数据积累就没有更好智能的产品，但小伴还是一个新产品，独立发展的不确定的未来更令人兴奋。"

"我的意思是，小伴这样的产品开端，不能轻易被辜负了。你有没有想过，通过更大的平台来让小伴获得大概率的成功——比如，把它并入奇点？"刘益明直接提出了自己的建议。

苏漓显然没有想到刘益明这么直接，但她本能地拒绝了他的好意："于大公司而言，小伴系统只是公司战略意愿的一种表达，在这样的背景之下它要服务于公司战略，很难成为它自己。我是它的创造者，它也是我的家人，所以，我要让它拥有更大的自由，也是更大的可能。"

刘益明料到苏漓会有这番回答，但同时也透露着担忧和惋惜："祝你早日成功，若是以后遇到什么困难，可以过来找我。"

"小伴智能生性美好，即使它遇到不美好的路，我也会陪它一起走过。"苏漓还是那个心存美好的技术专家，一如这些年她的坚持。

两人道别之后，刘益明久久望着苏漓远去的方向。他看着她毅然决然的背影，对身边的人说："苏教授是第一次创业，可能她并不知道未来会经历什么。但她自己选择这条荆棘丛生的道路，恰好证明了她的勇气。起码在这点上，我欣赏她，也许她是天生的少数派。"

苏漓确实是少数派。

她其实并不认识太多商业领域的人，所以也无从知道世事险恶，但她对此有充足的心理准备。秦将人并没有安排任何记者采访，但小伴智能的问世，却帮她连接了很多人。

对于林殊的来访，苏漓确实有些意外。

苏漓从奇点科技回到智享大厦的时候，王小娇告诉她，办公室有位医师等她很久了。苏漓与医学界从来没有打过交道，她很好奇这位来访的医师是谁。

她头脑中构想到的医师是一位满头白发、饱经沧桑的医生形象。但当她走进会议室时，看到的却是一位身材修长，穿着剪裁合身白衬衫的年轻人，他并没有戴眼镜，不用走近他就能感受到那双眼睛里散发出的睿智和坚定，他的表情很平静，整体气质让人感到亲切而沉稳。

苏漓平常是不会这样盯着人看的，但这个人眼睛里所散发出来的光芒，让她觉得舒服，同时又好奇。

这人是谁呢？她在心底里问。

可能被苏漓看得不好意思了，对面的青年人微微一笑说道："苏小姐，我是林殊，初次见面，幸会幸会。"说着他伸出右手。

苏漓和他握手的时候，感受到了这双手的细腻和温暖。

"林医生，幸会。"苏漓很快让自己恢复了情绪。

"自我介绍一下，我是一名心理医生。心理医生嘛，你知道的，研究心理其实就是研究大脑。我自己也曾经参与了一些关于人脑、机器学习方面的交流分享。我也一直想着，可不可以用一些高科技的比如人工智能的成果来帮助我们进行心理治疗，弥补一些单纯靠医生护士很难解决的心理难题。前段时间我有幸试用了贵公司的产品小伴智能。这真的就是我一直寻找的可以给予病人心理抚慰，陪伴病人的产品啊！所以今天冒昧前来，想和您聊聊。"

林殊说得很简单，但是他提到的"陪伴"，戳中了苏漓。"林医生是希望接入我们的系统到您的治疗过程中？这种跨行业合作的商业模式，倒是我们在考虑的一个重要方向。人工智能也确实只有应用到各个行业里才能发挥更大的价值。"苏漓很认可这个方向，"其实不瞒您说，我做过测算，心理医生被人工智能取代的概率小于1%。但机器虽然理解人类的情绪有困难，却仍然可以通过某些算法来处理与情绪有关的问题。从这个角度来说，机器确实可以胜任一些心理咨询的工作。"

苏漓说话的时候，林殊一直在用心倾听，这个男人的态度让苏漓感到安心。

苏漓的话显然给了林殊很大鼓励，他从包里掏出一张名片递给苏漓："真的非常高兴苏教授可以赞同我的想法。以后有机会的话，欢迎来我们心理诊所参观指导。"苏漓接过来一看：林氏心理治疗中心。

苏漓把林医生送到门口，约定下次找时间去拜访。

望着这个男人远去的背影，苏漓不知为何想起童年时父亲的背影。

苏漓刚才没有和林殊提起，她的家中其实就有一个完整的脑部模型。

那是启发她走上这条道路的"机器之脑"。

以算法取胜的小伴智能在欧阳树的眼中是难能可贵的，不过他也能预见到，仅仅有算法是不够的，还需要不同行业的数据作为支撑。

核心技术相当于一名聪明绝顶的孩子，虽然会一鸣惊人，但也可能中途夭折。

未来的世界确实是人工智能的世界，这已经是不容逆转的大趋势。但是不同的创业公司对于如何进入人工智能领域占领一席之地都有自己不同的战略。

　　欧阳树已经意识到这里面隐藏着的潜在危机。在过去的几年，人工智能行业基本上全面爆发，国内和国际资本大量涌入，科技巨头们也纷纷布局，各种人工智能概念铺天盖地袭来，打着人工智能旗号的大小创业公司不计其数。而资本涌入这个赛道也使得公司的估值被推高，这让欧阳树想起当年邱一雄一再提醒他警惕互联网泡沫。如今的人工智能风口，不少初创公司的估值已经高达十亿，行业热度甚至超过了当初的互联网。按照商业历史的发展规律，接下来也许会有一波强烈的行业动荡。

　　以算法取胜的小伴智能在欧阳树的眼中是难能可贵的，不过他也知道，仅仅有算法是不够的，还需要不同行业的数据作为支撑。

　　核心技术相当于一名聪明绝顶的孩子，虽然会一鸣惊人，但也可能中途夭折。苏漓是个自信的人，她痴迷自己的技术。这虽然是她的优点，但"痴迷"二字也许有一天会成为她的绊脚石。

　　欧阳树能做的就是在下一轮融资的时候，尽快进入小伴智能的董事会，尽他的能力来为小伴智能保驾护航。这是他作为一名专业投资人的初心：投资优质创始人和企业，并陪伴他们一起成长。苏漓作为一名知名科学家是合格的，但身为一名初次创业者，她将来一样要经历各种艰难险阻，遭遇各路妖魔鬼怪。

　　小伴智能系统也会面临它的很多"意外"。

　　测试版上线以来，小伴智能所受到的好评确实让团队信心大增。尽管团队也收集到一些不理想的反馈，但并不影响整个乐观的局面。

而且最让他们期待的是，很快要迎来小伴智能正式版的上线。

所有人都期待小伴智能正式版一鸣惊人。

这个非常时期，苏漓和团队所有人基本就是两点一线：公司—家，家—公司，全力以赴保证小伴智能正式版如期上线。

苏漓叫来秦将人，和他聊了聊不久前林殊医生来找自己的事情。

秦将人很惊喜："苏漓，心理诊所确实是个很好的场景，因为用户会有大量的时间来和小伴进行对话和分享，估计每个用户的市场价值都会高于随机的用户，我很支持。除了这个场景之外，幼儿园、教师群体、酒店等都是很好的应用领域。我们期待它的正式上线。"

"酒店是个很不错的应用场景。酒店的智能化改造，也是消费升级的一种，应该来说是相对成熟的。尤其是那些高档的酒店，将客房配置智能设备作为卖点推荐给年轻人，听说获得的好评不断。如果将恒温器、音响和照明集成为一个系统，用小伴语音激活的客房也会成为很大的卖点。而且还可以满足客户的需要，比如若是有人询问附近的景点、餐厅等，小伴智能都能做出极好的推荐，满足人们的需求。"

面前的秦将人是一副踌躇满志的样子。苏漓又转头望着窗外的最佳技术拍档迈克和孙东，在她心里，这对黄金组合是小伴智能未来成功的双重保障。

迈克精神劲头比较饱满，倒是孙东老是一副没睡醒的样子，经常是很晚才到公司。不过技术人员可以自由支配自己的时间，只要进度不受影响倒也无妨。

对于他俩的这个组合，刻意不如巧遇。迈克当年远渡重洋，师从苏漓后追随她回国创业。他是那种阳光型的男人，喜爱运动，还是学校游泳队的健将。和很多国内的留学生不一样的是，作为一名理科生和科技研究者，却非常喜欢参加各种聚会。他精力过人，交代给他的事情，哪怕他凌晨三点回到宿舍，也会按照规定的时间提交，再睡两个小时，又能神采奕奕地出现在实验室。

而孙东是那种兢兢业业，典型的好孩子。听说他从不迟到早退，永远早早地出现在公司，而且交代给他的事情往往会在预定的时间前得到结果。任劳任怨，和迈克的嬉皮士风格形成了鲜明的对比。所以最近孙东来得晚了一些，苏漓想着他也能自我调节，就没太放在心上。反正那边还有迈克，苏漓对他们的工作还是很放心的。

倒是有段时间没有见到欧阳树了。

中午苏漓去源泉咖啡买咖啡，欧阳泷忽然想起了什么似的，问苏漓："咦，似乎有段时间没见到我哥了。苏漓姐，有时间去我家吃饭啊。我哥最近都迷上西餐了，学会了好多种西餐的做法！"

西餐？他不是说自己只喜欢中餐吗？还嫌弃西餐冷冰冰的。居然迷上西餐了，看来人的口味是会变的。

"嗯，好像是，有段时间没见到你哥了。"苏漓头也没抬，"最近我们都忙。你哥，还好吧？"

欧阳泷一听到这句话，眉毛立刻耷拉下来："我哥最近不太好，好像他们投资的公司很多都出了状况，有要上市的公司因为意外没法儿上市，有想投进去的好项目被人抢走了……每天都愁眉苦脸的。"以苏漓对欧阳树的理解，她觉得他整天愁眉苦脸倒是不至于，但应该确实遇到了一些不好的状况，因为他好久没来骚扰她了。

"苏漓姐，还有个事儿，你认识那个网红主编李乐乐吗？这位女同学迷上我哥了。经常我哥一回到家，她的各种信息就尾随而至。我哥好脾气，也不愿意伤害人家感情。结果也不知道李乐乐从哪里打听到我哥住址，还经常故意在楼下和他'偶遇'。这就有点吓人了啊。话说你有没有碰到过李网红？"

她看着欧阳泷递过来的手机上李乐乐的照片，确实，她也碰到过一两次。

"那么，你哥最近迷上西餐，也是因为李乐乐同学？"她装作随意地问了一句。

"不知道，我哥也没怎么和她吃饭。不过上次你不是说喜欢吃西餐吗？可能我哥也想挑战一下自己的西餐手艺吧？或者他最近口味大变？"欧阳泷说完贼兮兮地朝苏漓一笑。

她当然知道欧阳泷别有用意，于是顺着欧阳泷的话接下去了："等你哥有时间，我们再聚聚。"

她的小伴智能马上就要正式公测，阶段性的成果很快要显现。这段时间也确实熬得辛苦，若是有这样热情的朋友，还有好吃的，她为什么不走动走动呢？

她拿起欧阳泷递过来的咖啡赶紧上楼了。

欧阳树最近确实是忙得焦头烂额。弘创被收购的谈判正处于最关键的时刻，若是创始人乔野坚持不卖，或是胜维临时变卦，这桩收购就泡汤了。对于这样的泡汤，资本会有很大的损失，他不能让这种事情发生。

乔野坚持 10 亿的价格，被欧阳树慢慢说服到 8 亿。接下来，他需要去说服胜维集团的收购价格从 5 亿提高到 8 亿。乔野情绪比较波动，自觉并不适于参加这次的谈判，因此他委托曹律师和欧阳树全权代理。

胜维集团果然来势汹汹。

成王败寇一向是商业世界的生存法则，欧阳树想起去年在行业大会上，胜维受到弘创极大威胁时，胜维的管理层所展现出来的小心翼翼和颓废之态，短短一年，双方互换了角色。

曹律师按照乔野的意愿表示了感谢，并对公司的资产做出了新的评估，阐明了公司的价值并不止 5 个亿。

胜维自然毫不客气，摆出一副"败军何谈勇"的架势，再次明确了自己的立场。

欧阳树深知，双方还要来回几个回合才能见分晓。

一番商业谈判下来，欧阳树心事重重地回到公司。刚好遇上颜振广，他告知欧阳树，对于当年苏漓父亲苏秦的意外事件，他有了新的发现。

"调研机构通过多种途径，找到了当年并购事件的亲历人姜政，他是玖正科技的财务总监，目前在财经学院担任教授。苏漓之前也到杭州找过他，但他好像不想提当年的并购事件，所以苏漓应该没有什么收获。"

看来，苏漓回国创业，还有家族事件方面的原因。如果真是如此，欧阳树觉得，在这件事情上他更有责任帮助苏漓。尤其是在苏漓的产品快要上线的关键时刻，他虽然不能帮她做些什么，但在调查当年的并购详情方面，他还是能帮上忙的。

颜振广也联系到了姜政，但他得到的结果和苏漓是一样的。"姜政告知我们他已经远离商场，并不想再提当年之事。"

"从姜政的一些话来判断，当年的事件确实有很多隐情。我们还是得想办法撬开姜政的嘴，让他告知当年的实情。还有什么其他的线索吗？"欧阳树隐约觉得姜政是突破的关键点。

"哦，对了，姜政有个女儿，你猜猜她是谁？"

欧阳树自然非常好奇。

"姜雅妍。"

"太好了，天助我也！姜雅妍肯定会帮我们的，我稍后联系她。"欧阳树暗暗感慨，真是天无绝人之路。

"不过，请恕我多问一句，你为何跟这桩过去二十多年的并购事件较上劲了？这和我们投资小伴智能有什么关系吗？"颜振广还是没忍住，提出了许久以来的疑问。

欧阳树很快回答："当然有关系，我早就感觉到苏漓回国创业可能另有原因。若是利用我们的力量，帮她搞清楚当年的真相。我们不但帮她节约了创业的时间，对于最终能够投资她是不是也有好处？起码从情感上她欠我们的人情。"

"你这么一说，好像是……"颜振广还是觉得有些牵强，但也不方便再往下问了。

其实颜振广本人很喜欢这种调查案件的感觉，比较之前的工作，眼前的这件事圆了他多年来的"FBI"[1]梦，所以他对此事一直非常上心。

颜振广离开之后，欧阳树很快拨通了姜雅妍的电话，电话那头显示正在通话中。

也就过了半分钟，姜雅妍很快打了回来。

"欧阳，小伴智能出事了。"

---

[1] 美国联邦调查局的缩写，英文全称 Federal Bureau of Investigation，隶属于美国司法部。

就当所有人都看好小伴智能正式版本上线的时候，出了意外。

欧阳树是从姜雅妍那里第一时间知道这个消息的。

准确来讲，小伴智能系统受到了很大的挑衅。

本来小伴团队的计划是，测试版通过不断的调试和进化后，这几天准备上线正式版本。哪知正在此时，一念科技推出了"一念陪伴智能系统"。而它的这个版本，比一念科技原来的产品从技术水平上要高出一大截。

而且有测试专家指出，这更像是在小伴智能测试版算法的基础上进行的叠加结果。

那么，一念科技是如何获得小伴智能的核心算法呢？

"你们公司打算怎么做？"欧阳树非常讨厌这种恶意剽窃，尤其是技术和产品创新类产品的剽窃。

"现在还无法下定论，我们回去会做调研。欧阳，由于两家公司都是我们投资的，所以我们也不太好办。听说一念推出这个版本之后，马上会启动新一轮的融资。我知道以你的个性，你会放弃参与一念科技的融资计划。目前的局势有些复杂，你还是去苏漓那边看看，从情谊上来说，她也是我们的朋友。遇到这种事，我怕她难过。毕竟这个产品对于她而言太重要了。"

姜雅妍忽然想起来："对了，你刚刚打电话过来是不是商量这个事情？"

"不是，那件事我们改天再说。我先和你确认一下，你的父亲叫姜政？现在是杭州财经学院的教授？"欧阳树此刻已经没有心思说姜政的事情了，只是提前确认一下。

"是的。等等，我父亲只是一个老师，你为什么关注起他来了？"姜雅妍有些好奇。

"改天再和你细聊，有些事情想请你帮忙。我先去苏漓那边看看。"

欧阳树挂上电话，若是直接冲到苏漓的公司，甚是不方便，因为他目前还不是苏漓的投资人。于是他灵机一动，来到欧阳泷的咖啡厅，让欧阳泷找王小娇，方便时候带苏漓下来吃饭。

"哥，公司都发生这样的意外了，我想她们是不会下来吃饭了。刚好下午有10 杯咖啡的订单，你帮忙送上去就好，就说我忙没时间。"

看来也只好如此了。

欧阳泷提前和王小娇打好招呼，王小娇自然心领神会。

欧阳树提着 10 杯咖啡，交给王小娇。王小娇拿出一杯摩卡递给欧阳树，然后用手指了指坐在角落里的苏漓。苏漓和大家一样，都在开放办公区办公，并没有给自己开辟单独的办公室。

苏漓背对着欧阳树，并没有看到欧阳树过来给她送咖啡。当欧阳树把摩卡递给她的时候，她连头都没有抬，只是接过咖啡，喝了一口然后又急匆匆放下了。

欧阳树看到她的电脑屏幕，她正在研究一念科技刚刚推出来的"一念陪伴智能系统"。虽然只看到她的侧脸，也已经感受到她的焦急和无奈。这是欧阳树第一次看到她如此狼狈。

大概是感受到身边一直有人在看自己，苏漓抬头看了一眼。

这下欧阳树看到了她的正脸。

他们确实有段时间没有碰面了。

在这段时间里，苏漓经历了小伴智能测试版上线之后的"春风得意"，而那个时刻的欧阳树正在焦头烂额地处理弘创的收购事件。

最终弘创以低于预期的价格被胜维集团并购，小树资本遭受了不小的损失。更为可气的是，市场上有些谈论小树资本低价转让弘创股权的传闻，使得小树资本的投后管理又处于风口浪尖。

一时间，一些公司在融资时都明确告知第三方财务顾问公司要避开小树资本。

人言可畏。

不过这些不顺，倒是让欧阳树曾经的嚣张气焰略微收敛了一些。

苏漓抬头发现是她，惊讶地瞪大了眼睛。这让他有些茫然失措，尴尬地朝苏漓挥了挥手，打了个招呼："嗨。"苏漓一时也不知道该说些什么，也只能回答了一声，"嗨。"

两人就这样尴尬地僵持了 10 秒钟。

还是苏漓先反应过来，她看欧阳树正盯着屏幕上的一念新产品，忽然想起来，欧阳树肯定也是消息灵通人士，"为了这事儿来的？"

"嗯。"欧阳树点了点头，在公众场合，他不好意思安慰苏漓。虽然他看得出来，苏漓此刻需要得到他人的鼓励和支持。

"我们去办公室聊吧。"苏漓把他带到一间小会议室。大会议室里，技术人员们正坐在一起商量些什么。"我只有 10 分钟时间，10 分钟后我要开会。很紧急的会议。你知道的。"她很快从刚刚的沮丧恢复到冷静状态。

"就是过来看看你。看看你这边有什么能帮得上忙的？"但欧阳树看得出来苏漓很焦急。

秦将人忽然冲了进来："苏漓，一念忽然推出来的这个新产品，用户猛涨，看来是早有计划了。现在各个渠道都在打他们的广告。"秦将人看到欧阳树也在，打了声招呼。

苏漓点了点头。

"真的是一念剽窃了你的技术？"欧阳树开门见山地问道。

"初步判断是这样。按理说，测试版本的产品信息有限，不可能被完整拷贝。核心算法、产品战略也只有少数人知道，但一念的产品竟然复制得如此完美，除非我的团队里出了叛徒，否则这个事情无法解释。"苏漓望了一眼外面忙碌的办公区，会是谁呢？迈克？孙东？王小娇？或者秦将人？都不可能。她摇了摇头。

"会不会有人黑入你们的系统，做了技术剽窃？"欧阳树看到苏漓并不相信自己的团队内部有了内鬼，于是问问其他的可能。

"这方面我们早就有所防备，而且测试之后根本找不到这方面的黑客攻击痕迹。所以这种可能基本可以排除。前不久倒是听说他们的 CTO 离开了，难道是来了位新的 CTO？如此神通广大的人物也不知道是谁？"

"这也不算什么商业机密，你没问问姜雅妍？若是这位 CTO 真的到岗了，一念不便公开，我们只是问问这人背景，不问这人的名字就好。"欧阳树看得出来，苏漓是那种讲究秩序和规则的人。

欧阳树马上拿起了电话，但姜雅妍的回答是没有，并没有新任的 CTO 到岗。

出于职业方面的考虑，他知道姜雅妍不能再说太多的话了，他相信姜雅妍说出口的一定是真的。

"CTO 职位依然空缺。那这事儿也真是怪了。"欧阳树的目光望向大会议室里的这一群人。大伙儿奋战几个月的产品忽然被竞争对手赤裸裸地剽窃了，这口恶气叫他们如何咽得下？

"我真没想到会是这样。"苏漓抓了抓头发。很显然，这是她未曾经历过的。面对商业世界里的那些黑暗，她无疑是不太适应的。

也许她的挫败感在于，她想做出让世界变得更加美好的产品，但却不料，被这个世界的黑暗法则打了个措手不及。

欧阳树第一次看到了苏漓的脆弱，认识这段时间以来，她从来都是高高在上的。虽然他知道苏漓只是暂时的有些消沉，不久之后，又会变回原来的样子。

但在那一刻，他还是懂得她的。他经历过多次给出版社投稿而屡屡被拒，也经历过种种投资失败，他知道那种挫败感。

其实，苏漓和他都已经明白，一定是团队里出了叛徒，只是苏漓在努力让自己不去相信这是事实。

她选择了相信自己的团队，但是团队里却有人选择了背叛。

欧阳树看了一下表，10 分钟的时间到了。"你去开会吧，我等你一起下班。今天你这种状态就别开车了，我在楼下源泉咖啡厅等你，咱们可以一起回家。"

苏漓看了看欧阳树，这个人温暖的善意让她动容，而且她也不想隐瞒自己的真实状态，于是说了句"好"。

她这么爽快就答应了，倒是让欧阳树有些意外。

苏漓目送欧阳树走出会议室，轻轻叹了一口气。

路遥知马力，日久见人心。在这样的一个时刻，欧阳树与她非亲非故，却第一个出现在她面前，关心她的状态。这样的朋友才是值得珍惜的吧。

多年以来，她并没有朋友，她也不需要朋友。孤独给人力量，她不希望种种情感上的小确幸扰乱她的内心。她不似其他人，她回到家中还是一个人，工作是她的全部，她并无所谓的情感频道可以转换。

而今天她第一次有些怀疑，自己把工作当成一切，这真的是一个科学的决定吗？

她走进大会议室里，大家都在等着她。本来在激烈争论的程序员们，看到她进来都静了下来。

苏漓知道在这个让人沮丧的时刻，她需要表现出担当。

"今天发生的这个事情，正如大家所看到的，我们所创造的，小伴智能产品居然被一念科技抢先推出来了。有人在第一时间问我究竟是怎么回事？是不是团队有人一时糊涂了，做了什么对不起大家的事？对不起，这不是我第一时间想到的事情。我第一时间想到的是，小伴智能这个产品我们还是要照常进行下去。我们没有被打败，现在还不是悲伤的时刻。在未来的道路上，也许我们会像西天取经一样，遭遇九九八十一难，那我们就把这件事情当作第一个难关，齐心协力一起度过去。"

创业公司的文化其实也是创始人的文化，苏漓的技术背景奠定了小伴智能的极客文化。就算到了此刻，这些程序员们虽然备受打击，但他们还是信任苏漓。苏漓的一番话让众人明白地看到苏漓的坚定和信心，弥漫在会议室中的萎靡氛围立刻好了许多。

人的心理素质在困难的时候会显现出来。有的人会一蹶不振，有的人会越挫越勇。当然，在第一次遭受一场灾难时，所有人都需要会花时间适应。苏漓的这个适应期，只用了 30 分钟。半小时后，她知道，一切还是要继续下去。

这是一名创业者的素质。

但在那半个小时里，她濒临崩溃。

而那个频临崩溃的她，只有欧阳树见到了，她并没有掩饰。

工作也曾是欧阳树的全部。这些年以来，他做的只有一件事，就是拼命赶路。若是路途中出了什么差错，那他就集中精力去补救。来来去去的这十年时光里，他问自己，有没有一些时刻是全然为自己考虑的？当然有，比如做美食的时候，看诗集的时候，听音乐的时候。

但似乎都是他一个人的独角戏。

想到这一点，他忽然明白了他对于苏漓的情感：惺惺相惜。正是这种惺惺相惜，让他对她产生特别的关爱。

下一步该怎么表白自己的心意？他并不知道，只知道当下就是尽力做好，做应该做好的事情。

欧阳泷店内生意兴隆，他点了一杯红茶，边喝茶边处理一些工作。还好，苏漓并没有让他等太久，七点钟就下楼了。按照两个工作狂的时间表，这种下班的时间已经算是破天荒的早退了。

两人一起离开源泉咖啡，一上车落座，苏漓突然"噗嗤"一声笑了出来，说道："记得第一次我坐你车的时候，还以为你是来接我的司机。"

看来她已经从沮丧的情绪里走了出来，欧阳树虽然惊讶，也确实宽慰很多。

他顺嘴接了下去："是呀，那次太狼狈了，后备箱都合不上。不过今天我确实是来做你的专属司机的。"

欧阳树看了看身边的苏漓："现在有两个选择，要么我们在外面吃完饭一起回去。要么你直接去我家，我来做饭。"

苏漓忽然想起上次欧阳泷告诉她的事情："听说你现在不光面食做得不错，连西餐也拿得出手了？那我们直接去你家吧。"

"啊？他连这事儿都告诉你？真是个大嘴巴。"欧阳树虽然表面佯装很惊讶，但是心里乐开了花。之前对西餐的研究终于有发挥的时机了。

抢在小伴智能之前公布产品，产品一出来就配合大规模的营销宣传，然后是用户数的急剧增加，然后再加快融资，这完全是要逼死小伴智能的架势。

这一系列的套路完全不像是出自科技公司之手，似乎后面有投资界资本运作高手的身影。如果真的有，会是谁呢？谁会对苏漓下手？

欧阳树在厨房忙活的时候，苏漓也有机会再看看欧阳树家中的陈设细节。

上一次中秋节来他家的时候，她并没有多少机会仔细打量内部的布置。

她仔细看了看欧阳树客厅里那满满几架子书。只有少部分商业书籍，剩下的大部分都是文学、天文学、哲学、美食方面的书籍，涉猎很广泛。

她看到沙发旁边放着的一本诺贝尔文学奖获得者聂鲁达的诗集，好像就是上次她看见的那本，扉页上还有欧阳树的感言。她翻开里面夹着书签的一页。

我喜欢你是寂静的，仿佛你消失了一样。
你从远处聆听我，我的声音却无法触及你。
好像你的双眼已经飞离去，
如同一个吻，封缄了你的嘴。

如同所有的事物充满了我的灵魂，
你从所有的事物中浮现，充满了我的灵魂。
你像我灵魂，一只梦的蝴蝶，
你如同忧郁这个词。

我喜欢你是寂静的，好像你已远去。
你听起来像在悲叹，一只如鸽悲鸣的蝴蝶。
你从远处听见我，我的声音无法触及你。
让我在你的沉默中安静无声。

并且让我借你的沉默与你说话，

你的沉默明亮如灯，简单如指环。

你就像黑夜，拥有寂静与群星。

你的沉默就是星星的沉默，遥远而明亮。

我喜欢你是寂静的，仿佛你消失了一样，

遥远且哀伤，仿佛你已经死了。

彼时，一个字，一个微笑，已经足够。

而我会觉得幸福，因那不是真的而觉得幸福。

这首诗的名字就叫《我喜欢你是寂静的》。欧阳树最经常看的应该就是这首诗，这页明显有多次翻阅的痕迹，纸面都显得陈旧一些，还写了一些笔记：

若你是寂静的，那我就应该是喧闹的；若我是喧闹的，那你一定是寂静的。
你在想些什么啊？亲爱的，我并没有想些什么啊。

虽然苏漓不算是文学修养多高的人，但她也能读懂这诗歌中的寓意。诗人喜爱恋人的沉默与安静，但诗人的恋人过于安静与矜持，诗人想让恋人向他走近一步的愿望如此浓烈：哪怕是一个字，一个眼神，让我知道你爱我，只要一个字，我就能感觉到幸福。

看来欧阳树恋上了一位女生。

苏漓正翻阅着这些书籍，欧阳树走过来告诉她饭菜已经做好了。

米色的长方形桌子上，摆放着白色的餐具。欧阳树打开一瓶开胃酒，先给苏漓和自己分别倒了一杯，两个人简单碰了个杯，他才开始上菜。欧阳树今天大显身手，做了整套的蘑菇汤、前菜、烤小牛排、甜品。

苏漓每吃一口，欧阳树都盯着她看，焦急地等待苏漓的反应。苏漓并没有直接夸奖他，只是频频望着他不住地点头，神情中好像在说：今晚的美食很合她的胃口。

欧阳树总算松了一口气。看来他总算成功了一次，俘获了苏漓的胃。

席间两人都没有主动提起今天小伴智能的意外事件。但是饭后，两人把桌子收拾干净后，这个话题便不由得又被搬上了台面。

引发这个话题的是姜雅妍的一个信息："苏漓，你还好吧？我想着你应该下班了，在家吗？需要我过来陪你吗？"

"我还好。"她很诚实地回答。"太晚了，你别跑来跑去的了。咱们改天见。"

这些应该都是朋友之间关爱的感觉吧。她第一次觉得，是不是这种关爱其实都一直存在，只是自己之前都主动把它屏蔽了。

那么眼前的这位做饭给她吃，现在看起来笑得没心没肺的男士呢？这份关怀也是朋友之间的关爱吗？

借助酒精的力量，她感觉自己这台机器第一次打开了身体内的某些开关。

她主动回答欧阳树的询问眼神，"哦，是雅妍问候我的短信。"苏漓忽然又想起什么似的，"欧阳，谢谢你的晚餐。非常美味。也谢谢你的陪伴，明天见。"

"不要想太多，好好睡个觉。明天见。"

回首自己今天下午以来的行为，欧阳树忽然觉得自己是个优雅的骑士：在今天下午之前，他根本就不知道自己能对一位女士做到如此细心体贴，照顾周全。

全新的感受啊。而且这种体贴也收到了苏漓的回应，这是第一次她真心对他说谢谢吧。

他看到刚才苏漓翻看过的聂鲁达的诗集还被放在沙发边，顺手拿起来。苏漓看的刚好就是《我喜欢你是寂静的》那页。完了，难道她发现了什么？应该不会，他安慰自己，她脑海中只有数字，没有什么情调，不会发现这么隐晦的感情密码。

在她面前，在文学修养方面，他终于找到了自信。

一念的新一轮融资来势汹汹。

欧阳树知道的是，大部分的投资公司都已经收到了一念这轮融资的商业计划书。小树资本当然也不例外。和上一轮的估值 10 亿相比，这一轮直接估到 30 亿，并且号称产品是最懂人心理的"一念语音智能"。

抢在小伴智能之前公布产品，产品一出来就配合大规模的营销宣传，然后是用户数的急剧增加，然后再加快融资，这完全是要逼死小伴智能的架势。这一系列的套路完全不像是出自科技公司之手，似乎后面有投资界资本运作高手的身影。

如果真的有，会是谁呢？谁会对苏漓下手？

产品抢先上市，然后抢先融资，这种江湖套路欧阳树之前也见过，但是没想到居然有人用到了苏漓身上。欧阳树给柳海生打了个电话，想借口约饭问问一念是个什么套路，但柳海生刚好在会议中，只匆匆说了句会议结束之后就会打过来，就挂了。

约摸过了半个小时，柳海生的电话到了，欧阳树开口就问：

"一念这次是个什么状况？这种江湖野路子现在也适用于代表先进科技的人工智能行业了？海生，你是这个项目的主投资人，这事情要想搞清楚来龙去脉，我只有来问你了。"

"我现在就在一念科技，我过来也是来了解这个事情的。一念这次的董事会上管理层比较强势，因为推出来的产品确实得到了市场的热烈回应。管理团队本来所占股份就是大头，加上有产品加持，我们投资人的作用弱化了许多，而且一念成立三年来基本没什么大作为，好不容易踩到了一个大招，现在管理层想 all in[1]，准备让这个产品一鸣惊人。"

柳海生丝毫没有提到小伴智能，欧阳树只好提醒了柳海生一下："海生，必然资本投资的另一家早期公司小伴智能，你还有印象吧？前不久小伴推出的测试版语音系统原本市场反响很好，他们本想再接再厉推出正式版，但是没想到一念抢先一步推出了新的智能语音系统。关键点不在产品出来的先后，而是经过专家的测试，一念这次推出来的产品的技术基础是基于小伴智能测试版的核心算法，如此一来，这个问题就很棘手了。"

---

[1] 德州扑克术语，表示一次压上所有的筹码。

欧阳树用的是棘手，并没有用到剽窃核心产品之类的词眼。专业人士讲究的是做事有理有据，而不是随意猜测。

"这个问题，我倒是听李铁鹰他们提起过，小伴智能的测试版确实给了一念不少启发，但应该是在合理范围之内的。同行业的产品之间，大家切入的入口不同，但到了后来的商业模式都会大同小异。先下手为强，在创业的过程中，速度无疑是最重要的。能做到快、准、狠的公司才能具备最大的竞争优势。"

"海生，所以你是支持一念科技的这种竞争方式？也是，一念科技的投资额是小伴智能的十倍，所以就资本回报来说，必然肯定会倾向于一念科技。但是面对苏漓这样的技术专家，你们也不把正义的天平摆正一些？毕竟如果说一念科技是名小学生的话，小伴智能还处在婴儿期啊。若是小伴智能最后成功的话，你们的收益会更大的。"

"苏漓团队的长项是技术，我们确实对她后面的正式版本翘首以盼。公司发展阶段不一样，评判标准不一样，所以我们的考评方式也不一样。没有可比性吧，欧阳。"

表面上看，柳海生的逻辑也没有错，但欧阳树基于这些年创业和投资的直觉，还是觉得一念那边有些什么说不出来的问题。他知道一直和柳海生争论下去也是没有结果的，索性换了个话题："之前听说一念科技的CTO离职，导致技术团队不少核心出走，一念新的CTO是招聘到了吗？"

"有替补的CTO，但是还没有正式上任，暂时也不会对外公开。"柳海生的语气听起来很坦诚，但是欧阳树记得姜雅妍明明说过，一念还没有CTO到岗啊。

究竟是谁在撒谎？

看来他得多探探姜雅妍的虚实了。无论是这次的泄密事件，还是之前苏漓父亲的案件，姜雅妍已经隐约成为了问题的关键。

姜雅妍对于欧阳树近期的频繁打扰倒是没有表现出反感。

"欧阳，说好了。吃饭可以，探讨行业发展和投资趋势可以，但是一念科技的事情是海生主抓，我只是执行层面的，管理层面的事情，我并不知道。而且海生也指示过，让我们尽量不要提太多一念科技的事情，因为目前是他们公司融资的关键时刻。"

姜雅妍一来就表明了她的态度。"不过我现在能做的就是催促苏漓尽快将正式版本上线，还有说服苏漓也尽快融资。你上次说你有兴趣投资苏漓，现在一念科技如此强势，你对小伴智能还有投资意愿吗？"

"这个关键时候，若我不投资我所看好的创业者，那就不是我欧阳树了。业界怎么评价我的？奇葩啊。这个时候若是投资苏漓，才能证明我是奇葩中的奇葩啊。"欧阳树插科打诨着表达了真正的态度。

"好，有你这句话我就放心一些了。那我来负责尽快说服苏漓融资的事情。放心，我不仅是苏漓的'中国好闺蜜'，也是你的'战友'。"和欧阳树混久了，姜雅妍也学会了他那套不正经。

欧阳树没想到姜雅妍这么直接，于是故意嘟囔了几句："我可是创投圈出了名的热心肠啊。本来还有其他事情要咨询你的，你这么一说，我这位热心肠倒不好意思问了。"

姜雅妍看他一脸懵懂的状态，忍不住放声大笑："你的脸皮什么时候这么薄了？快说吧，到底是什么事儿？"

没想到欧阳树突然正色起来，问她："你父亲姜政当年，在做老师之前是做什么工作的？"

欧阳树居然问到她父亲，这次换成姜雅妍摸不着头脑了："从我记事儿开始他就是老师了啊。当年他做什么工作，他也没怎么提过。你怎么对这个感兴趣？"

"不瞒你说，苏漓回国，一是为了创业，二是想搞清楚当年他父亲公司被并购的事件。她最近到了人生的一个低谷，估计也没心思来查她父亲的事了。但我们一直在国内，可以动用些资源帮她这个忙。我也就不绕弯子了，在我们的调查中，发现你爸爸是苏漓父亲公司的财务总监，也是我们目前找到的唯一一个当年事件的亲历者。但是你父亲似乎有什么隐情。苏漓之前还去杭州找过他，但他什么都不说。所以我也只好来问问你，找找线索了。"

"我倒是从来没听我父亲说过什么并购案。他一直就是个和蔼可亲的教授。不过我刚进投资圈的时候，我父亲确实特意叮嘱过我要和各公司的财务总监搞好关系。"

"他当年是苏漓父亲公司的财务总监，从年龄上来看年少有为，也算是苏秦一手栽培了他。苏家出了那么大的事儿，他后来又弃商从文，说实在的连我这种商场中人都有些好奇了。"

"难不成你怀疑我父亲做了什么不好的事情？我相信我父亲绝不是这种会违法乱纪为自己谋取利益的人。他是个爱家爱学生，年年都受到学校表扬的优秀教授。"

"也许当年有什么难言之隐呢？也许他在回避一些什么事情呢？也许一些事情或看到的或经历的，也是你父亲的心头之痛呢？身为儿女，帮他们去面对一些他们曾经不敢去面对的事情也是件好事。而且也是帮了苏漓大忙啊。"

欧阳树的解读方式说服了姜雅妍，她低头沉思了一会儿："好，我父亲刚好最近来北京，我去问问他。这个事情得从长计议，但是我觉得眼下苏漓的事情我们还是要齐心协力帮助她一下。"

在欧阳树的眼里，姜雅妍不仅是一名优秀的投资人，也是真正可以做朋友的人：人品好、够仗义、有能力、价值观相同。

所以姜雅妍临走的时候，他叫住姜雅妍："虽然现在商业上我们站在不同的利益体里，但是雅妍，在我心目当中，你是一位可交的朋友。"

姜雅妍听到这话初始是有些意外的，但她立刻微笑起来，也冲欧阳树重重地点了点头。

人在遭遇困难的时候，越是安静却越是动人。

苏漓的态度一直很安静，她没有那么多的时间来愤怒不平，况且一念科技在这次事件中的挑衅态度确实让她意外。

不过面对程序员们的怒火，她也只是简单地说：

"小伴的正式版的上线时间，我们要尽快提前。市场前景好，所以大家才这么疯狂。迈克，按照目前的进度，小伴的上线时间可以提前到何时？"

"半个月可以，我们再拼一下。"平时嬉皮笑脸的迈克在这次的事件之后，沉稳许多，有段时间没有听到他铜锣似的笑声了。正如他对苏漓说的，"我们憋个大的动静出来。"

迈克回头问孙东:"时间上应该没问题。我和孙东会全力以赴的。"但孙东忽然打了个哈欠:"对不起,最近感觉太累了。但时间上应该没问题。"

　　姜雅妍这边是觉得和苏漓的见面应该越快越好。就一念科技的融资来说,柳海生自己在全力主抓这个项目,按照仇剑的指示,姜雅妍现在要对小伴智能多花些心思了。

　　苏漓说,要不我们在鼎泰丰见吧。

　　苏漓在美国的时候就很爱吃鼎泰丰的小笼包,在鼎泰丰里,她经常能看到一些华人家庭一起到餐厅用餐,那种其乐融融的感觉是独在异乡孤身一人的苏漓所向往的。即便是远远地看着,感受着,对于苏漓而言也是告慰。短短的用餐时间,是她卸除心理防备和武装的闲暇时刻。

　　苏漓每次必点的特色小汤包、四喜烤麸、油麦菜上桌之后,两人开始边吃边聊。

　　这次是苏漓主动提及:"行动才会让人找到路径。正式版本半个月之后可以上线。因为涉及到推广方面,可能目前的资金会有些紧张。"苏漓已经预见到了姜雅妍的来意。

　　"我也正想和你商量融资的事情。一念那边我已经没有参与了,柳海生在一手负责那个项目。苏漓,关于一念的产品不管你是怎么想的,剽窃也好,巧合也好。但小伴智能,你期盼了这么久,不能再让它有任何闪失了。我知道你有你的理想,但是商场如战场,有光明的一面也有黑暗的一面。且不论这次的背后黑幕是怎样的,但这次小伴确实是受到了挑衅。回到商业的本质,我们开始出发做这个事情,也是为了更好地争取用户的关注,获取更多的数据,反过来再优化产品。如此形成一个良性循环。"

　　"我赞同。一切照旧,只是融资的事情我会加快一些。"

　　"眼下就有现成的。欧阳树已经找我聊过了,说是想投进你的 Pre-A 轮。若你也没什么异议的话,我就来推进这个事情。还有一件事,就是出了这样的意外,对赌协议生效,必然资本这轮不跟进了。你应该也知道,现在很多资本都在追一念科技。"

苏漓答应了姜雅妍的建议。天使轮没有让欧阳树投进来，但是 Pre-A 轮，他还是成了她唯一坚定的支持者，有些人有些事是躲不掉的。

还有一件事情，姜雅妍也想当面问问苏漓。

"听欧阳树说你见过我的父亲姜政？"

"姜政？财经学院的姜政教授？他是你父亲？欧阳树找过你？"苏漓毫无防备之下听到让她震惊的消息。

"苏漓，这个世界真的好小啊。我父亲当年是你父亲的财务总监，他是你父亲一手栽培的。而现在你创业，我是你的投资人。似乎父辈没有进行下去的缘分，到了我们这一辈又在进行中了。"

"我是到杭州见过你的父亲。但是对于当年的事件，不知为何他绝口不提。不管当年事件的具体缘由如何，他应该都是参与者。"苏漓和姜雅妍对视了一刻，觉得有必要表明她的态度，"雅妍，对于当年的事件，对错已经不再重要。事情都过去二十多年了。父辈之间的事情我们无法负责，我只是想知道父亲的死因，他去世之前谈到他做了错事，身为他唯一的女儿，我很想搞清楚是怎么一回事。"

"我懂你的意思，我会做我父亲的思想工作。他最近在北京，在适当的时机，我会安排你们再见面的。"姜雅妍离开的时候又叫住了苏漓，"苏漓，若是我父亲当年真的做了什么对不起你父亲的事，我提前替他道歉。"

苏漓回头望着姜雅妍，眼前似乎又浮现父亲的身影。"那是很久远的事了，我不想怪罪任何人。"

她忽然又叫住了姜雅妍："雅妍，欧阳树怎么知道这些陈年往事？"

"你还不知道吧？他一直在暗中帮你调查此事。他对你很上心。"姜雅妍特意说了这句话提醒苏漓。她多少能感觉到，之前苏漓有意或者无意地过滤掉了欧阳树对她的特别关怀。

　　十几来年，与其说她在创造人工智能系统，倒不如说她更活得像个"人工智能"机器。她几乎把自己和自己的生活彻底地数字化了，工作中和算法、数据打交道；日常严格按照时间表生活。

　　创意和灵感只有在孤独的时候涌现，她相信只有在孤独的时刻，人才具备将不同信息做出独特联系与结合的能力。

小伴智能正式版的上线，并不如之前测试版的上线那样受关注。在一念科技"珠玉在前"的情况下，小伴正式版本的上线显得极为冷清。

与之形成对比的是，一念科技高调宣布在一个月内获得 6 亿人民币投资，估值 30 亿人民币。必然资本主投，南元资本跟投了很小的一部分。

市场上满是一念科技大量的融资 PR 文章。用秦将人的话说，这样密集的宣传攻势是要把投资额的一半投入到市场营销里面来吧。李铁鹰是做销售和运营出身，当然懂得市场营销带来的好处，真金白银砸进去之后，市场关注度急剧上升，紧接着就是市场占有率扩大。

只要占据市场高点，后来者就很难再追赶上来。一个赛道通常只有第一名和第二名，第三名等于是死亡。一念最近的行为稳固了自己处于行业前两名的市场地位。

而对于本来想在这个赛道占据一个位置的小伴智能来说，机会又小了很多。

在姜雅妍的促成之下，小树资本低调投资小伴智能。

用欧阳树的一句话说，这是一场迟到半年的投资行为。"苏漓，我总算是有机会投资你创办的公司了。以后荣辱与共，我们就是一条船上的人了。"

本来是小伴智能遭遇了危机，但在欧阳树看来，这场危机简直是成就小树资本与小伴智能的"倾城之恋"。也是因为这个机会，苏漓才发现在欧阳树有点不着调的外表之下，藏着一颗正义的心。这是苏漓忽然对欧阳树有所好感的根基。

物以类聚，人以群分。

与苏漓刚回国创业时，很多投资公司蜂拥而至纷纷要求投资不同的是，这个时刻对小伴智能唯一感兴趣的公司只有小树资本。当然欧阳树没有明说，南元资本也在小树资本的身后。"一定要投资小伴智能"，这是邱一雄多次明确过的要求。

邱一雄的决定也坚定了欧阳树的信心。小伴智能 Pre-A 轮融资 2500 万，估值 2.5 个亿，和上一轮的估值两亿而言没有太多涨幅。这个估值是苏漓坚持的，在所有的人包括上一轮的投资机构必然资本都不看好小伴智能的情况之下，苏漓觉得和上一轮相比，有小幅增长就可以了。

"估值其实也并没有太大的意义。只要在一定的合理范围之内就可以，重点是把公司做到行业前列。因为只有做到行业领军企业，普通用户才能接触到真正美好的产品。我希望用户用到的是真正好的产品。"

投资尽职调查只是简单地做了一些，欧阳树就决定签署投资协议了。

欧阳树有一票董事会席位，自此之后他就是可以正大光明地来智享大厦找苏漓了。

签订好投资协议之后，欧阳树、秦将人和苏漓开始着重探讨商业模式的问题。

"to C（与消费者间的电子商务形式）？ to B（与企业间的商务模式）？ 都是坑啊。"秦将人着急地挠了挠头发。

苏漓内心也在考量这个问题，潜意识里她还是觉得小伴应该走一条不一样的道路，"就 to C 端而言，需要投入大量的资本，而且奇点和一念已经占据了很深的赛道。初创企业在 C 端已经机会不多了。所以，若是将小伴智能和 B 端结合，会不会是另外一种打法？虽然缓慢，但是所取得的数据的沉积价值更专业更有行业针对性。"

"走垂直行业的路线也许是更好的路。to B 虽然缓慢但是也许可以避开和头部公司的直接竞争。而且小伴智能若是切入到行业内部，也和之前你所提到的设计理念一致，能让人工智能赋能行业发展。"秦将人很是理解苏漓的意思。

"AI 赋能行业发展，让生活变得更美好。"欧阳树重复了一遍秦将人刚刚提到的话，同时在后面加了一句。"我怎么觉得这句话可以成为你们的公司标语呢？"

秦将人和苏漓互相看了一眼，又重复了一遍："AI 赋能行业发展，让生活变得更美好。这句话不错。"

欧阳树立刻开心地大笑起来："哈哈哈，看来我也是可以有贡献的！不过苏漓、将人，你们可得想好了，为什么大家现在都是走 to C（与消费者间的电子商务形式）的路线，而不是切到 to B（与企业间的商务模式）上来，说明这是一条更为漫长而艰难的创业之路。"

"我向着一条路极目望去，直到它消失在丛林深处。但我却选了另外一条路……"提到创业之路的艰辛，欧阳树深有感触地念出了几句诗。

> "黄色的树林里分出两条路
> 可惜我不能同时去涉足
> 我在那路口久久伫立
> 我向着一条路极目望去
> 直到它消失在丛林深处
>
> 但我却选了另外一条路
> 它荒草萋萋，十分幽寂
> 显得更诱人、更美丽
> 虽然在这两条小路上
> 都很少留下旅人的足迹
>
> 虽然那天清晨落叶满地
> 两条路都未经脚印污染
> 呵，留下一条路等改日再见
> 但我知道路径延绵无尽头

恐怕我难以再回返

也许多少年后在某个地方
我将轻声叹息把往事回顾
一片树林里分出两条路
而我选了人迹更少的一条
从此决定了我一生的道路
……"

欧阳树一口气把这首诗背了下来。这也是他很喜欢的一首诗。他在念的时候，想起之前投资过的很多创业公司的创始人们，都是和苏漓一样，选择了一条更为前途未卜而艰辛的道路。机遇都是险中求，若连这样的勇气都没有的话，说明你根本不适合创业这条路。

苏漓破天荒地认真听欧阳树念完了这首诗。

她之前也听过这首诗，但是并没有什么深刻的领悟。直到她选择了这样的路径，又到了现在这样创业受挫的时刻，才对诗里面的含义有所感悟。

似乎她的什么神经细胞或者情感链接触角被激活了一下，但她有意识地眨了一下眼睛，把即将被激发的情感压了回去，又很快回到现实里一地鸡毛的商业场景里来。

"之前有一家心理学诊所就智能语音系统来找过我，说是很想把我们的系统引入到心理病人的日常语音陪伴里面来。但是我想到另外一个问题，心理病症患者中很多人本身就是孤独的人，若是再迷恋上虚拟语音陪伴，会不会越陷越深？像是好莱坞的电影《她》中所描述的那样，失婚的男主人公爱上了拥有迷人声线、温柔体贴又风趣幽默的人工智能系统？"

欧阳树想起来，苏漓之前也提过这部人工智能的电影。《她》是一部讲述在不远的未来人与人工智能相爱的科幻片。身为高科技产物的智能语音机器人与人类的友谊真的能发展成一段亲密关系？也许冰冷背后藏着的，是人类所需要的情感。

从这个角度来理解的话，欧阳树忽然也更加明白了苏漓对于小伴智能的执念：她是想通过冷冰冰的、看不见摸不着的人工智能，传递给用户温暖的情感。

欧阳树望着苏漓说："用智能语音的人，一定是主观上希望得到帮助的人。他们渴望信息，而大数据能把合适的信息传递给合适的用户，这是技术层面上语音系统可以解决的。另外一个更为重要的是情感，但不是机器的情感，而是一个人工智能的虚拟人物在虚拟的世界里和用户联系在一起，相互感知和理解彼此的能力。虚拟人物若能够读懂人类的情感和意图，那就大大超越了人和机器对话里面句子搭配句子的匹配阶段。"

"情感。"苏漓又重复了一遍欧阳树多次提到的这个词语，"我一直觉得机器的情感可以实现的路径是个人和自己的语音助理之间的学习，应该是一种相互'喂养'的关系。这个点我们之前也讨论过，但是现在却更为清晰了。我可以给你们展示一下我自己的语音智能助理系统。"

苏漓打开自己的小伴智能的橘色页面。

"小漓，"所有人都听到智能语音系统的声音，"现在是下午三点钟，按照日常的惯例，你需要去楼下的源泉咖啡买杯摩卡吗？需要的话，我就帮你下单了。你直接去楼下取就好。"

这确实是苏漓的日常路径，不过苏漓却可以选择"Yes"或"No"。苏漓选择了"Yes"，她又问欧阳树喝什么，得到的回答也是摩卡。"姑姑，"苏漓说道，"今天我再多点一杯拿铁和一杯摩卡。不过现在我在开会，能让源泉咖啡的朋友送上来吗？"

不一会儿，源泉的咖啡送到，送咖啡的人正是欧阳泷。欧阳泷一看到欧阳树就立刻鬼马地朝他露出了个咧嘴笑，暗暗比了个大拇指，然后便匆匆下楼了。

苏漓的小伴智能系统对苏漓的日常消费数据都有记录，所以对于订送咖啡之类的日常事务也记录在册。"刚刚我们看到的是个人语音助理用户之间的展示，这也是一条纵向的路径。横向路径可以选择的方向很多，个性化和垂直化可能是我们可以进入的方向。所以最近我想去拜访一下那家心理诊所。"

秦将人表示支持，也可以立即采取行动，"我们现在不做硬件，我们只做机器人的大脑。类似于 AI 智能语音解决方案。让语音系统学习行业专业知识，虚拟人物进化成这个行业的专家，就可以代表这个企业去对外提供智能语音服务。除此之外，我们可以再选择一些行业，比如服务机器人、智能家居系统等。这些我都可以从之前的客户那里找到一些合作的公司。我们可以在较短的时间里研发符合客户需要的系统嵌入到他们的硬件系统里面去，或者独立成为虚拟机器人。"

"我们的员工数量有限，若是同时在 to C（与消费者间的电子商务形式）的个人语音助手和 to B（与企业间的商务模式）系统开发上同时发力，会不会人手忙不过来？"欧阳树说出了自己的担心。

"个人语音助手目前是奇点和一念的天下，但是 to B 系统开发我们还有机会。若是能趁着他们还没有转向 to B，我们能取得一些成绩，占据市场先机的话，也还是有机会的。"苏漓倒是也考虑到了一点，"但企业服务领域的难题是客户要足够多。这是件苦差事，速度慢但会深耕于行业，赋能于行业。"

按照大家的一致协定，to C 个人语音助手还是要继续开发卡位。但目前的主发力点是 to B。接下来分头去找行业垂直切入点客户。这也不是一件容易的事情，因为得找到真正的大客户，才能站稳脚跟。

苏漓找到上次林殊留给她的名片，林氏心理治疗中心。她在网络上找到这家企业的介绍，没想到它已经是心理学诊所的领军企业，有多家连锁诊所。

林殊对于苏漓的拜访很期待，表示自己明天一定全程陪同，带苏教授好好看看他的心理诊所。

让苏漓吃惊的是，和很多心理治疗中心不同，林氏心理治疗中心的多数分所都设置在商务大楼里面，目标人群很多是商务和职场人群。林殊建议苏漓去的是建外 SOHO 的林氏心理治疗中心。

建外 SOHO 一直是 CBD 商务区职场人士的汇聚点之一，无数商务人士于附近楼宇工作、社交或者购物，也算是流量的一个聚点。林氏心理治疗中心建外SOHO 店在一处靠后边的三层小楼，也算是一处嘈杂人流进出之地的清静之所。

苏漓到达的时候，远远就看到林殊站在楼前的梧桐树下等着她。初冬的北京已经有些寒冷，他穿了一件浅灰色大衣，里面配了烟灰色的高领毛衣，白色毛料的裤子和白色的运动鞋。站在落叶中显得整个人温和又优雅，仿佛随时都准备倾听你内心的痛苦。

俩人上次见过，这次算是二次聚会，他还是很绅士地替苏漓开了门。一进入大门，苏漓便看到墙上的标语：

就是喜欢看到你微笑的样子。

一看到这句话，多数人也都不由自主地嘴角上扬，果然是一家成功的心理治疗中心。

"我是从科学的角度来研究人脑，也从情绪和心理的角度来研究病人的心灵。能够看到他们的微笑便是最大的成就感。当病人心中的阳光被激发出来，阴影也便散去。"

他说这些话的时候，即使冷静如苏漓也能感受到一股暖暖的气流在空气里流动。"人是能量的展现，阳光和黑暗其实如影相随。陪伴的益处就是让人感受到能量的呼应和关爱，这样正向的行为才能激发爱。"

他说着苏漓之前并没有涉猎的领域，所以苏漓倾听起来也是格外用心。"一直以来，我都是心理语音陪伴的推进者。其实林氏之前就在开发自己的语音陪伴系统，而且我们也开发了硬件作为心理患者的辅助治疗仪器，但是效果却不太好。这就是为何看到了苏教授开发的语音系统，我会非常唐突地过去拜访。我觉得这也是未来的一个很好的趋势，有些患者碍于人和人之间的沟通和表达，有时不会向医生或护士袒露自己的真正所想，所以更为私密且 24 小时不停歇的语音陪伴对于他们的心理治疗会是另外一个机会。"

对于他的认可，苏漓在内心很感谢。于是她很坦白的和林殊说明了一个真相："实话和您说，我们本来是想先做 to C（与消费者间的电子商务形式）的个人助手，但是发生了一些意外事件，相信投资新闻您也看过了。所以现在我们也调整了战略，想优先发展 to B（与企业间的商务模式）的行业系统。不瞒您说，您是我第一个拜访的客户。"

"我选择和小伴智能合作，也是选择和苏教授合作。相信苏教授的技术能给我的这个设想带来更大的飞跃。任何选择都有第一次，若我们是第一个企业客户，我倒是觉得很荣幸。"林殊也似乎认定了要和小伴合作。

苏漓对林殊的坚持有些意外，因为这个领域她并没有涉猎，但她的自信在于，她的算法架构是最顶级的。"林医生，也谢谢你的信任。只要能提供大量的人物对话，就能让机器人快速地进行自我训练，从而处理各种问询。心理学领域对人工智能的挑战很大，因为心理病人们的情绪感知能力比一般用户更强，我可能需要很多的患者信息与诊断过程方面的信息，对于人工智能而言，这就是有用的数据。"

"我们之前已经储备有大量的对话信息了，当然这些患者的信息某些部分我们是要根据协议约定进行保密的，可以公开的那部分对小伴而言就是机器学习的数据吧。"

林殊拿来一个小巧的白色的盒子，和苹果的耳机盒子差不多大，说是之前做的智能硬件。苏漓拿过来试用了一下，开启系统之后，便可以直接对话了。但无论是机器人的声音还是对话内容都很机械，而且对话进行几轮就没法进行下去了。

"我希望有一款可以更为理解病人心理的系统，可以让病人时时刻刻都感受到陪伴。这个使命不也是小伴的使命吗？我不介意做这个领域的试验石，若能为这个行业的病人做些变革性的事情，我乐意为之。"

苏漓觉得在价值观层面和林殊还是吻合的。心理病人这个行业关注的是心理方面的弱势群体，若是小伴在弱势群体模块能帮助到心理咨询行业，也是她的心愿。

因为也许只有她自己知道，她也是一个心理有问题的人。

十几来年，与其说她在创造人工智能系统，倒不如说她更活得像个"人工智能"机器。她几乎把自己和自己的生活彻底地数字化了，工作中和算法、数据打交道；日常严格按照时间表生活；圈子里都是同样身份的教授学生，连去进行国际交流认识不一样人群的机会她都选择放弃。把自己框在一个小格子里，拒绝一切情感上的眼神沟通，拒绝身体的拥抱，拒绝工作中失败的痛苦，数据之外的一切她都没有安放情感。

创意和灵感只有在孤独的时候涌现，她相信只有在孤独的时刻，人才具备将不同信息做出独特联系与结合的能力。也正因为如此，她刻意回避了人群的热闹。

想到这些，她忽然羡慕起欧阳树和林殊这样的人来。他们能够感受本来就存在的爱意、阳光和温暖，还能够用多余的能量去关爱其他人。"林医生，"她问，"是什么让您对这些心理有障碍的弱势群体，产生这样天然的使命感？"

"叫我林殊吧，我也能直接叫你苏漓吗？我从报道上得知你32岁，而我刚好比你大三岁，我们算是同时代的人。"看见苏漓痛快地点了头，林殊也很干脆地回答了苏漓的疑问，"面对弱势群体，治病救人，这是生而为人的天性吧。"

林殊语速比较慢，显得极为克制而深情。

苏漓在这一刻确定，无论如何，她想和林殊合作。

临走时，林殊送苏漓出门。他还是很绅士地替苏漓推开诊所的大门，然后与苏漓握手道别。外面有些冷，但苏漓依然感受到从他的手心传递过来的温暖。

他并没有坚持送苏漓回公司，也许他已经感受到苏漓是个喜欢独来独往的人。作为心理学医师，他用自己的专业方式保持了苏漓想要的距离。

这样的男人，这样的温度，他可以温暖也可以理性克制，这是苏漓所不曾遇到过的。

这样的林殊是她想活成的样子。

　　苏漓故去的亲人，可能是她内心的伤疤。可若是知道自己和伤害过亲人的仇敌成了亲密战友，她也许会更加责备自己。

　　欧阳树于是不再说话，就这样陪她坐着等待着苏漓整理好情绪。还好苏漓很快恢复到常态，但她突然问了一句："这个时候，你给我看这些资料，是什么意思？"

驱车回公司的路上，苏漓和秦将人电话聊了聊林氏心理诊所的情况，并让秦将人准备协议书。秦将人也告知苏漓，教育方面选择的玲珑小镇幼儿园，酒店方面选择的庭生酒店，谈判都很顺利，其他的客户也在拜访的状态之中，不久之后都会有回音，让她不要担心。

挂上电话之后，她收到欧阳树发过来的信息，说来公司找她。

欧阳树语气很急切，他是个不会把情绪掩盖起来的人，这点上苏漓是很羡慕的——潇洒随性自如。

遇上高峰期，东三环一路堵车。等苏漓赶到公司的时候，欧阳树已经坐在小伴的会议室了。她赶忙放下大衣走进会议室。

"苏漓，"欧阳树递给苏漓一份材料，"你看看。"

上面清清楚楚地写着父亲苏秦的名字，还有父亲的公司玖正科技。玖正当年的主业是做硬件产品，多数为代工产品。

苏漓很诧异地接过欧阳树手中的资料："这是？"

"这是目前能找到的当年你父亲经营企业的并购事件的资料。玖正科技的并购方叫尚盛科技，巧合的是，尚盛科技的经营者是小伴智能合伙人秦将人的父亲秦盛业。你父亲去世后，玖正全面并入尚盛，尚盛也便成了硬件外包领军企业，但有意思的是，并购案发生后的第九年，本来有一手好牌的尚盛科技因为经营不善，被华讯科技收购了。"

欧阳树看着正在浏览资料的苏漓，她越翻越快，欧阳树从她越来越急促的呼吸里似乎能感受到她的心跳也在加速。这是他第一次看到她表露出这么激动的情绪。"当年秦盛业主导的并购事件也许和你父亲去世有一些关系，而现在他的独生子就坐在办公室外面。世界真的好小。"

苏漓快速翻完文件后，转头看了一眼外面忙碌中的秦将人，声音中充满了不可置信："秦将人？尚盛科技？恶意竞争？"

"恶意竞争。从目前调查的资料显示，尚盛科技为了抢夺更好的市场占有率，通过恶意降价拿单等方式破坏市场规则，不惜血本争夺玖正的优质客户，同时由于玖正的偷税漏税事件被揭发，致使玖正科技陷入内忧外患的局面，最后玖正市场占有率每况愈下，最后你父亲也无力回天……苏漓，你还好吧？"

欧阳树看到苏漓的脸色越来越苍白，头上冒着冷汗，于是担心地问了她一句。

"我没事，我没事。"她抬起头看着欧阳树，将信将疑地问，"资料可靠吗？"似乎是并不相信会议室外坐着的一直以来为了小伴智能的壮大而兢兢业业的秦将人，居然是逼死父亲的仇人之子。

"尽职调查是投资人的看家本领。那天听你意思，知道你回国也是想查明你父亲当年死因的心愿，所以这段时间我一直安排人手在调查此事。抱歉之前因为没有把握能调查清楚此事，所以并没有提前和你打招呼，只是没想到牵扯了秦将人进来，这个事情就变得有些棘手了。当然，还有很关键的一环，就是当年的财务总监姜政。"

苏漓忽然红了眼眶，但她努力不让眼泪流下来，这是欧阳树第一次看到苏漓这样难过的神情。即使是小伴智能的核心算法被偷走时，她也没有表现出这么巨大的悲伤。

"当年，我父亲在病床上留下的最后一句话是：我虽有错，但也事不至此。所以，身为他唯一的女儿，我要帮他揭开这背后的真相。我不会让他死不瞑目。"她的眼泪一直在眼眶中打转，一滴眼泪终于顺着脸颊流了下来。

还好她一直背对着玻璃窗户，外面的团队成员没有人看到她脸上的表情。欧阳树最见不得女性的眼泪，一时之下也不知该如何安慰她，只好递给她自己的灰色手帕。苏漓意识到自己的失态，赶紧装作喝水的样子，用欧阳树递过来的手帕擦了擦眼泪。

他当然也知道从小伴智能测试版发布开始，一些让苏漓措手不及的事情接踵而来，这个时候她可能无法承受太多的意外了。但是由于当年的并购案也牵扯了秦将人的父亲，所以他觉得还是很有必要尽快让苏漓知道事情的真相。

　　还好的是，在他预见到苏漓这样失控的情绪之前，他已下定了决心，无论发生什么，他都会选择和苏漓一起面对。他是她的投资人，是她的邻居，更是她的朋友。

　　苏漓故去的亲人，可能是她内心的伤疤。可若是知道自己和伤害亲人的仇敌成了亲密战友，她也许会更加责备自己。

　　欧阳树不再说话，就这样陪她坐着，等待着苏漓整理好情绪。还好苏漓很快恢复到常态，但她突然问了一句："这个时候，你给我看这些资料，是什么意思？"

　　"也许秦将人是一个潜在的炸弹，或者已经是炸弹？我不知道。谜底还没揭晓之前，一切都有可能。"欧阳树只是隐隐觉得也许会发生什么。"我并不知道秦将人是否知道他父亲和你父亲的渊源。这里面有两种可能：第一，若他知道秦盛业是当年你父亲的死对头，还能帮助你，可能他想赎罪，也可能是来搞破坏；第二，若他对当年的事件毫不知情，但今后的某天他知道了，那时小伴智能已经成为一家伟大的公司，我不知道他的内心会做何感想。也许是愧疚，也许是感受到威胁。这取决于他是什么样的人。"

　　欧阳树觉得另外一个背景资料需要让苏漓知道："调查显示，秦盛业的尚盛科技被华讯并购之后，秦将人也一直在华讯工作。而且秦将人还娶了华讯前董事长唯一女儿的陆无霜。但秦盛业和秦将人在华讯科技一直被边缘化，并没有管理什么核心业务。华讯的现任董事长罗玫是前董事长的第二任妻子，也是当年一起的创业伙伴，看起来她并不怎么待见秦氏父子。秦氏父子这些年来一直在忍耐，按照秦盛业当年对玖正的铁腕手段来推测，他并不会没有计划，但我也想不清为何这些年来秦盛业一直没什么动作。凡事要讲究证据，但也不可不防患于未然。我只是觉得你刚回国不久，一切事务还在路上，作为朋友有必要提醒你一下。"

　　欧阳树此刻在刻意淡化他的投资人身份。"事情最终怎么处理，还得你来决定。我只是说出我的猜测。"

　　"将人自从加入公司以来，一直就兢兢业业。我们这次垂直领域的客户里，酒店模块和幼儿园模块的大客户都是他谈下来的。这些都是很好的数据收集源。"秦将人是她的中学同学，她近乎天然地信任这个老同学，这对于她这样一个很难接受朋友的人来说是个例外。他是她深信之人，为何老天要和她开这样的玩笑：她一直想找的证据的关联人之一竟然一直在她身边。她一时有些难以接受。

"这么说，他作为COO还是很尽职的。苏漓，现在还需要做另外一件事情，就是让姜政说出当年的真相。"

当年的真相？她真的能接受吗？苏漓第一次不确定起来。

"我自己的事情自己会处理。"苏漓想回避这个事情，她还需要一些时间来消化欧阳树带来的信息。

欧阳树感觉到苏漓的抵触情绪，于是他聪明地把话题一转："小伴智能的行业客户选择好了吗？"

苏漓听到欧阳树问这个问题，深吸一口气，调整好情绪开始和他说起工作的事情来："心理学方面我们选择了林氏心理诊所，教育方面我们选择了玲珑小镇幼儿园，酒店方面选择的是庭生酒店。将人正准备和他们一一过细节。接下来我们在不同的行业里面会选择优质客户进行行业赋能。"

"苏漓，现在面对秦将人会不会有些别扭？我只是有些担心你的心理状态。你知道，身为朋友……"欧阳树还是没忍住说出内心的担忧。

"这是我的私事，我自己处理就好。"苏漓打断了欧阳树，"谢谢你的帮助。不到事情真相水落石出，我还会选择和秦将人一路同行。他过去是我所信任的人，现在还是。27年前将人还是个小孩子，这一切和他无关。若是姜政当年参与了什么不好的事情，我想我能原谅他的女儿姜雅妍，那么我也能原谅秦将人。"

欧阳树本来的意思是让苏漓对秦将人有些观察，但既然苏漓已经做出了决定，他作为局外人也就无从置喙了。

不过，于公于私，只要是对小伴智能有害的事，他就不会坐视不管。因为现在小伴智能唯一能依靠的投资机构，也就是小树资本唯一一家了。

一念科技最近风头无二。在宣传方面，上了规模的商场、地铁、车辆、楼宇里都能看到他们新推出的语音智能系统的营销广告。现在的这个阶段，一念弹药充足，似乎已经把竞争的矛头指向了行业领军品牌奇点智能。

一念原本的短板就是技术，而在推出了新产品之后，这个最大的短板得到了补足。即便是现在同奇点争夺行业第一的位置，也不足为怪。

秦将人给欧阳树发送公司月报的时候，也提到奇点智能目前似乎感受到一念科技的威胁，因为奇点也破天荒地开始广告宣传。对于用户而言，行业老大老二之间的竞争有利于个体用户的利益，但对于这个赛道的其他公司而言，这不是什么好消息。

"这个赛道的有些公司已经陆续撤离了。我们为了保存实力而选择 to B（与企业间的商务模式）方向，也算是暂时撤离这个赛道的一种方式。在这样强烈的力量对比差异面前，活下去似乎比什么都重要。"秦将人的语气之中似乎有些失落。大概他也没想到本来会让他扬眉吐气的创业项目，开局就战败了。

"战争还没有开始呢。怎么就轻言失败呢？"欧阳树还是一如既往的自信。

苏漓保持了沉默。一切都在进展之中，小伴智能保留了小团队做 to C（与消费者间的电子商务形式）模块的产品，大部队都转到 to B 模块上去了。

人生到 32 岁，想想这样绝望的时刻倒也经历了几次，她从没想过要逃避，不管结果如何，她都会继续拼下去。

但她也有她的妥协，这个时刻核心管理团队的稳定很重要，秦将人首先是她的战友。

等到林氏心理产品开发出来的时候，已经接近圣诞节了。林殊开玩笑说，这是公司送给患者们的一份圣诞节礼物，很特别的圣诞节礼物。因为有小伴智能的系统基础，这个特制的心理方面的语音陪伴系统并不算太难开发，而且在林殊的帮助下，行业大数据也一直在源源不断地输送到小伴智能的数据库里。

客户测试的结果是满意的。

"苏漓，你应该给自己过一个圣诞节了。"在初冬北京下了第一场小雪的时候，林殊这样问候苏漓，"这一年好的不好的事情即使发生过，也都快过去了。"心思细腻的林殊自然是知道小伴智能在过去一段时间所发生的事情。

出于资金方面的考虑，小伴智能并没有太多的广告费用。但是欧阳树还是建议，圣诞期间在香港有场人工智能的国际交流大会，有很多的行业同行和顶级媒体到场，会是极好的行业交流和免费宣传机会，他建议苏漓和他一同参与。

"我刚好也要去参加这个会，若是你时间允许的话，我们可以一起去。"圣诞节对于在美国长大的人来说是极为重要的节日，所以欧阳树特意帮苏漓留意了圣诞节期间的会议，计划帮苏漓报名参加。

欧阳树本来还有些担心怕苏漓不去，没想到苏漓很快回复他："好的。酒香也怕巷子深，刚好和行业同仁交流一下。"

人也会随着境遇的变化而发生改变的。即使是高傲如苏漓，为了小伴智能的顺利发展，她也要从幕后走向台前，推销自己的理念和产品。

当然，也可能是她有意识地想逐步减少对秦将人的依赖。

不管是什么原因，这个圣诞节欧阳树和苏漓将会一起在香港度过。

飞机上，两人要了并排的位置。空姐大概以为两人是夫妻或者男女朋友，所以开玩笑说："两位是到香港一起庆祝圣诞节吗？"

欧阳树转头看了苏漓一眼，苏漓表情有些不自然，于是随口回答："主要是一起出趟差，顺便过圣诞节。"

三个半小时的航程里，欧阳树一直在看书，倒是苏漓可能因为前一段时间太累了，所以起飞后，居然倒头就睡。欧阳树帮她把灯光调暗，向空姐要了毛毯帮她盖上。大概是盖毯子的动作惊动了苏漓，她翻了个身，转向了欧阳树的方向。苏漓睡熟时脸正对着欧阳树这边，他低头去看苏漓的脸。

这是欧阳树第一次这么近距离看苏漓。她的鼻子翘翘的，睫毛长而密，皮肤很白皙，可能因为经常在户外跑步的原因两颊有轻微的雀斑，显得有点俏皮。似乎是梦到了什么开心的事情，她的嘴角一直是上扬的，露出了满足的微笑。

苏漓醒来后，一看欧阳树并不在身边。空姐走过来，贴心地递给她一杯水，羡慕地说："小姐，你男朋友真的好爱你，你睡熟的时候，他看了你足足半小时。"

苏漓脸上立刻出现了一片红晕，自己睡熟的样子被一个男人盯了这么久？她本想坦诚地告诉热情的空姐，旁边的这个男人并不是他的男朋友，但又觉得没必要和陌生人解释这些，所以只是向空姐笑笑，算是回应。

下了飞机之后，欧阳树联系上早已安排好的车辆，两人一起前往酒店。

"还是香港的圣诞节有氛围啊。不过香港的街道也真是窄，房子也真是贵，但凡好点的都得一二十万元一平方米。对于一般人来说一百平方米以上的住宅是豪宅，倒真不如内地住得舒坦。"欧阳树没话找话和苏漓搭讪。

苏漓也少有的和他聊起来："但香港也有它的优点，金融市场活跃，而且气候温暖，据说香港海洋公园的海豚表演也很不错，我很小的时候姑姑就经常提到的。"

海豚表演？欧阳树查了一下日程，很快回答苏漓："刚好今天下午还有一场，咱们先去酒店办入住，然后再赶过去的话应该还来得及。择日不如撞日，去吗？"

苏漓本来一直在看手机屏幕，但一听到有海豚表演，算是意外惊喜，立刻同意前往。

两人快速到酒店，放好行李后立刻驱车前往海洋公园的海豚馆。

苏漓对于海豚的喜爱来源于姑姑儿时给她买的一本图画书，图片中的海豚憨厚可爱，让苏漓一度十分喜欢。海豚头脑十分发达，智商极高，喜欢嬉戏玩闹，一直是她觉得最值得喜欢的动物之一。虽然她从没对外人说过，但今天有机会见到真的海豚，苏漓其实十分开心。

表演开始之后，训豚师和海豚之间配合默契，犹如亲密无间的好朋友。驯豚师手一指，海豚便纵身一跃，摆了个优美的姿势从花环中央钻了过去，水中溅起了朵朵美丽的浪花。

她终于见到真海豚了，满足了一个幼年的心愿，这都是托欧阳树的福，所以苏漓满怀喜悦，诚心地对欧阳树表示感谢。

欧阳树虽然不知道海豚对于苏漓的深刻意义，但他知道但凡和她父亲、姑姑相关的，都是她为数不多的幸福回忆。

其实对于欧阳树来说，海豚精彩的表演并不是他最关注的，他真正在意的是苏漓的反应。她是那么细心地看着海豚的表演，生怕错过了什么似的，不时露出孩子般的笑容。

他还趁机给看着海豚微笑的苏漓拍了一张照。这是他给苏漓拍的第一张照片。

照片里，她笑得这么开心。也许是他们越来越熟悉了，她并不似之前那样冷若冰霜。

真是判若两人。

欧阳树想起之前看的一篇心理学报道，说是冷若冰霜的人多数是因为孩童时期缺乏母爱。苏漓从来没有提过她的母亲，这也引起了欧阳树的好奇。

她只是提过一次，说自己 5 岁时父母不在了。

"苏漓，"他把照片传给苏漓时趁机问了一句，"之前你提到父亲因病去世，你母亲呢？也离开人世了吗？"

"不，她还在，只是我不知道她现在在哪里。父亲去世之前，她就离开我们了。说是出趟远门，以后还会回来的。后来我去了美国，就再也没有见到她了。"提到母亲，苏漓脸上的笑容顷刻间消失了。

她还记得那些站在院子门口盼望看到母亲身影的日子。

欧阳树意识到自己刚刚的冒失，连连道歉。

"没事。"她很平静地回头安慰他，"我曾经找过她，但现在放弃了。她这些年不见我，也许有她的理由吧。"

苏漓没有生气，也没有怪罪他的冒失，欧阳树已经非常感激了。

他本来就是一个容易满足的男人。

CHAPTER 23

·······||||·|·|—— **海滩上的拥抱**

他第一次感受到怀里的女人是如此的脆弱与安静。

人们都爱你的智慧与坚强，爱你追逐成功时光彩照人的样子，但我更爱你狼狈不堪时咬紧牙关的坚持，爱你舞剧落幕时的孤独与脆弱。

此刻的她安静得好像一首诗。

第二天的人工智能国际交流大会早上九点钟开始。

欧阳树和香港本地的一名投资人在餐厅约了个早餐会，等他7：45到达餐厅的时候，他发现苏漓一身运动休闲装打扮，已经吃完早餐，拿着iPad在办公了。

她的工作和运动习惯都比他好，这点他服气。

欧阳树走过去和她打了个招呼："昨晚睡得好吗？"

苏漓一看是他，"还不错。你呢？"她居然主动问候他。

这让欧阳树又有了勇气，"很好。这次香港出差觉得一切都很美好。对了，我有个主意，我们明天才回京，今晚不如一起去吃顿海鲜？身为一名自封的美食家，我吃遍世界的海鲜，总觉得东南沿海一带的海鲜特别的甜。所以每次来香港总免不了饱餐一顿。这次刚好你来香港，要不要一起来顿大餐？"

欧阳树使劲推销自己的美食家身份，看来苏漓是无法拒绝了。

"可以。"果然，他得到了赞同的回答。

早晨九点，欧阳树到达会场的时候，发现苏漓已经坐在嘉宾席了。她今天穿着一套浅蓝色的套裙，里面是白色的圆领衫，配上淡妆，煞是好看。

苏漓现在的身份是小伴智能的创始人、斯大荣誉教授，和同场来到的人工智能届的各路知名人物相比也丝毫不逊色。

会议上讨论的话题其实翻来覆去还是那几个，人工智能的商业路线问题、人工智能威胁论等，各路大神轮流发言，好不热闹。

等到苏漓上场的时候，她一开始就谈论了应用层面的话题："从小伴智能说起，聊聊人工智能赋能行业发展"。

这是她第一次在公开场合分享小伴智能的发展状况。

欧阳树坐在观众席里安静地听着。

"人工智能的英文简称'AI'与中文的"爱"谐音，既然AI可以自己计算，那么情感也可以自己编织最好的画卷吗？人工智能和机器学习的发展，使得它们可能以现实的方式模拟人类的对话，而数千万的用户将深深沉浸其中。或许在不久的未来，和伴侣相比，平均每个人与聊天机器人产生的对话要多得多。越来越多的用户可以与虚拟实体进行有意义的对话，甚至与这些虚拟实体成为朋友。

"未来已来，而且正在流行。生活在这个时代的我们都不是旁观者。小伴智能就是在这样一个时代背景之下诞生的一个智能陪伴语音系统。这是我的梦想，也许这也是在座每一位的梦想：让每一个人再多一位永生的，更加智能的家人。"

屏幕上显示的是小伴智能的橘色界面，上面有企业用户和个人用户两个入口。苏漓点击个人用户进去，简单描述了一下小伴智能的底层算法。然后她话题一转："小伴智能目前选择的是慢工程的发展路径，我们想走一条智能语音系统面向行业赋能的路线。目前已经和心理咨询、教育、酒店服务业等相关领域展开了合作。大家请看，这是我们和国内知名的心理咨询公司林氏合作开发的一套面对心理疾病患者的智能语音陪护系统，目前已经投入使用。和之前的语音系统相比，好评率从40%上升到75%，而且在林氏心理咨询的推荐和带动之下，已经陆续有几家公司和小伴签订了合作协议。"

苏漓又打开了玲珑小镇教育的语音智能陪护系统，"大家所看到的玲珑小镇，是我们的一个教育行业的客户，它也是国内发展快速的幼儿教育培训机构。之所以选择偏幼儿的教育智能语音系统，是因为机器学习就其目前智能状态来说还处在比较靠前的阶段，还不是高级阶段的人工智能，就好像是孩子的早期学习阶段。我们知道儿童的学习从有意识开始，一直持续到成年，甚至终身。儿童智能陪护将在学习、智力开发方面帮助到孩童。比如在数学学习方面，比起枯燥无味的死记硬背公式，智能陪伴系统机器人将会用生动形象的数字口诀，让孩子学习起来更有趣更有动力。再比如，它还可以做到快速趣味互动，小朋友们可以通过语音轻松和小伴交流，经过测试五米内语音识别率为99%，哪怕注意力不太集中的小孩也会停下来乖乖听小伴讲故事。在这个系统的后台，我们也根据客户的需要，帮他们集结了一些其他的功能，比如娱乐互动、家长远程陪护等。这样一来，家长也能通过智能语音系统知道孩子的一举一动。"

苏漓看到她的产品引起了在场人士的兴趣，又话题一转："刚刚也提到说，机器学习就其智能状态来说还处在比较靠前的阶段，还不是高级阶段的人工智能，就好像是孩子的早期学习阶段。所以说人工智能还要向小朋友们学习，学习儿童的学习方式。小朋友们用天然的真心与小伴进行对话，这对于小伴的机器学习也是一种挑战，机器要向小朋友们学习理解、爱心、好奇心、天然的情感连接与依赖、创意与创造力的开发等。这个过程是相辅相成的。未来的路还很远，但是非常值得人工智能工作者进入到这个领域进行尝试。"

苏漓讲到这里，看到台下的欧阳树在不住地点头。她明白欧阳树的点头是他对自己技术的认可，以及赞扬她欢迎行业竞争者进入这个领域的胸襟。她突然想起前不久产品"被借鉴"的经历，这个首战告败的经历却阴差阳错地让她提前走到了企业服务领域，所以与其守着技术怕被剽窃，还不如鼓励大家都一起发展，共同把这个领域提升到新的高度。

苏漓用十分钟的时间对小伴智能的几款产品进行了介绍之后，下面举手提问的人多了起来。主持人宣布进入提问时间。

"苏教授，您对于人工智能最大的想象是什么？"

坐在台下的欧阳树也紧紧盯着苏漓，显然苏漓刚刚的分享已经打动了作为商业世界里投资人身份的他，而接下来苏漓要回答的这个问题，似乎是关于人文方面的话题。

苏漓基本上没有停顿，直接回答了这位提问者："人工智能并不仅仅是搜索和匹配答案，而是在完成多轮对话的交互之后，能够自己进行动态交互和深度推理的演变过程。因为它是基于程序语言的，所以它对他人的读取并没有如人一般的情感共鸣，也就缺失了人类的心智系统中的'感知—情绪—情感—动机—社交—思考'这些功能模块，而我希望我的小伴智能可以最终进化为理解个体的交互系统。"

"若是这样，从逻辑上看，您的产品更接近为一个 to C（与消费者间的电子商务形式）的产品。那您为何不直接如奇点智能一样直接将产品 to C 化，而是采取 to B（与企业间的商务模式）的模式？"观众提出了这样的疑问，听得出来，他的语气里面有对苏漓"蚍蜉撼大树，可笑不自量"的嘲讽。

但看起来苏漓并没有生气，而是很简单的回答道："我理解的温暖更多的是心理的温度。虽然我选择了一个慢工程，但殊途同归，智能语音取胜可以依赖大数据，同时也可以依赖赋能行业发展。无论是作为个人的消费者，还是作为某个领域中的一个个体，我们对智能语音陪伴的期待都是一样的：有大脑功能、感知情绪、有道德观和目标追求。这样的机器，才是一个温暖的机器。"

没想到接下来的问题越来越刁钻。"听说目前奇点智能和一念科技所占的市场份额越来越大，很多智能语音创业公司都主动退出这个赛道。那苏教授您的小伴智能会一直坚守这个赛道吗？"

"当然，"苏漓露出了会议上的第一个微笑，"这是我最想做成的事，而且我已经开始了，就不会轻言放弃。就像我刚刚分享的，我也欢迎越来越多的参与者进入这个领域，因为只有足够好的人才和公司在这个领域深耕，我们才能相互取长补短，形成一个更好的、健康的生态。"

欧阳树听得出来，苏漓似乎意有所指。

苏漓刚从台上下来，便涌上一批同行来和苏漓交换名片。一部分人是未来的潜在合作对象，当然也看得出来有些人是想试探苏漓的底细，毕竟想在这个赛道走到最后，是要和行业巨头们进行抗争的。

技术就是产品的一切。这曾是苏漓的杀手锏，但现在产品却被一念抢先了。

不过她从没想过要逃避，哪怕是多走一点弯路也没有关系。反正到现在为止，她每次尽全力拼搏的结果，都没有输过。

"这趟会议没白来。一来可以推荐小伴智能；二来也是对公司的一个公关。"

乐观的欧阳树看到的只是这些。这两句话也让苏漓紧绷的神经放松了下来。

"我晚上已经订好了位置，香港最好的海鲜餐厅。"面对欧阳树的邀请，苏漓这次也是全盘认可。这趟来香港，她本来就抱着透透气放松一下的心态，现在能尝到港岛的海鲜自然也非常期待。

欧阳树还是花了一番功夫的。晚上就餐的这家餐厅真是不简单，连餐厅的装饰也极具美感：整体背景是海洋蓝，随处可见的水母水族箱将海洋的氛围传递给了用餐的客人，墙上的不规则波浪线条一直延伸到天花板，让客人有在海底用餐的感受。由于被誉为全港最好的海鲜餐厅，名声在外，所以欧阳树真是花了一番力气才预约上。

欧阳树订的是正对海景的包间。包间朝向大海的一面是整片的落地玻璃窗，坐在包间里可以将海景尽收眼底，隐约还能听见江边轮渡的汽笛声。人身在其中，仿佛身处海洋童话与商业现实的交界处，有一种如梦如幻的不真实感。

餐具也是极尽奢华。苏漓看了一眼便开了个玩笑："我现在是穷酸创业者，哪里有钱来这样的餐厅用餐？"

欧阳树被她逗笑了："你负责创业，而我负责请客。中国有句古话：千金难买美人一笑。你这还没开始吃饭就已经笑了，这饭钱算是已经值了。"苏漓知道他其实说的是心里话，但略带调侃的口吻还是让苏漓禁不住和他开起玩笑来："那要不明天上飞机之前我们再来吃两顿？"

欧阳树没想到向来高冷的女神会和他开玩笑，一时只会傻笑，平时的嘴皮子都不知丢到哪里去了。

冰山开始融化了。他在心里默默地打了一个比喻。

他还是习惯性地点了两碗海鲜蟹面。

热气腾腾的面食香气四溢，和餐盘中的海鲜刺身相比，似乎更具一丝人间烟火气。

"你喜欢的面食。"苏漓提起筷子品尝面食，忍不住评论一番，"这碗面味道很不错。而且这么热乎乎的食物吃下去，才能感觉到我们的胃其实正需要它来温暖一下。"

没想到就一碗面食，苏漓居然也有了这样细致的感知。此刻欧阳树眼中的苏漓也多了几分"人间烟火气"。

也许地理位置的转移会让人的心理发生改变。

远离了京城的创业中心，远离了焦头烂额的团队，苏漓似乎也不再一根筋地想着工作的事儿了。几杯酒下肚，不知是不是受了"美食家"欧阳树的带动，她胃口大开。

"今天开一天会，几乎没怎么吃东西。早就等着这顿晚餐了。"红晕悄悄地爬上她的脸庞，在海景夜色的衬托之下，她似乎也放下了防备。

欧阳树一直在看着她吃，有些微醺的苏漓在他看来，完全是放开自我的架势。

看来苏漓也有成为美食家的潜质，欧阳树总算是找到了和她的一个共同点。由于多喝了几杯酒，她走路有些踉跄，但还是坚持不要欧阳树搀扶她。欧阳树也没强求，只是绅士地帮她拿包。两个人沿着海边慢慢走回酒店。

吹了海风之后，苏漓似乎完全敞开了心扉。

"欧阳，你说一个人要是能完全变成机器那该多好啊。把自己划归到数字世界，将自己彻底地数字化。然后他就不会再有人类那些讨厌的情感，没有悲伤、没有痛苦、没有沮丧、没有失败。"

欧阳树望着苏漓，她咬紧牙关的样子让他怜惜。"那该多无聊啊。忽视眼神沟通、忽视泪水、忽视来自亲人和朋友的拥抱，那样的人生该多么的乏味啊。生而为人，只有体验到酸甜苦辣的悲喜交集，才可以说是完整地体验一次人生。"

"这些情感都是人生的礼物。所以苏漓你不用害怕，尽情地感受人生吧。"欧阳树胆子忽然也变得大了起来，"你把眼睛闭上。"

苏漓闭上了眼睛，欧阳树慢慢地走近她，然后把她拥入怀中。他能感受到她条件反射地反抗了一下，不过也许是海边的风让她有些冷，她的身体很快放松下来，接受了这个拥抱。

"你看，"他说，"我们不会受伤。"

第一次他感受到怀里的女人是如此的脆弱与安静。

人们都爱你的智慧与坚强，爱你追逐成功时光彩照人的样子，但我更爱你狼狈不堪时咬紧牙关的坚持，爱你舞剧落幕时的孤独与脆弱。

此刻的她安静得像一首诗，那首他最喜欢的诗：

> 我喜欢你是寂静的，仿佛你消失了一样，
>
> 你从远处聆听我，我的声音却无法触及你。
>
> 好像你的双眼已经飞离去，如同一个吻，封缄了你的嘴。
>
> 如同所有的事物充满了我的灵魂，
>
> 你从所有的事物中浮现，充满了我的灵魂。
>
> 你像我的灵魂，一只梦的蝴蝶。

他突然觉得身上一重，低头一看，大概是刚刚的酒劲儿上来了，苏漓完全靠在了他怀里。

欧阳树今天也不知哪儿来的勇气，索性背起她回酒店。

把她放到酒店房间安顿好，欧阳树给她拿了一杯水，正准备离开时，他听到苏漓说了一声："其实之前小伴的技术被人偷走，我的内心很难过。为了这一天，为了成功推出产品的这一天，我等了好久好久。"

他于是转身坐在床边："人生悲伤的时刻其实是需要家人和朋友的。你想听我失败的故事吗？我曾经是个九流的作家，在地下室里写了四本书都没有出版……我从不回避这段又穷又没前途的过去，因为没有这段低谷时期就没有现在的我。所以无论遇到什么困难，我总是会告诉自己胜利就在前方，胜利就在前方。"

"所以你选择支持我？选择成为我的唯一投资人？"

"我相信你，我相信你的技术，我相信邪不胜正。虽然表面我是唯一投资人，但是苏漓，其实关心你的人很多，就看你要不要接受大家的关心。这需要你自己的努力。你总说希望小伴智能可以成为一个温暖的机器。但是若它的缔造者本身是温暖的，那它成为一个温暖的机器的可能性是不是会更高？这是我的期望，也是我的心里话。"

"温暖？但是冷漠给了我力量。"

"冷漠不足以给你全部的力量，苏漓。最丰富的生命，是悲喜交集的蓝金色风暴。"

"欧阳，我应该怎么做？我已经冷漠了 27 年，可能已经失去了温暖的能力。"

"你只要接受就好。接受友好，接受善意，接受温暖。让阳光进到你的心里。"

"阳光？……小伴智能的界面就是阳光的颜色。"

"对，其实你的潜意识已经在接受了。但是我们这些在乎你的人，希望你更勇敢一些。"

苏漓已经闭上了眼，只是迷迷糊糊地说："今晚我很狼狈。欧阳，你能忘记今晚的我吗？"

他抓住床沿，坐得离她更近了一些，"不，苏漓，我不会忘，我也希望你可以接受这样的你。这样的你，也是你的一部分，而且是更为真实的你。我，我更喜欢这样子的你。"

我更喜欢这样子的你。

这句话说出口的时候，欧阳树完全是下意识的。说出来之后自己都有些蒙了，但还好苏漓已经闭上眼睛安稳地睡着了。他轻声叫着她的名字，她并没有应声。

他关上灯，然后关上她的房门。轻轻说了一句："晚安。"

　　那个"内奸"会是谁呢？依目前的线索来看，会是秦将人吗？毕竟他有那样的父亲，而他的父亲当年似乎用过一些见不得人的手段。

　　但那是怎样的阴谋？她并没有调查出来。

　　她想到关键人物——姜雅妍的父亲姜政。

第二天早上 8 点，欧阳树被电话铃声吵醒，是苏漓打过来的。

"欧阳，我们 10 : 30 的航班要赶回北京开会。我在餐厅没看到你。原本约好 8 : 30 大堂集合的，但你现在还没有下楼。现在你只有半个小时搞定一切了。"

他在心里骂了一句脏话。老天爷还真是喜欢和他开玩笑啊，昨晚本来在苏漓面前表现了很男人的一面，哪知今天就这么狼狈。

他以人生最快的速度开始洗漱，并收拾干净行李、用完早餐、下楼退房……

等再来到苏漓面前，欧阳树又恢复了阳光帅气的样子。

顺利退房，上车，他心里一阵得意：没人看到他刚刚在房间里的慌乱和狼狈，哈哈。后视镜看看自己，完美！

苏漓很是平静，欧阳树也极力保持平静，但他能感觉得到，经过了昨晚"近距离"的谈话，他们之间的距离又近了一些。

到达北京后，两人直接去了欧阳树的公司，见下一轮的投资人邱一雄。

"这么快就要进入下一轮融资？有什么理由吗？"苏漓之前问过欧阳树这个问题。

"平台经济的下一个影响是入口之争。一旦占据了入口，你就有定价权。你有最好的技术，有资本的助力会让你可以安心地把最好的技术发挥出来。说得清楚一些，资本能让你的技术变成现实。说白了，接下来的技术应用会需要钱，很多钱……"

"我们这样的 A 轮项目，为什么邱总那样的大佬愿意考虑？"苏漓不解。

"外人觉得他是唯利是图的顶级商人，手段残忍的嗜血资本家。但实际上他爱才而且心善，他对自己欣赏的人也很平和的。人都有其两面性。而且他非常看好你的项目，这也不是他刚刚开始了解你了。"

欧阳树把自己对邱一雄的印象分享给苏漓听。

苏漓见这种高级别的人士其实都很淡定，她自身的"高级感"足以让她面对专业人士时保持"闲庭信步"的姿态，但她懂得欧阳树的心思，所以也很重视今天这场会面。

"听说他也是你的LP？"

"是的。准确来说，他是我人生的伯乐。当年我的文学网站就是被他麾下的上市公司收购的。他还极力主张我进入投资行业，没有他当年的指点就没有现在的我。"欧阳树提到邱一雄的时候，倒是难得的谦虚。

苏漓已经领会到邱一雄对于欧阳树的重要性。

"那我得好好向他请教一下。"

两人径直到达小树资本的办公室。

认识欧阳树这么长时间，这还是苏漓第一次来欧阳树的公司。可明明是到了他的地盘，欧阳树倒是意外地显得有些慌乱。可能一是邱一雄的到来，二是苏漓也来了。

苏漓见到邱一雄倒是有些意外。这位"资本大鳄"从外形上确实和想象中一致：犀利的眼神，笔挺的套装，非常敏锐的话语。但在简单寒暄问候和短暂的几秒钟的审视后，邱一雄露出了饱含善意的微笑。

苏漓能感觉到：邱一雄对自己是认可的，有好感的。

邱一雄上来并未切入投资的主题，而是说起了往事："苏教授，不瞒你说，我认识你的父亲。当年我也是玖正和尚盛并购案的参与者之一。那时我就职的投资银行刚刚开拓中国市场业务，所以和本土的投行展开了合作，你父亲的案件是我们和国内投行合作的案件之一。"

苏漓猛然听见这番话，心里激起一阵惊涛骇浪。但她极力压住了内心的惊讶，回答道："那么邱先生算是故人了。那个并购案其实我没有什么印象，毕竟那时我还年幼，只记得父亲的故去。既然邱先生是故人，不瞒您说，我回国一是为了创业，二来也是为了调查当年这件案子的始末。只不过由于小伴智能初上线失利，所以并没有太多精力去关注当年父亲的事情。"

"你刚刚提到小伴智能的上线，用了'失利'这个词。其实啊，在我所接触的诸多成功的创业事件中，任何一个技术的推出，都经历了技术启动，众人的期望值高峰，然后幻灭，经历技术低谷，再接着艰难爬坡，然后曲线上升，最终技术终于变成用户日常生活中经常看到的东西。所以，你眼中的失利，在我眼里只是技术推进中的一个小插曲。"

接着他的话锋一转："小伴智能的核心算法被一念抢走，希望这个事情能引起你的重视。当然，所有的推断都需要更为明确的证据。要想人不知，除非己莫为。只要是你想要证据，总能查得到的。我们愿意陪伴你，完成智能陪伴技术走进百姓家的这个技术创业的过程。这一轮我们会跟进，但我想强调一下，我的条件是希望你先做好内部的团队管理工作。对于内部的一些不稳定因素，希望你能先花些时间肃除一下。"

邱一雄是说话简明扼要的人，但小伴智能可能激起了他的兴趣，所以他又多说了几句："未来的智能陪伴会更加智能，它也会在不同的设备之间自由地交换数据。比如，列举衣食住行里的'食'这一项，它不但能根据你的数据生成食材购买清单和商场推荐计划，而且它还可以教会你烹饪食物。这是一场新的入口之争。苏教授，战斗才刚刚打响，人员和弹药得准备充足。"

在资本市场博弈的邱一雄，还是习惯于把商场里公司之间的竞争看作是战争年代的战役。一时之间，他又仿佛变身如战场上指挥若定的元帅，运筹帷幄。

他并没有过多问苏漓技术上的问题。事后苏漓问了欧阳树这个问题，欧阳树回答说："他早就做过比较。他不问你的技术壁垒，说明他对你的技术相当自信。"

倒是他提醒苏漓关于"团队内奸"的这个话题，引起了苏漓的重视。

和邱一雄的见面虽然很短暂，但是他的态度却很明显：看来智能陪伴这个入口，他会投资 A+ 轮，但是他希望苏漓给他一个说法，初战失利究竟是何人造成的。

告别邱一雄后，苏漓自己打了一辆车回公司。上车之后，她闭上眼睛在脑海中过了一下团队成员。

那个"内奸"会是谁呢？目前的线索来看，会是秦将人吗？毕竟他有那样的父亲，而他的父亲当年似乎也用过一些见不得人的手段。

但那是怎样的阴谋？她并没有调查出来。

她想到关键人物——姜雅妍的父亲姜政。

姜雅妍应该会帮她这个忙。由于必然资本已经退出小伴智能的董事会，姜雅妍已经不在小伴智能的董事会上，但身为苏漓闺蜜的她，倒是比之前更能放开手脚和苏漓来往了。

她立即拨通了姜雅妍的电话。两人也用不着寒暄，直接切入主题。

"雅妍，我还是想查清当年的内幕，不过其中牵扯的人物并不是我关注的目标。过去的都过去了，所以希望你父亲放心。"

姜雅妍并没有拒绝苏漓，她让苏漓给她一周时间。因为她要慢慢照顾刚好最近来北京休养的父亲。

"我父亲来京是休养身体的。不管他参与过什么样的商业阴谋，他永远是我的父亲。我相信他会和盘托出的。"

这个一直压在心头的事件，也许很快就水落石出了。

姜雅妍果然没有让苏漓失望。

一周之后，姜雅妍告知苏漓，姜政目前正在协和医院就医。

"他的心脑血管疾病已到后期，可能无法彻底根治了。"

没想到，这些年来姜政远离商场，但晚年生活还是不能如意。

根据姜雅妍的指示，苏漓来到姜政所在的病房。

走进病房里，看到姜政静静地躺在病床上。她坐在他身边，不禁想起了多年前她坐在父亲病床旁边的时刻。她就这样静静地看着床上的那个人，心里已经预先原谅了这位老人。

这并不仅仅是因为他是自己闺蜜的父亲。

过了一会儿，姜政从昏睡中醒了过来。看到苏漓，他并没有上次见面时那样惊慌，倒是很平静，"小漓，小妍已经和我交流过了。"

他口中的小妍自然就是姜雅妍。

"时间过去得好快，小漓，当年的事情，我可以告诉你。其实这些年来，我一直都在深深地自责，悔不当初。

"苏总本是我的患难之交。他当年创立玖正科技，赶上了好时候，时势造英雄，很快就拔得头筹，成为了市里响当当的企业家。哪知半路杀出一个完全破坏行业规则的尚盛科技，利用低价加回扣的方式扰乱正常的商业竞争。你父亲不愿参与这样的恶性竞争，哪知对手强大之后，做事更无底线，利用媒体破坏玖正的行业声誉，制造偷税漏税的谣言。最后公司发展一落千丈，濒临破产。你父亲是个好人啊……为了玖正几百名员工的生计，不得不接受尚盛的谈判条件，同意尚盛低价收购玖正。没想到谈判事件刚一完成，你父亲就去世了……"

姜政的胸口起伏着，停了一会儿，接着说道：

"小漓，我对不起你父亲。27年了，本来我是想把这件事情带进坟墓的，却不想现在要亲口对你说。我对不起苏总……当年偷税漏税的证据是我这个财务总监帮忙捏造的。当时小妍她母亲生完小妍后身体一直不好，一直在住院，医药费和营养品的费用真是压得我喘不过气来。我正一筹莫展之时，尚盛科技的秦盛业不知从哪里知道这个消息，给了我一大笔钱……但有个条件，需要我透露玖正的财务情况。我本来想着只是告诉玖正的财务基本情况，也不会有多大的影响啊。哪知他拿到资料后编造数据，又联合媒体诬陷我们偷税漏税，搞得玖正最终被有关部门清查。

"我只是一名财务总监，不小心卷入了这个阴谋里。回想起来当年是我懦弱，我原本可以站出来揭发阴谋，挽回玖正的声誉。但我害怕……我怕苏总会因为我的背叛而责怪我。最终我就这么眼睁睁地看着玖正一步步走向深渊。我更没想到，苏总最后竟然会由于背负负面舆论过大而一病不起……

"事后我才知道，原来我早就被秦盛业盯上了。当时他们还买通了医院，一起给我施压，逼我就范。后来，秦盛业邀请我去尚盛工作，被我拒绝了。而我之所以会选择回归大学教堂，就是想让财务人员不仅学好本领，更要学会做个好人。

只有这样，我才能多少弥补一点我当年的过失。可惜的是，这些苏总再也看不到，再也听不到了……"

姜政终于忍不住，老泪纵横。苏漓整个人都愣在了座位上，还是刚进病房的姜雅妍走过来，拿纸巾帮父亲擦去了眼泪。

其实姜雅妍一直站在门口，姜政刚刚的话她全都听在耳里。

姜政拉住了姜雅妍的手，泪水又流了下来，"小妍、小漓，当我知道你们成为好朋友的时候，真有种恍如隔世的感觉，仿佛我和苏总的青春时光又回来了。小妍告诉我，你现在是知名的人工智能专家，回国创办的公司刚好是小妍的公司投资的。我知道目前你的公司也在经历一些磨难，虽然具体细节我并不知晓，但商场一贯如此，不经历磨难怎能见彩虹……小妍，为父有一件事情想拜托你。"

姜雅妍立刻蹲下了身子，离姜政更近一些。只见姜政拉着姜雅妍的手，缓缓拉近到苏漓的手边，他使尽浑身的力气将两人的手牵在一起。

"小妍，答应我。一定要尽你所能地帮助小漓。这是父亲所犯下的错，只有你能替我弥补一些。"

姜政眼睛直直地盯着姜雅妍，直到姜雅妍点了点头，他才长舒一口气。

探视时间也结束了，姜雅妍让父亲好好休息，就带着苏漓先行离开了。

可一出病房门，姜雅妍就伏在苏漓肩头，小声抽泣起来。她怕惊动睡着的姜政，于是使劲咬住嘴唇生怕发出哭声来。苏漓内心酸楚，只好拍拍姜雅妍的后背轻声安慰。

这让苏漓想起一件事：父亲当年孤身一人要对抗那么多的强敌，若是当时身边能有一个支持他的人，也许他也不会把自己逼死。

当年父亲的仇敌尚盛，是如何布下天罗地网让父亲众叛亲离？他们让舆论不再信任苏秦，自己却扮演了一个商业救世主的角色。

成王败寇，事到如今只有一声长叹。

她给欧阳树打了一个电话："欧阳，我刚刚来探望姜政了。你之前调研的报告是正确的。秦将人的父亲秦盛业不是一个简单的角色。秦将人如果继承他父亲的手段，确实会给我们带来很大麻烦。可能，我需要再花些时间观察一下秦将人。"

害人之心不可有，防人之心却不可无。

"不过，"苏漓忽然又想到一件事情，"上次你说过，后来收购尚盛的华讯掌舵人是谁？"

"是一位很厉害的女性，罗玫。她很少在公开场合露面，行踪很神秘，连公开照片都找不到。华讯内部好像也只有高层才有机会接触她。"

罗玫？苏漓念出了这个名字。"若是按照秦盛业的手段，这些年来居然一直被罗玫压制？而且这么多年来华讯的商业版图越来越大，这位女性确实厉害。"

罗玫……苏漓又在心里念了一遍这个名字。

有机缘的话，她很想认识一下这位神奇的女性。

　　"苏漓？就是那个人工智能专家？"
秦盛业没料到苏漓居然是苏秦的女儿。27
年过去，已经没什么人再提起当年的事
情，那场阴谋仿佛已经被人们遗忘。但他
怎么都想不到，27年后的今天，自己的独
子居然成了苏秦女儿的合伙人！

苏漓本是一个会忽略"人"的因素，而更多关注"技术"和"数字"的人。

但欧阳树提醒她：其实所有的操作都是由"人"发起的，没有人类灵巧大脑思维的机器，其实根本无法领略和执行"技术"这个选项。

现在，面对小伴的员工，苏漓才觉得真正可怕的阴谋是你明知道组合里的某种人状态不太对，但你并不知道究竟是谁。

这个时候要做的就是观察、判断并快速做出决定。

直爽的苏漓决定和秦将人单独谈一谈。

看得出来，现在秦将人的状态好坏，是跟随小伴智能公司波动的。一荣则荣，一损则损，小伴智能是他能够扳回一局的救命稻草。毕竟父亲对于他的期望，每一天都像大山一样压在身上。

现在他的头顶又多了一座大山：结婚多年未能怀孕的陆无霜告诉他，她怀孕三个月了。这意味着七个月之后，他就当爸爸了。身为人父，他还不知如何扮演好这个角色，这让他有些慌乱。

这些年来，他兢兢业业地扮演秦盛业的好儿子、尚盛原定的好继承人、华讯董事长的好女婿、秦父眼中华讯未来的继承人、小伴智能联合创始人……

现在他又多了一个要扮演的角色：父亲。

在这诸多的角色里，只有一个是他主动选择的：小伴智能的联合创始人。但遗憾的是，小伴的发展和他想象中的样子相比还差得很远。虽然内心他告诉自己，一个创办不到一年的公司能有今天的气候已经实属不易，但他是拥有过大视野和高起点的人，并没有太多的时间让他等待公司的成长。

他需要在人工智能的赛道里弯道超车，待大成之后再回到华讯夺权。所以小伴智能动荡的时候，他有过纠结。

特别是最近柳海生在频繁约他。

柳海生作为小伴智能天使轮的投资人，现在又是其竞争对手一念科技的 A 轮、A+ 轮、B 轮的主投资人，他会来接触自己，秦将人觉得实在是匪夷所思。但柳海生邀约的次数一多，连秦将人自己也不得不好奇柳海生的意图了。

两人约在离小伴智能办公室有一段距离的一间茶室会面，算是避嫌。

自从一念科技和小伴智能因产品雷同而产生嫌隙之后，秦将人还是第一次见到柳海生。和秦将人之前见到的样子相比，现在的柳海生更加意气风发了，毕竟在短短的几个月内，他主投的一念科技的估值翻了三倍。他的身价水涨船高，行业关注度直逼欧阳树。

"柳总最近风头正盛。恭喜恭喜。"对方是人情练达的知名投资人，老道的秦将人自然也免不了来些客套话。

柳海生虽然口中还是极为谦虚，但眉目之间已经有些藏不住的高兴。"哪里哪里，秦总是见过大世面的人物，华讯集团的董事。这样的身份是多少人奋斗几辈子都达不到的啊。"

聪明如秦将人自然听出柳海生话里有话，柳海生也没停着，给秦将人面前的杯中倒了一杯新茶，"秦总，您的茶水凉了，我替您换一杯。"秦将人刚喝了一口，只听到柳海生说，"一念科技新一轮融资很顺利，坦白地说，小伴智能大势已去。秦总决定还留在小伴和苏教授共进退？"

柳海生这样直接抛出自己的疑问，似乎有些挑衅的意味，这让秦将人有些意外。但柳海生似乎并不想给秦将人太多思考的余地。"几次邀请秦总喝茶，是因为想就当前的形势和秦总有个沟通。一念发展越来越快速，团队管理层也缺乏像秦总这样的高级管理人员，秦总也在小伴待过。所以，请原谅我来替一念科技当个说客，也请秦总考虑一下一念团队，不知秦总的意愿如何？"

如此明目张胆地在竞争对手公司挖人，如此"快、准、狠"的风格，秦将人知道柳海生的这个计划怕是预谋许久了。

在秦将人陷入沉思时，柳海生再次端起茶杯，向秦将人作了个揖。"秦总，请。"他一饮而尽之后又接着说道，"我陪伴过很多创业公司一起经历它们的成长过程，各种创业中的狗血剧情也都见过。根据我以往所投资的企业的发展经历来看，若 CEO 是技术出身的话，其他的管理层的话语权会越来越少。小伴智能的苏教授是专业出身，自然公司发展越往后面她的话语权就越大。虽然目前她在公司管理和运营、对外公务上要依靠秦总，但小伴终究会成为一家产品和技术驱动的公司，所以可以预见的是，只怕小伴智能在业界占据更有利地位后，秦总在公司的主导权会越来越弱。而一念可就不一样了，创始人李铁鹰早年是运营出身，一念科技在确立其行业地位之后，会变成运营和销售驱动的公司，所以像秦总这样善于调动社会资源的人对于一念科技来说自然是多多益善。"

他的这一番话，倒是让秦将人没有反驳的余地。但他很快提出一个疑问："那若我加入一念科技的话，岂不是也和李总有些冲突？"

"您是个聪明人，聪明人之间的对话就是这样简明扼要。一句话，各司其职。当然其中细节只有等大家成为自己人之后，才能一一道来。"柳海生也并没有直接回答秦将人的话，倒是说了句模棱两可的话。

秦将人看柳海生并不打算往下细说，也不再追问。

没想到柳海生话题一转，"听闻您父亲还在华讯就职？令尊当年可是叱咤风云的人物啊。"

秦将人没想到柳海生会提到他的父亲，但他知道柳海生每提到一个人大概都是有所目的的。

于是他以退为进："我父亲只是保留董事席位而已，已经不在华讯担任任何实质职务。"

"但您是华讯董事长唯一的女婿，难道您就不想扳回一局？"看来柳海生确实是有备而来。秦将人被柳海生说中了心事，一时辩论也不是，不回答也不是，只好装糊涂："柳总是什么意思？我怎么有些听不明白？"

"敌人的敌人便是朋友。若秦总能助柳某一臂之力，那么他日我必助秦总一臂之力。"

"我和苏漓是患难之交，而且我们还是中学同学。在苏漓最需要我的时候，我决不会弃苏漓而去。"

"顺势而为而已。没有什么道义不道义的。商场一贯弱肉强食，成王败寇。而且您想和苏教授共进退，不过不知她会不会选择和您共进退。"

柳海生最后的一句话显然话里有话，他拿出手机，拨弄了一会儿手机后和秦将人说："刚刚往您邮箱发了份资料，您看看就明白我的意思了。秦总不用这么快给我答复，毕竟这是人生的重大选择。"

说完后，他起身与秦将人握手告别，然后离开茶室。

留下秦将人一人。他打开邮箱，一系列他熟悉的名字和公司名称映入眼帘：
秦盛业、苏秦、尚盛、玖正、苏漓、并购案……
原来父亲秦盛业就是当年让苏漓家破人亡的罪魁祸首。造就苏漓过去坎坷经历的，正是他自己的父亲。

秦将人一时难以接受，这个"真相"令他措手不及，只想早点见到父亲，第一时间和父亲对质。他立刻给家里打了个电话，问陆无霜父亲是否还在家，陆无霜不知发生了什么，只回答说是，和往常一样，刚吃完晚饭在小区里溜达着呢。

秦将人没和妻子多说什么，答应了一声之后就开车火速赶回家。一路上的堵车他也顾不上了，四处闯红灯，一路超车。

等他到家时，秦父正在厨房忙活着给陆无霜煲汤。

秦将人站在厨房门口，说实话若不是看了今天柳海生发给他的资料，他很难相信眼前的老人竟然是当年强制并购案的罪魁祸首，他觉得气愤，又觉得恐惧，哪怕这人是他的父亲。

一丝响动让秦盛业回过头来，他看到儿子正站在厨房门口望着他。"怎么回来了也不快过来帮帮忙，无霜想喝点酸酸的山楂水，我给她煮了一锅。你端给她吧。"秦盛业把餐盘递给秦将人。

他默默地接过餐盘，把山楂水送去给在房间休息的陆无霜之后，立刻又回到秦盛业身边。

"爸，有个事情想和您聊聊。"他这么严肃的表情显然让秦盛业很意外。

"什么事儿？对了，无霜怀孕了，以后有时间早些回来陪陪她。你俩好不容易才能有个孩子，你得多上点心。"秦盛业擦擦手，顺便取下了围裙，拉着秦将人来到客厅。

"是，我会多陪陪她的。"一直以来，秦将人对秦盛业都是是言听计从，秦盛业说的话他的回答从来都是"是"。但这次似乎有所不同，他话锋一转，"我有一件事情要问您一下。玖正并购案……为什么您从来没和我提过当年的玖正并购案？"

秦盛业吃了一惊，他第一次从儿子嘴中听到"玖正"这个名字，看向儿子的眼神也多了几分疑惑。"哦，玖正。那是尚盛当年并购的一家公司。很多年前的事了，你提它干吗？"

"玖正科技的苏秦，是我现在的公司小伴智能的合伙人苏漓的父亲。"秦将人缓缓地说出这一番话的同时，死死地盯住秦盛业的眼睛。现在的他，仿佛在帮苏漓质问秦盛业，他不相信这些年来他敬重如山的父亲，居然是好朋友苏漓的仇人。"当年，您是不是在中间做了手脚？"

"苏漓？就是那个人工智能专家？"秦父没料到苏漓居然是苏秦的女儿。27年过去，已经没什么人再提起当年的事情，那场阴谋仿佛已经被人们遗忘。但他怎么都想不到，27年后的今天，自己的独子居然成了苏秦女儿的合伙人！

世界何其小。

秦盛业半天都没有说话，仿佛还沉浸在当年的事件里。良久，他抬起头看着自己的儿子，说道："如果你是想就这个事情来向父亲兴师问罪，那我觉得没有必要。一物降一物，成王败寇，将人，我并没有什么好后悔的。最多只能说，在当年的事件中，也许我的做法确实凶狠了一些。"

秦盛业转过头去，望着窗外树木摇曳的影子。待他再次回过头来时，秦将人看到父亲的眼眶居然有些湿润。"当年我只希望尽快促成尚盛的收购，并不想逼死苏秦。但没想到他竟然如此不堪一击，根本就无法面对自己的失败。你不能怪为父太残忍，而只能说苏秦太脆弱。哪个商业大佬的成功，不是踩着别人的成就？”

　　秦将人理解父亲的挣扎，他的本意也不是辩个对错，所以又将话题转到面前的现实中来：“眼前我的苦恼是，我根本不知道如何面对苏漓。她一直如此信任我，但她并不知道我是她仇人的儿子。现在我知道了，我该如何面对她的信任？”

　　“将人，这不是你的错。当年的并购事件发生的时候，你才5岁。你根本就没有必要为当年的事件负责。”秦将人一脸苦恼的样子激怒了秦盛业，他一把抓住儿子的衣领，“小子，不要这么软弱。听着，有什么问题，就都推到父亲头上来，我这把老骨头什么都不怕。振作起来！”言毕，他又想起来，“不久前听说小伴智能遭遇了产品危机，我更关心的是你们公司目前的发展势头怎么样？将人，你要坚强起来。任何时候，你都要记得你的敌人是罗玫，你的所作所为都是为了打败那个女人！”

　　一提起“罗玫”这个名字，秦盛业就恨得牙痒痒。“其他的一切都只是你前进路上的垫脚石。要想有所作为，就得心狠，你看看罗玫这些年是怎么爬上去的。你想想这些年以来，罗玫是怎么对待我们父子的。”

　　听到“垫脚石”这个词，秦将人有些吃惊，他不是很认同这种价值观。但是他还是选择如实告诉秦盛业小伴智能目前遇到的问题。

　　“小伴智能被竞争对手一念科技剽窃了技术，对方抢先发布产品，目前一念科技公司融资顺利，市场地位进一步确立，公司估值也翻倍。而小伴智能的发展并不如预计中顺利。”

　　秦盛业听完他的简要描述后，眉头一直没有舒展开来，于是秦将人又加了一句，“我会选择和苏漓共进退。不过让我意外的是，一念科技在拉拢我，希望我能加入他们公司。”

　　倒是听到最后一句话时，秦盛业原本紧锁的眉头慢慢舒展开了，“苏漓是个科学家，所以道义对于她而言很重要，若她知道你和我的关系，她是不会放过你的。此外，若是你判定她公司也没有出头之日，而一念科技又正蒸蒸日上，对方邀请你加入的时候，你何乐而不为呢？”

　　秦将人看了一眼父亲，他第一次觉得眼前的这位老者有些陌生。“爸，我和您不一样。对，我承认利益非常重要，做生意也是为了逐利，但利益在我眼里并不是为人处世的唯一标准。当年您做的事情，我不认同，也绝对不会做。"

说完，他站起身来，也不再说什么。这是他第一次如此顶撞父亲，为了小伴智能，也为了苏漓。

秦将人走到二楼的房间，看见陆无霜正笑颜逐开地和人在视频。

他走近一看，原来是罗玫。虽然罗玫和秦氏父子关系恶化，但和陆无霜一直保持着良好的往来。

罗玫在视频中关心地问询着陆无霜的身体，因为陆无霜好不容易又怀孕了，所以她说给陆无霜准备了一些上好的补品，明天就让人送到家里。对于罗玫的关心，陆无霜全盘接受。这位继母对于自己而言，不是亲生母亲但胜似亲生母亲。虽然婚后不久她搬出父亲居住的陆家别墅，在父亲去世后，她也并不能经常见到罗玫，但感情还在，日常的视频电话也还是经常有的。

秦将人原本想装作没看见，但他走进房间没几步，就清楚地听见罗玫问道："刚刚走过去的是将人吗？"他躲不过，只好走到陆无霜身边和视频中的罗玫打了个招呼。

这是他离开华讯之后，第一次见到这个铁腕女强人。罗玫在陆无霜面前完全是慈母的模样。她并没有自己的孩子，虽然年轻时也怀过，但一次追债事件中滚下山坡流产之后就丧失了怀孕的能力。也因为此，陆父一直觉得亏欠罗玫太多，也因此一直对她庇护有加。

但在秦将人面前，罗玫就从慈母变成了严母。"无霜，咱们说了这么久的话，你也累了。好好休息一下。"陆无霜点头同意后，罗玫话锋一转，"将人啊，你先别走。我这边还有事情要和你聊呢。"

陆无霜把视频镜头推向秦将人。为了让妻子好好休息，也为了不让妻子听到他们之间的对话，他接过来，走到另外一间房，关上房门和罗玫通话。

"听说你离开华讯之后，到了小伴智能？"秦将人一直担心的事情还是发生了，从罗玫口中问出了这句话。他并不想让罗玫知道他的行踪，她对他的行踪知道得越多，他的胜算就会越小。

看来是躲不过了，那不如正面回应："是的，是专注智能语音的小伴智能。我和创始人苏教授是中学同学。"为了强调他和苏漓之间的紧密关系，他特意强调他们是同学。

"苏教授？你居然选择和一个教授一块儿创业？"罗玫皱了皱眉头，显然她对秦将人的选择有些不认同。"不过我最近听说小伴智能的发展很不顺利啊？被一念科技抢先发布产品了？"

没想到连这些细节，罗玫都知道得清清楚楚。

CHAPTER 26

山穷水复

　　上天真的挺能开玩笑的，身为当事人的苏漓本来已经选择继续信任秦将人，没想到又来了一股势力试图拆散他和苏漓的组合。

　　如果一定有内奸的话，这个幕后黑手不是秦将人，又会是谁呢？

快到春节了，小伴智能在众人的唱衰声中一直坚挺着。

一家成立不到一年的公司，从初期被风险投资基金追捧，到初战核心技术被对手抄袭，再到调整战略从 to C（与消费者间的电子商务形式）端转到 to B（与企业间的商务模式）端。在极短的时间里，经历了商业世界的血雨腥风。

但它还是没有被打倒。

用欧阳树的一句话说，"伟大的公司都是经得起折腾的"。

而苏漓没有那么多的感慨，每天依然还是公司—家—会议场所的三点一线。只不过之前她不喜欢参加的一些商务合作会议，现在也尽量陪同秦将人一同出席。她的解释是，她到场的话可以更好地解释产品逻辑。

在欧阳树的带动之下，苏漓成了一名新晋的"面食达人"。中午公司同事一起点餐时，行政人员通常会帮她点一份面食，外加一份沙拉。热乎乎的面食加上冷冰冰的沙拉，这个奇怪的组合成了最近苏漓的心头好。

王小娇和苏漓聊天的时候说过，她很认同那句话："感情里最好的模样，就是两人三餐四季。"所谓岁月静好，也不过是有个知你冷暖，懂你悲欢的人。所以说不管友情还是爱情，要和让你觉得暖的人在一起。这是她选择欧阳泷的原因。

苏漓也真心为她找到了自己认可的另一半而高兴。不知道是不是因为面食的人间烟火气滋润，苏漓也慢慢地改变了许多，日常还会经常参加同事们的聚餐，和大家走近了一些。

同事们也经常看到欧阳树来公司找她。每次看到欧阳树，王小娇就朝坐在附近的苏漓挤眉弄眼。而苏漓表面还是一派云淡风轻，欧阳树也通常吃个简餐或者喝杯咖啡就离开了。

但王小娇已经细心地感觉到，每次欧阳树来到公司之后，苏漓的情绪都会格外好一些。

这天，欧阳树刚走，王小娇就趁着下午的咖啡时光，跑到源泉咖啡去找欧阳泷。

"我感觉 Ayn 和你哥有情况。"

"大小姐，我几个月之前就告诉你有情况了！怎么现在忽然提这事儿。"

王小娇嘴角撇了一下，斜眼看着欧阳泷，"要说我家老板配你哥是绰绰有余了。之前我总感觉是你哥有意思，而我家老板压根儿对你哥不感冒。不过现在看来，剧情有点转折的意思。我就有点好奇，你哥是用了什么方法让我家老板动了芳心啊？"

欧阳泷佯装托腮思考了一会儿，然后学着王小娇斜眼的样子，瞟着她说："我以前还下定决心不找女朋友，自己单身一辈子呢。缘分这东西，一旦来了挡都挡不住。比如说咱俩。"王小娇被他逗得咯咯笑，半真半假地捶了他一下，"别这么没正经的，我说正事儿呢。你哥和 Ayn 什么时候好上的啊？"

欧阳泷揉了揉刚刚王小娇捶的痛处，佯装很痛的样子，对着王小娇的耳朵小声嘀咕："具体我也不知道。不过我有个大胆的猜测……你有没有看过张爱玲的《倾城之恋》？恋爱这事儿也需要一个时机，比如某一方遭遇不测，而另外一方刚好就出现在那儿，伸出援手。你们公司前不久不是有些困难吗？我哥于是英雄救美，苏漓姐就芳心暗许了。"

说完这些，他故意大声感慨："有句古诗说得好：在天愿作比翼鸟，在地愿为连理枝。男人女人再厉害，都不如两人一起奋斗更有动力！"

王小娇会意一笑，敢情前不久小伴智能的遭遇还有类似"红娘"的功能。

苏漓是个直肠子，一根筋。

不管友情还是爱情，要和让你觉得"暖"的人在一起。这是王小娇的观点。苏漓内心其实也在慢慢认可。

在工作方面，秦将人是让她暖的人，也是她为数不多称得上朋友的人。所以，有些疑问苏漓决定还是当面问清楚比较好。

她给秦将人打了个电话，约他第二天在万豪西餐厅吃饭。那是她回国后第一次见到秦将人的地方，她希望他们的友情能在那儿拨云见日。

秦将人有些惊讶，但是听苏漓说是开会顺便吃个饭聊聊家常，也就很快同意了。

第二天，苏漓坐在万豪西餐厅，看着秦将人从远处走过来的时候，忽然有一种物是人非的感觉。上一次两人一起吃饭，已经是将近一年前的事情了。而最近这几个月经历了太多的风雨，想想对方和自己一样，心境和当初肯定大不相同。

“苏漓，你居然要和我聊聊家常？我没有听错吧？”秦将人似笑非笑地看着神情有些凝重的苏漓。

“是的，家常，很久很久之前的家常。”苏漓忽然苦笑了一下，“将人，我们就开门见山吧。我最近才知道，我们的父辈之前还打过交道。不过，他们可不是像我俩这样友好地坐在一起，愉快地用餐。而是经历了一些，对我人生有很大影响的事。”

秦将人显然没有料到苏漓会直接说出这件事，他停下了已经端到嘴边的水杯，放回了桌上。“苏漓，原来你都知道了。”他并不敢看苏漓的眼睛，声音也沉了下来，“我都不知道该如何面对你。”但是很快，他又重新抬头看着苏漓，“如果可以，我想替我父亲和你说声对不起。”

“对不起？”苏漓重复着秦将人说的这句话，心下涩涩的，“若是这句话可以让我父亲起死回生，那该多好。但我们都回不去了，将人。”她从包里拿出了那个红色的铁皮机器人，上了发条，看着机器人在桌上一步步地走动起来，发出“哐哐”的声音。

“这是他唯一留给我的礼物。”机器人很快在桌上停止了走动。苏漓注视着它良久，然后问道：“只问你一件事，你加入小伴智能真的是来帮我的吗？从始至终，你有没有做过什么对不起小伴的事情？”

苏漓问完这话，发觉秦将人脸上的表情从哀伤变成了坚定。他声音低沉了许多:"刚开始并没有什么帮不帮一说,可能里面还是有更多的私心吧。每个人都有难言之隐,在众人眼中,我贵为华讯董事长的女婿,公司董事。但也只有我自己知道,在华讯我的手脚都被束缚住,根本施展不开。我也是心有不甘,才转而投身小伴智能的创业热潮,想着东山再起打个翻身仗。这是我来小伴的初衷。"

对于苏漓提到的第二个问题,秦将人也直接做了回答:"确实,我父亲当年手段有些残忍,违背了商业道德,但并不代表我也会这么做。吃里扒外的事,违背了我的职业准则,我秦将人不会也不屑去做。但是苏漓,谢谢你今天这么直截了当地问我,我相信,这源于你对我还有信任。"

苏漓回到家后,立刻把她和秦将人当面交流的内容,通过信息如实告诉欧阳树。

不一会儿,门铃声响起。不用猜就知道,是欧阳树。她打开门,欧阳树拿着一瓶红酒走了进来。

这还是欧阳树第一次进到苏漓家,这儿和他想象中一样干净整洁,一尘不染。让欧阳树内心暗自吐槽:这可真是个适合聊工作的好地方。

苏漓看他也不像吃过晚饭的样子,正准备打开小伴智能,让小伴推荐一些面食外卖馆。但她的心思被欧阳树猜透了,还没付诸行动,就被他打断了。欧阳树说周末刚好在家中新擀了一些面,问苏漓家有没有蔬菜,可以做两碗汤面。他满口保证,自己做的汤面,绝对比任何外卖馆子都要好吃。

听到苏漓同意的回答后,小伴自动打开了家里的音响设备,一首轻柔的音乐流淌出来。两人就在这音乐声中,第一次配合起来。让他俩都没有想到的是,这次的配合工作相当默契。欧阳树拿来密封好的面条,打开煮锅烧水下面;苏漓从冰箱中取出西红柿、芹菜和鸡蛋,把西红柿切成块状,芹菜切成段状,然后放入锅中。欧阳树又用等待的间隙,切了个果盘,摆出了一个漂亮的向日葵花型。

欧阳树把两碗热气腾腾的西红柿芹菜鸡蛋面端上桌,又打开红酒给苏漓倒了一杯。苏漓看着桌上的食物,忍不住调侃了一句,"西红柿面,果盘配红酒,真是国际大餐啊。"如此随意的组合是苏漓无论如何都想不出来的,却很符合欧阳树的风格。

"大餐能博女神一笑，需要的就是这种效果啊。"欧阳树没太好意思提，他的经常性一人食的组合就是面条、红酒加水果。"我们边吃边聊，说说看，你和秦将人交流的内容。"

这是他今天过来的主要目的。他还是对秦将人这个人不放心，但他想把主动权交给苏漓。而且欧阳树觉得，在美食陪伴的轻松气氛中，再聊这位身份复杂的人，苏漓可能会更轻松一些。

"我相信他，我想我们会一直走下去。"苏漓坚定的眼神让欧阳树也坚定了对秦将人的信任，他应该没必要再深究这个人了。有的时候，好的投资人就是要适当放手，让创始人自己做一些判断。

"似乎他在华讯的经历也不是很愉快。"既然苏漓已经确认了秦将人的清白，欧阳树觉得有个情况也没必要再瞒着苏漓了，他说出了一个让苏漓吃惊的消息。"华讯投资部最近开始和小树接触了，他们有意要投资小伴智能。但唯一的条件是要让秦将人离开小伴。"

这完全是投资霸王条款。哪有公司需要开除合伙人，来获得融资的道理呢？若是公司因此获得融资，此事被业内人士知道，怕是要被笑掉大牙了。

不过上天真的挺能开玩笑的，身为当事人的苏漓本来已经选择继续信任秦将人，没想到又来了一股势力试图拆散他和苏漓的组合。

如果一定有内奸的话，这个幕后黑手不是秦将人，又会是谁呢？"这个投资条件非常的不合逻辑。我做不到。"苏漓一口回绝了。

"不管是否接受，我倒是建议你们可以互相接触一下。华讯投资部开的条件非常诱人。A轮南元资本进入之后，若华讯直接接盘B轮，倒也是一个不错的策略。因为本来南元的投资还没有最后敲定，华讯若是强势的话，按照A轮的价格谈判也是可能的。苏漓，B轮是小伴智能最关键的一步。你先不要拒绝，我安排个时间，你可以先和华讯投资部接触一下。"

苏漓本来想坚持拒绝，但欧阳树说的一句话打动了她：

"我隐隐有种感觉，这位罗玫女士值得认识一下。"

罗玫。这是苏漓第二次听到这个名字了。

苏漓同意了欧阳树的建议：和华讯投资部的人见一面。

见面安排在一个周五的下午。根据对方的提议，苏漓和欧阳树一起去华讯大厦面谈。

如雷贯耳的华讯集团，其总部办公楼华讯大厦也是不同凡响：华讯大厦一共有10层，伫立在寸土寸金的互联网公司核心办公区，每层能容纳上千人一起办公。一进入华讯集团大门，立刻映入眼帘的是宽大屏幕上播放着的华讯各个产品线的介绍：硬件、软件、商业地产、互联网业务。排场之气派，连欧阳树这样见惯大场面的人，也不由得赞扬了一下。

办公大楼已经实现员工刷脸上班，而且全景3D动态影像捕捉技术也已被运用在大楼的场景系统中，员工一走进办公大楼就能被智能识别。

值得一提的是，华讯大厦每层的中庭是庞大的植物群，想来公司的意思是用天然的植物给紧张工作之后的人们提供一点"治愈"。各种绿植、鲜花、树木鳞次栉比，郁郁葱葱，正如华讯如日中天的声望。

华讯投资部在三楼，欧阳树和苏漓刚出电梯，就被身着统一制服的接待员引导进入已经预定好的会议室。苏漓看到会议室的显示屏上写着：参会人员——小伴智能苏漓、小树资本欧阳树、华讯科技林晨希等。

这位林晨希想必就是华讯投资部的负责人。苏漓之前也查阅过她的资料。据说是媒体人出身，在华讯媒体多年来兢兢业业，由一名普通的记者晋升为华讯媒体的总负责人，后来还进一步升为集团副总裁，统管媒体和战略投资业务。

虽说由媒体人转型为投资人的成功案例在投资界比比皆是，但林晨希也排得进最成功的几位。

"她是位狠角色，听说是罗玫眼前的红人。"欧阳树大概猜出了苏漓对这位林晨希有些好奇，于是说出了业界对她的评论。

"你们投资界也真是热闹，真是八仙过海各显神通啊。"

两人正说着，林晨希带着一阵风走了进来。

她穿着一身裁剪精致得体的黑色西装，内搭黑色丝绒，脚上踩着一看就价值不菲的黑色高跟鞋，，大有一种女强人的架势。

林晨希坐定之后，苏漓仔细打量了她一下。她看起来和苏漓的年龄相仿，五官精致，长得也很秀气，但表情冷漠，这点和苏漓的日常表情倒是有点相似。苏漓不讨厌她的强势，，倒是觉得眼前这位女性给人感觉很专业。

她算是跨界成功人士，现在又是如日中天的华讯科技最年轻的副总裁，自然是让人不可小觑。

"我是林晨希，谢谢两位今天能到访华讯。"和苏漓、欧阳树交换名片之后，林晨希的目光便聚焦在苏漓身上。"没想到苏教授这么年轻，不过……我们之前见过吗？"

这样的开场白让苏漓有些意外，"我很确定，咱们今天是第一次见面。"

"哦，我冒昧了。我只是觉得似乎在哪里见过苏教授。可能是之前有在网络报道上看过苏教授的照片吧。"林晨希简单寒暄完，便直接切入主题，"苏教授，我们比较过一念科技和小伴智能的产品，坦诚来说，小伴产品的底层逻辑比一念科技更为扎实，但是也有相似之处。业界传说一念的新产品剽窃了小伴智能的产品，这是真的吗？"

"准确来说，是一念科技抢先推出了小伴智能的产品。您提到的'剽窃'，目前我们也没有确切的证据，所以也并不能这么说。"谈到剽窃事件，苏漓采用了一种更为稳妥的说法。

"苏教授是个格局很大的创业者，我很欣赏。但不管真相如何，目前的事实是，一念科技的用户数量都快赶上排名市场第一的奇点智能了。在几个月之前，一念在和奇点的对弈中还出于绝对的劣势地位，在如此短的时间里，一念反败为胜，其新推出的产品功不可没。作为旁观者，我们也很好奇，一念是如何在如此短的时间里推出引起市场好评的产品？所以刚才也算是一点疑惑。"

"我理解，不过实际上我们并没有过多关注一念的产品。毕竟我们自己的产品也一直在往前推进。"苏漓的语气比较坚决，她已经经历过一次大企业的以大欺小，对于商场的尔虞我诈较创业之前也是有了更多体会。

"苏教授果然如传闻中一样专业。毕竟智能语音系统是个很大的入口，不瞒苏教授，"她盯着苏漓的眼睛很郑重地说道，"这次我们会在一念和小伴之间选择一家进行战略投资。小伴是我邀请的第一家，因为从我个人的角度来说，我更欣赏苏教授的创业。"

欧阳树感觉得出来，林晨希对于小伴智能这个项目的诚意是很大的。

投资也是投人，虽然这只是双方的第一次见面，但是双方都感觉得出来，自己是在对的时间遇到了对的人。

没有什么比互相欣赏更好的开端了。

双方一阵沟通之后，林晨希很坦诚地告诉苏漓和欧阳树，她最近会再约见一次一念科技的团队，若有任何决策，也会在第一时间告诉欧阳树和苏漓。

送走客人之后，刚才一直陪在林晨希旁边的一位年轻投资人，望着林晨希半天，忽然愣愣地说了一句："林总，不知道为什么，我总觉得您和苏教授之间有些共同点。"

林晨希望着苏漓离开的方向沉默不语，其实比起自己和苏漓之间这种若有若无的相似，她对苏漓还有一种莫名的熟悉感。多年的媒体经验告诉她，这位初次谋面的苏漓教授，不是一个完全的陌生人。

这是为什么？

走出华讯科技大厦，苏漓回头望着高耸而立的大厦。

为了捍卫小伴智能的技术优势，她现在要开始资本之战了。

"欧阳，之前的小伴智能一直在被动退让，现在到关键时刻了，我们要主动迎战了。"说完，她戴上了墨镜，大踏步向前走去。

欧阳树怔愣了一下，但马上又宽慰地笑了起来：这才是他熟悉的，自信又冷静的苏漓。他跟上苏漓的脚步，问她是不是该配备一名更专业的财务总监了？小伴财务总监的职务一直空缺，由秦将人兼职，但是后续大规模的融资和团队扩张会需要更专业的财务支持。

"这个职位越到后期越重要。我倒有个好人选。"欧阳树的脑海中出现了一个名字，苏漓回头看了一眼欧阳树："若你执意要增加一名财务总监，我心中也有一位人选。"

"姜雅妍。"两人几乎是同时说出这个名字。欧阳树补充了一句："她刚好在找创业公司的机会，说是想换个视角来真正参与创业。"

原来，一念科技的高歌猛进使得柳海生在必然资本的地位急速上升。前段时间，必然资本美国总部决定在中国区设立一位管理合伙人，原本仇剑是普通合伙人，柳海生是仇剑的下属，按理来说应该是仇剑升迁。但出乎所有人意料的是，最后必然资本中国区唯一的管理合伙人是柳海生。

必然总部给的理由是：在人工智能的项目投资中，柳海生投资的一念科技行情看涨，而仇剑负责的小伴智能不见起色。一上一下，柳海生胜出。

而作为小伴智能项目执行人的姜雅妍自然也受到了牵连，而且伴随着柳海生的春风得意，姜雅妍在必然资本内部的角色变得有些尴尬。柳海生并不重用她，相反对姜雅妍带出来的几位投资经理倒是大力重用。

姜雅妍知道，自己在必然资本的职业生涯也许走到了一个瓶颈期。但是她考虑到苏漓最近也是焦头烂额的事情一堆，所以就没有先和苏漓说这些，而是转道去找了欧阳树。她和欧阳树聊起这些的时候，欧阳树的第一反应是邀请姜雅妍加入小树资本，但姜雅妍表示她其实更想加入一家创业公司。

所以，欧阳树觉得，姜雅妍适合加入小伴，而实际上，小伴智能也需要姜雅妍的加入。

于是他在车上，把姜雅妍最近的打算和苏漓讲了一遍。

若是姜雅妍可以加入，那将是对秦将人的运营能力之外的补充。

很快，苏漓和姜雅妍当面沟通了一次，确认了姜雅妍有意向加入之后，就在公司管理层开会时，说出了这个新的决定。

没想到，姜雅妍的加入得到了大家的一致赞同，尤其是秦将人。这有些出乎苏漓的意料。

秦将人的态度非常坦荡："苏漓，只要是有利于小伴智能的决定，我都会赞同的。"

苏漓但愿自己没有看错秦将人，她也希望欧阳树对于秦将人的提防是多余的。

姜雅妍的入职比预想中要快一些。柳海生显然是更喜欢大权在握的感觉，毕竟姜雅妍离开之后，仇剑在必然资本的位置更为微妙，也就更没有力量可以和柳海生抗衡了。

必然资本女干将姜雅妍"下嫁"小伴智能，也在业界引起了不小的轰动。业内人士不明真相，都不理解姜雅妍的这个决定，很少人了解必然资本变动对她的影响，更没有人知道姜雅妍与苏漓更深层的关系。

创投的世界里，有人重名，有人重利，而有的人更重情与道义。

姜雅妍显然属于后一种人。

欧阳树、苏漓和秦将人知道，以姜雅妍的投资业绩她能去更好的公司，但她选择了并不被看好的小伴智能。

秦将人突然觉得，自己和姜雅妍多了一份惺惺相惜的感情。他很快就把所有和财务融资相关的事务都交到了姜雅妍的手中，而且还积极主张姜雅妍也参与到一些日常的运营工作中来。

而姜雅妍很快见证了创业公司的一路悲喜。

她正式加入小伴智能不久，就接手了与华讯科技的融资谈判。但谈判并不理想，林晨希在小伴和一念之间选择了小伴智能，但她的老板罗玫更倾向于一念科技。

"晨希，在商言商。我更倾向于一念科技，且不论一念用怎样的手段，现实是它现在确实势头更猛。虽然小伴智能技术过硬也有可取之处。"罗玫并没有挑明的是，由于秦将人是小伴智能的创始人之一，所以她并不打算入资。

林晨希是个聪明人，她虽然并不知道罗玫为何一直对秦将人有如此深的偏见，但罗玫对秦氏父子的打压她却是一直看在眼里的。虽然她更看好小伴智能，但她也不便再多谈及小伴智能的优势。

"小伴和一念，各有优劣，我们静观其变。"

华讯保持中立的态度也许对小伴智能是个好消息，毕竟行业巨头没有站队的话，还是有回旋的余地。

但小伴智能此时又遇到了更大的问题。

公司发展不顺利，内部有人趁机兴风作浪也就不奇怪了。

孙东，苏漓在技术方面的左膀右臂之一，居然在这个时刻向苏漓提出辞职。

苏漓收到孙东辞职邮件的时候十分诧异。本来姜雅妍的加入让她松了一口气，没想到孙东却在这个时刻打了她一个措手不及。

他的理由是，由于身体原因，他想休息几个月。但苏漓很明显感觉到这是个借口，她并不相信。

"说说真实的原因吧。"

"我没撒谎，确实是个人原因。身体原因是其中之一，当然还有心理原因。有迈克在，公司技术产品研发一切都不会有问题的，因为本来我也只是迈克的助手而已。"

这是苏漓所没有料到的。孙东性格沉闷，平时并不会主动沟通，若有什么技术问题，基本上都是迈克主动找他探讨。除去前一段时间因身体状况不佳，致使工作有些松懈之外，总体上来说他还是非常兢兢业业的，听到孙东要辞职，迈克也很无奈：

"Ayn，不知为何，对于孙东的离职，我并不十分意外。他应该是想了很久才做出的决定。我清楚这样的技术人员的性格，一旦他向你提出了，估计是很难再挽回他了。"

苏漓当然知道，但身为技术骨干之一，孙东选择此刻出走，会对小伴智能的团队稳定和融资产生不小的影响，所以她并没有立即批准。

但孙东竟然玩起了人间蒸发的伎俩。

这更是一种消耗人际能量的做法。

最终，在孙东连续两周不来公司之后，苏漓批准了孙东的离开。

交接工作一周之内就完成了。

孙东最后一次来公司的时候，也许是因为连续休息两周的原因，他的气色明显好转。倒是最后抱着打包物品的时候，他一回头朝着正在忙碌的同事们笑了。

这个小细节被苏漓捕捉到了，那个笑容里是如释重负，也有一丝说不出来的鬼魅。

为什么？

　　在收到这这束红玫瑰的时候，苏漓一
时间也是手足无措，但打开附在花中的贺
卡一看：

　　有事情商量。

天有不测风云。

融资顺利的一念科技，团队继续迅速扩张。

市场传闻，一念很快会推出自己的智能音箱，还将推出自己的几款机器人。按照这种节奏，一念是有要赶超奇点智能的迹象。

智能音箱领域现在也是兵家必争之地。一念科技在技术刚取得"突破"的时候，就全线布局，而且听闻他们在大肆收编一些小团队。

都是资本充裕惹的祸。

"资本难道是不长眼睛的吗？一念的背后是否有高人操盘？凭什么不按照市场规则出牌的人能有此市场待遇，而我们这些兢兢业业的真正的开创人却要备受冷落？"王小娇虽然说得不好听，但总是一语中的。

"资本本身并不分善恶。用好了就是善的资本，用得不好就是恶的资本，就和人工智能一样。"坐在王小娇对面的姜雅妍倒是比较冷静。

话虽这么说，姜雅妍也知道，小伴智能这轮融资并不顺利。

姜雅妍这段时间也是站在创业者的角度，体会到了融资的艰辛。以前她是知名机构的投资人，通常会作为提问方来对投资项目进行质疑，但是现在，轮到她被各家大小投资机构质疑了。

她主动邀请之前认识的主流基金投资同行吃饭、喝咖啡，大家倒也是没有拒绝，但是只要是牵扯到投资的具体细节，情况却又是不太乐观。

"雅妍，我老板更看好一念科技。听说他们已经多线出击，但小伴智能好像还在固守智能语音交互技术吗？没有推出自有智能音箱的打算？"

这个问题，姜雅妍这两周听得耳朵都要长茧子了。

欧阳树坚持这轮依然主投，但苏漓只同意小树资本的跟投，却坚持让其他的基金主投。"我虽然对我的技术前景很有信心，但是作为一家商业投资机构，我不希望你在短期里承受如此大的风险。"

　　但是别的融资机会又在哪里？

　　一念这是要把小伴往死里逼啊！

　　值得庆幸的是，小伴的智能语音交互技术倒是得到了市场的好评。林殊那边推出的智能陪伴也进入了年度心理创新产品，这里面也有苏漓一半的功劳。

　　所以当林殊提出想邀请苏漓一起出席颁奖礼的时候，苏漓欣然前往。

　　他一如既往谦谦君子的样子，见到苏漓的时刻，温和的笑容让疲累一天的苏漓感受到了春风般的和煦。

　　他是专门到门口迎接苏漓的。

　　两人入席之后不久，颁奖礼就开始了。苏漓望着身边坐定的林殊，一时有些恍惚。林殊沉着冷静却又知书达理，两人虽认识时间不长，苏漓内心对他倒是有一种亦父亦兄的信任感。

　　创新奖是这届颁奖礼的特别奖。待到林殊上台领奖致谢时，她听到了自己的名字。

　　"其实这个奖我是替我的朋友苏漓领的，我们几经周折，最后选用了她所创造的语音交互技术系统，这才让我们的产品成为一款真正的懂得人心的心理陪伴系统。她本来是国际知名的人工智能专家，因为想做一款听懂人心的虚拟人物而选择了回国创业，现在，她的技术终于得到了大家了认可。我替她高兴，也替所有患者高兴，所以我建议在座的各位，请把掌声送给这款产品的打造者——苏漓女士。"

　　林殊并没有提及小伴智能市场地位受到打压的现状，当然此刻也不需要这样的消息，此刻需要的是人群的赞许和掌声。

　　顺着林殊所指的方向，灯光和掌声涌向了苏漓。

　　她起身向大家致意，也很淡然地向所有人微笑着。会议结束之后，在媒体的要求下，两人合影。以林殊在医学界的位置和名声，苏漓知道其实林殊是想给她打气，用一种苏漓可以接受的低调方式。

　　两人正要离开之时，却被人拦住了。

　　"林医生，苏女士，请留步。"两人回头看时，一位穿着得体中山装的中年男子正站在他们身后。

　　"我做个自我介绍，鄙人姓唐名枫，家母是林先生诊所的患者。老父去世之后，家母伤心难过得了健忘症，这些年来的记忆一直处于停滞状态，连亲人都不记得了。我们寻访了多家医疗机构都不能唤起她对家人的记忆。最后转入林氏，才慢慢有所转机，后来用了你们的语音陪伴系统，前几天她已经开始叫我的名字了。想来是心理陪伴系统给了她很大的安慰。所以我今天也是专程来感谢你们的。"

　　唐枫？那个地产大王万维集团的唐枫？

　　林殊接过名片一看，果然是他。

　　"苏教授，我还有一个冒昧的请求。刚刚经过林医生的介绍，我对您的小伴智能很有兴趣，不知咱们之间是否有合作的机会？我们集团也是有投资部门的。"

　　真是众里寻他千百度，那人却在灯火阑珊处。

　　房地产行业在过去这些年来确实赚得满盘钵满，但近年来国家的政策调整，地产行业发展变缓，大量的行业资金也在寻找高科技行业的机会。

　　接下来，在姜雅妍的推动之下，和万维集团的谈判异常顺利。

　　和林殊的合作，竟然带来了如此宝贵的机会。

　　小伴智能遇到了贵人，但欧阳树心里却有点五味杂陈。

　　一来，小伴是他心中的香饽饽项目，之前苏漓担心他冒风险过大，坚决不让他主投，现在小伴居然阴差阳错地被地产大王看上了，并且顺利入资。而随着唐枫的入资，南元资本邱一雄的资本也顺利进入，一时间感觉他的宝贝被两方大佬抢走了。

　　其二，欧阳树在新闻里看到苏漓和林殊的合影，活脱脱一对璧人。看到苏漓身边不知何时冒出了这样一位青年才俊，他顿时有了醋意，何况他偷偷做了点调查，发现这个林殊无论是在哪个方面，都不输给自己。

本来欧阳树得意的是他的专业能力和在投资行业的地位，却没有想到在关键时刻，让苏漓绝处逢生的是林殊的一次无心安排。

而苏漓对小树资本入资的拒绝，在现在的欧阳树看来，是苏漓在试图疏远他。这又让他感受到了多一重的危机。

他不能坐以待毙。他俩认识已经快一年，他不能再磨磨叽叽的了。

近水楼台先得月，他可不想最后得到的是水中月。

苏漓近期的心情大好。

唐枫的入资解了燃眉之急。小伴这轮的估值到了五亿，虽说和一念科技的 30 亿相比还是一家小公司，但是大家都知道，这不过是苏漓故意在压低估值。

万维集团注资 8000 万，南元资本注资 1500 万，小树资本只得到 500 万的份额，这也是苏漓的意思。

她在有意识地减少对欧阳树的依赖。他不能一直对她做出"慈善"行为，虽然她知道他也是从专业的角度做出的判断，但苏漓更明白情感在他心中所占的分量。

她希望他能分得更清楚一些。

他们对于情感都是小心翼翼的人。

没想到经常不按常理出牌的他，这次居然直接给她来了一大束红玫瑰。在收到这束红玫瑰的时候，苏漓一时之间也是手足无措，但打开附在花中的贺卡一看：

有事情商量。

真是霸道总裁范儿。

姜雅妍和王小娇忍不住齐齐大笑起来，倒是苏漓又不好意思又茫然，不知道他这次葫芦里卖的什么药。

还好不需要她做什么决定，欧阳树的信息就到了。

"晚上做了好吃的，早点下班。"

言语之间全是暧昧的味道。

几乎没有犹豫，她同意赴约，这葫芦，打开就知道里面卖的药长什么样了。

下班之后，苏漓回家换了一身休闲装才去敲隔壁门。没想到一站到欧阳树家门口，欧阳树新安装的智能脸部识别系统探测到了苏漓，门竟然自动打开了。

看来欧阳树把苏漓设置为"家人"了。

这个突发事件让苏漓又一次茫然失措。

她进入室内，屋内播放着"You Raise Me Up"这首曲子，是苏漓非常喜欢的歌。在开放式厨房忙碌的欧阳树回头叫了她一声："苏漓，你先在客厅坐一下，晚餐很快就好了。"

饭菜很快上桌，欧阳树摆上餐具，点上了蜡烛，同时把灯光调得很暗。

苏漓在内心打了个大大的问号，但还是表面不露声色，看他到底是要唱哪出戏。

"一切准备就绪，可以开动了。"欧阳树将红酒给苏漓倒上，解释了一下，"去外面吃饭也不错，但我觉得外面太吵了，还是两人在家吃饭比较安静。毕竟我这位大厨也不比米其林餐厅的大厨手艺差。"

欧阳树的厨艺好，正是冲着这点苏漓才答应赴约的。

欧阳树拿起酒杯轻轻和苏漓的杯子碰了一下，说道："那个，今晚找你来，其实是因为我外婆六十大寿，她一定要我带个女朋友回去，我不知道你可不可以扮演一下？"欧阳树真是鼓起了120万分的勇气才把这句话说出口。说完后他忐忑不安地看着苏漓，直到苏漓冲他笑了一下，他明白，苏漓同意了！

欧阳树受到了巨大的鼓舞，他一连喝了好几杯，想给自己壮壮声色。想起自从上次香港之行后，他和苏漓之间一直维持着"友情之上恋人未满"的关系，今天既然说到这份儿上，干脆都挑明吧！他又来了勇气，"既然……你都同意那天扮演我的女朋友了，你有没有想过……一直扮演我女朋友？"

他并不敢看苏漓的眼睛，"也许你觉得我说这话很奇怪，其实我是蓄谋已久……只不过没有找到机会。之前看小伴智能不太顺利，也不敢让你分心，所以觉得不是和你谈论感情的时候。现在融资也顺利了，我也等不及要告诉你了。其实，我大概很早之前就喜欢你了，只不过那时候我自己都并没有意识到。这几天我在网上看到你和那位林医生的照片，我就……不想让你和他走得近，起码不能比我更近吧……哎呀，我就直接问你愿意不愿意吧！"

欧阳树装作喝高了的样子，把埋在心里的话一股脑儿地了说出来。他知道此刻的自己像个愣头青傻小子，但是他顾不上这么多了。

本来他以为苏漓会和电视里的女主角一样，听到男主角的表白，立刻含泪点头说"我愿意我愿意"，但苏漓还是一脸的平静，只是说："这算是你对我的表白吗？如果是的话，我考虑一下。"

其实他对她的这份心意，她早就明明确确感受到了，现在她也在极力按捺内心的激动。

在烛光晚餐的轻柔氛围里，苏漓差一点如欧阳树想象的一样，眼泛泪花点头同意了。

人类并不似她所创造的小伴这样的虚拟语音助手一样可以永在左右。男女之间的情感，尤其是不可捉摸之事。她本来以为她极度反感欧阳树，却在这一年的交往中慢慢认识了这个人。人非草木孰能无情，只是想起当年母亲在父亲失去一切之后的背离，让她对于男女情感近乎天然的回避。

她没有家人，所以格外珍惜朋友，她害怕受伤害也害怕伤害别人，她渴望爱情也逃避爱情，若是能以朋友的方式相处，是不是和眼前这个人最好的相处模式？

所以她回答会考虑，是因为她的内心确实需要进一步思考。

她看得出来，欧阳树有一点失望，他脸上是从来藏不住情绪的。但他还是很尊重她的决定，"没关系，我等你。我给你时间。"

不过醋意还是在的……"那个林殊先生似乎和你私交很好？"

"只是一位客户。"她对林殊确实有一种说不出来的好感，但这种感情和她对欧阳树的感情是不一样的。

"哦，那我就放心了。"这个答案欧阳树还是很满意的，他明显放松了下来，笑容重新回到了脸上。

一顿饭，吃的两个人各怀心思，各自春心荡漾却又惴惴不安。

爱情难道不是阳光般的温暖，让人忍不住靠近吗？为什么我面对面前这个向我表白的男子却是想向后退？心里明明是期盼的啊？

她忽然想起一个人来，欧阳树的绯闻女友李乐乐。她似乎也从来没问过他。"对了，最近怎么没有你和李乐乐的绯闻了？"

"我在意的人只有一个，从来都只有一个。你知道的啊。"

欧阳树的这句回答，比之前胡乱的告白，更像情话。

创造了虚拟人物小伴的苏漓忽然觉得，现实中真实的人类说出来的情话，果然还是要动听一些。

如此直白，却又如此真诚。她有些受用。

不知道是因为美食，还是今晚欧阳树格外温柔的眼神，苏漓竟然有些迷离了。临走时，她并没有拒绝欧阳树的告别吻。

而当他炙热的嘴唇吻上她的脸颊的时候，她的神经还是紧绷了一下，但在他温柔体温的感召之下，她的情绪又松弛了下来。

一股暖流在他吻过她脸颊的时候传遍她的全身。

然而他并没有做下一步动作，而是轻轻把她拥入怀中。他能感受到她的回避。"我会保护你的，不要害怕。"

他要保护她什么啊？为什么会和她说这句话？

她内心震动了一下，然后把他推开了。

"晚安，今晚我很开心。"她听到他在身后说。

那个晚上，她睡得很安稳。睡梦之中，她似乎看到父亲的身影。"阿漓，"她听到父亲和她说，"会有人爱你的……"

醒来已经是早上七点钟。

"会有人爱你的。"她清楚记得父亲在梦中和她说的这句话。她觉得在世界上的某一个地方，父亲一定在静静地注视着她，守护着她。

CHAPTER.28

至暗时刻

创业的孤独，在于领军者不知道何时又得回到孤军奋战的时刻，但好在走在这条路上的人络绎不绝，既然有人中途退出，就会有人中途上车，而命运会奖赏在这条路上勇敢走下去的人们。

经历了一些商业黑暗事件，小伴又重新站立起来。苏漓反而变得开朗起来。但她没想到的是，她的至暗时刻还在前方。

小伴提醒有新的邮件。现在的小伴智能已经可以有声阅读邮件了。

"小伴，请读出邮件。"她示意。

接下来，她听到了一个宛如炸雷的消息。

"Ayn，经过一段时间的认真考虑，我郑重向你提出辞职。由于当年的并购事件，我身为父亲唯一的儿子，深感愧疚，几次想和你说再见却又坚持下来。但小伴目前已经拿到了关键一轮的融资，而且姜雅妍在财务、融资、运营等方面也基本可以取代我了。我已经走完在小伴智能的创业历程，现在我对于小伴智能也没有太大作用了。我的这段使命暂时完成了。不必说服我，我也不会出现了。就到这里吧，苏漓，同在江湖，我们还会再遇见的。"

秦将人居然在小伴智能公司情况好转的时候，选择离开？！

他这是唱哪出戏？这种告别方式不像是他的风格，怎么回事？

苏漓迅速拿起电话打给他，无人接听。于是她回复邮件："不批准。速回电话。"过了一个小时，秦将人还是没有回复电话。

她多次拨打过去，电话已经转接语音留言。

苏漓知道，他是决心离开。

她勉力支撑精神，赶到公司开晨会。待到散会时，她把姜雅妍留了下来，关上会议室的大门，告诉她这一消息："秦将人要离开了。"

姜雅妍大为吃惊："为什么？！"

"不知道，他说他在小伴智能的使命已经完成了，还让我不要找他，说他不会出现了。我以为他开玩笑的，没想到今天就没来，电话也不接了。"

之前孙东的离开已经对苏漓有一定的打击了，这次秦将人的不辞而别，绝对是在伤口上撒盐。

她并没有和姜雅妍说，秦将人提及的他的职位由姜雅妍可以继承的建议，只是说了一句："将人不在的时候，他之前的工作你就多担待吧。"

姜雅妍是能胜任的，她和他的心里都清楚。

内心虽然无法接受，但小伴还是要继续撑住向前走的。

公司的第二号创始人忽然不辞而别，身为投资人的欧阳树自然也知道了，然而没有人知道秦将人去了哪里的消息。

欧阳树发动了行业人脉，还是未能打听到秦将人的下一步计划。

还好，苏漓也不是孤军奋战，姜雅妍、迈克、欧阳树都是她的支持者，当然还有小伴智能越来越壮大的团队。

资金到位之后，小伴加强了宣传攻势。虽然开始得比较晚，但幸运的是小伴总是能得到热心用户的牵线，以极低的折扣拿到宣传位置。

用户使用数据的增加又加强了小伴的智能化。

小伴智能的技术水平获得了越来越多关注的同时，公司的员工发现，"小伴之母"苏漓也越来越开朗起来，甚至同意了采用娱乐营销的方式。

苏漓也在改变。也许这个世界上，改变才是唯一不变的真理。

智能娱乐化的小伴顺利在一档选秀节目中胜出，成为了电视节目的虚拟主持人，一时之间，大江南北的观众们都知道了有个叫"小伴"的虚拟明星。她不单语音甜美，而且能猜透人的心思，甚至可以通过人的表情、心跳和体温探测到此人说的是真话还是谎言。

一时之间，"小伴"火遍大江南北。

苏漓终于开窍了，从一名大学教授，一名人工智能技术人员，最终成为一名优秀的创业者。秦将人的"人间蒸发"使得她放弃了依赖，激发了她作为商业人士的潜能。

现在的她，不再回避和抗拒商业活动。

因为她要活下去，要她的"小伴"活下去。

创业的孤独，在于领军者不知道何时又得回到孤军奋战的时刻，但好在走在这条路上的人络绎不绝，既然有人中途退出，就会有人中途上车，而命运会奖赏在这条路上勇敢走下去的人们。

经历了一些商业黑暗事件，小伴又重新站立起来。苏漓随之也变得开朗起来。但她没有想到的是，她的至暗时刻还在前方。

因为她终于看到了秦将人。

在新一届人工智能行业交流大会上，看到代表一念科技出席的秦将人的时候，她一时难以相信自己的眼睛。

起先她只是看到秦将人，心想他终于出山了，还很高兴地打算过去打个招呼。但是她看到秦将人的胸牌时，不由得打了个冷战：那是一念科技公司的 Logo。

为什么？在她愿意把所有信任交给合作伙伴秦将人时，他不但离开了她，还进入了竞争对手公司，这是直接的背叛，是最卑劣的行为。

她现在算是明白秦将人的如意算盘了：最初的股东协议里有一条，若股东脱离公司业务经营关系三个月，那么自动终止股东协议。

秦将人消失三个月之后，他和小伴智能的股东协议自动解除；也就是说，就算他这个时候加入一念科技，也没有违反不准一年内加入竞争对手公司的行业竞争协议。

他是步步为营。

苏漓只觉得背后冒出一身冷汗，她觉得自己已经几近虚脱。

秦将人就是那个内奸！

最亲密的战友，在背后给了她最致命的一刀。这一刀，还是她给予了他伤害她的权利。

她首先想到的是告诉欧阳树。

大概在这个男人面前，她可以适度表现她的脆弱。他是她的投资人，也是她的邻居，有可能还能成为更为亲近的亲人？

只有在脆弱的时候，在被信任的人背叛的时候，她才觉得家人原来如此重要。没想到她把自己重重包裹住 27 年，终于相信一个叫秦将人的人后，还是最终伤害到自己。

欧阳树让她在会场等他，他马上开车过来接她。

但倾诉后，苏漓还是决定拒绝欧阳树的好意，她需要时间自己冷静。在电话里，她只是问欧阳树，是否知道秦将人的下一家机构正是一念科技。

电话那头欧阳树对这个消息有些意外。

"也许他有自己的规划？毕竟他已经不是小伴的股东了。天要下雨娘要嫁人，由他去吧。"这句话显然并不能让苏漓短暂的失控情绪得到安抚。她拨通了林殊的电话。

"林医生，若是被曾经最信任的人背叛了，我应该怎么办？"林殊从电话的语气里感受到苏漓的情绪异常，他让苏漓等一下，自己随后就到。他是一名医生，也是一名心理医生，在病人需要他的时候，他会毫不犹豫地出现。

这是医者的本色。

天空忽然下起了小雨，气温也随之降了下来。在大楼门口站立的衣衫单薄的苏漓，看起来尤为让人怜惜。

幸好林殊到了。

他总是刚刚好出现。

眼前的林殊怕苏漓冻着了，连忙脱下外套给苏漓披上。苏漓披上他的外套说："你送我回公司吧，我还有事情要去处理。"

车上两人都没有说话，等到达智享大厦的时候，林殊坚持要和她聊一聊，看得出来，他担心她的状况。

于是两人走进了源泉咖啡。

他知道她遭到了背叛的事情。

他没有主动问起背叛者的名字，只是说："人生唯一不变的事情就是，万事万物都在变化。所以，我们要接受正在改变的事实。对于人也是这样，万一有一天，我们所信任的人不再值得信任了，或者是他辜负了我们的信任，那么可能是环境变了，或者他变了。但我们依然有选择的权利，比如，我们可以收回我们的信任。"

他主动帮苏漓叫了一杯热巧克力，待到源泉咖啡的老板欧阳泷端来巧克力时，他推到苏漓面前，"喝点热的，可以暖和一下。"

热巧克力既可以温暖她的身体，也可以温暖她的内心。

但是欧阳树还是不请自来了。

她刚一到家，门铃就响了。

本来她不想开门，但身体不由自主地走到门口。

打开大门那一瞬间，门口的那个男人一下子抱住了她。

"你若是想哭就哭吧，我抱住你，不看你，这样你就不用担心哭得太丑被我看见了。"

本来她内心是难过的，但欧阳树的这个举动让她"噗嗤"一声笑了出来："你这要是做什么？"

"看看，你笑了不是？你笑了，我就不用担心了。"

哪有像他这样安慰人的。

她倒是有些不好意思起来，欧阳树装作粗心地没有看到她那扭扭捏捏的样子，而是直接安慰她："秦将人现在进入了敌人的阵营，但别担心，我们一起来打倒一念。你和我，我们一起。"

苏漓不是一个好斗的人。她担心的是秦将人掌握了小伴智能太多的秘密，会不会用这些讯息来做些对不起小伴的事情？若是以前，苏漓肯定觉得秦将人不是那样的人，但现在她不知道。

最好的防守便是主动进攻。她要掌握主动权。

她要保护好她创造的"孩子"小伴。

一切都在变化中。

小伴智能的董事会开得比以前更为频繁了。大家没有讨论秦将人的事件，更多谈到的是融资、智能产品、技术研发、战略问题以及高管引进计划等。

苏漓主动站到了市场营销的主战场。以前，她被称为"小伴之母"，人工智能女神。而现在她不再只是一个技术大咖，而是一名商业世界的女强人。

她几乎是在彻底改变中。

现在，出现在众人面前的她，身上穿的是得体的职业装，而不再是极客们亲睐的牛仔裤加连帽衫。

她会不时地向姜雅妍请教财务和资本的事情，会主动去看一周的经济新闻，而不仅仅是技术新闻；除了技术之外，营销和公共关系管理也成了她所热衷的事情。

最近她还频频出现在各种创投大会上，不遗余力地让投资人和创业领域的同行，甚至是潜在的客户了解小伴，用她的话说，"现在总得有人站出来，我是小伴的缔造者，我得站出来。"

她甚至还一反常态地登上了杂志。杂志中的她让欧阳树很是着迷，他甚至订阅了几百本，让公司行政寄给相关人士和公司。用他的话说，这是为了给所投资的公司做宣传，但明眼人都看得出来，老板这是"别有居心"。

伴随这一切改变的，是小伴智能越来越多的企业用户和个人用户。

在小树资本所投资企业的重要程度排名里，小伴智能的排名直线上升。但很快欧阳树又接到了苏漓的下一个决定："小伴决定自己做小伴智能音箱了，必要的时候，我也会开发自己的机器人。"

她终于还是决定加入到这一场战役里来了。

她已经在极短的时间里，让自己变成了"一个连自己都不认识的自己"。正是"可能会被打败"的恐惧在不断催促她前进。

在打一场战役之前，需要足够的放松时刻。

欧阳树觉得苏漓并没有做好充分的战役前的准备。她需要一个特别的清醒时刻。在他所见到过的失败的公司案例里，让创始人倒下的并不是敌人，而是他们自己。

他要保护好她。

"我在郊区有片园子，里面种了我喜欢的一些东西，你要不要去看看？"于私，欧阳树是想有个单独的时刻和苏漓待在一起；于公，他也希望可以营造一个轻松的环境，可以让苏漓思考一下公司战略落地的情况。

"有山有水有树有花，当然还有美酒和美食。"欧阳树怕苏漓不答应，于是又描绘了一番美丽的场景。

他得逞了，苏漓同意前往。

小伴早上六点半叫醒了欧阳树，他把各种物品装进车后备箱之后，重新回到楼上，在苏漓家门口等苏漓。

七点，苏漓准时从家中出来。虽然这段时间她十分忙碌，一个人做了许多人的工作，而且是不同业务模块事务的新尝试，其中的压力可想而知。但出乎欧阳树意料的是，眼前的苏漓却比之前更加容光焕发，她正在步入她自己的新时代，也是更好的时代。

一路上，小伴充当了导航机器人的功能，欧阳树虽然已经来过几次，但是还是听从了小伴的建议选择了新的路线，它并没有推荐走大路，相反成功地抄了近道，比之前预计的时间节省了 20 分钟。

欧阳树开玩笑："这算不算是小伴送给我们的一份礼物？"

苏漓倒是理性看待这个事件："小伴不过是在网络上搜索了所有的路线，然后知道你时间宝贵，所以推荐了一条没有什么风景但是节省时间的路线给你。看来它给你贴了个标签：赶时间。"

小伴的"贴标签"功能也是算法的一种。苏漓说完扬了扬手中的手机，原来刚刚她在研究小伴推荐这条路线的背后逻辑。

看来找个相信"万物皆算法"的女朋友真是可怕，不过还好她足够有趣。现在她基本上可以瞬间转变频道，不似从前。

果然车子一到欧阳树家的院子，苏漓便变了个人一样。

欧阳树的别院自然不会落俗。

白色的房子背后靠山，前面有河流，各种树木环绕，果然好景致。

苏漓一到门口便驻足不前，仔细打量起来。欧阳树摘下墨镜，看着苏漓，问她，"你是不是在想这个充满铜臭味，急功近利的商人原来也有如此闲情雅致？"

"是有一些。"苏漓的回答果然切到了欧阳树的痛处。"不过我在想你也真的很厉害。一边追求事业，一边也有自己的生活，算是一心二用做了平衡。"

她走进屋内，发现除了基本的家居，就是一些书籍和绿色的植物。

欧阳树解释说，他新近崇尚断舍离的生活，只雇佣了附近村子的一位农民，每过几天都会过来收拾一下屋子，同时帮助浇浇花，照看一下各种树木。

厨房是开放的，打开窗户，视线便正对远山，可以清楚地看到山上的各种树木，风景极好，让人不由得放松下来。欧阳树准备晚餐，两人用完之后，他又建议苏漓和她到附近林中走走。

苏漓居然破天荒地表扬起欧阳树来："美国人喜欢说'work hard, play hard'，你虽然没有留学的经历，但是在这点上，倒是开窍得比我早。"

"我虽然没有留洋经历，但别忘了我可崇拜国学传统，中国历史上下五千年，可有外国人不知道的很多智慧。"欧阳树摘下了一枝花递给苏漓，"这是我的秘密基地。每次经历大的烦恼，遇到过不去的坎儿时，我都会来这里。大自然才是人类的治愈高手，在大自然面前，我们人类是如此渺小，一棵树可以生长几百年甚至上千年，而人类能有百年寿命已经算是奇迹了。每次来到这里，我就明白，所有的烦恼其实都不过是一种修行。以前看你闭门造车，很担心你，最近看你干劲满满，也同样担心你。今天带你来其实也是这个意思，我希望你做事情还能保持初心。"

"无欲无望，无为而治，道法自然的意思？看来我以前太小瞧你了。"苏漓算是明白了。

"我也有念想的。比如，一直都希望你可以做我的女朋友，一直到现在你都没有答应，我只好在你面前大献殷勤了。"欧阳树果然又回到嬉皮笑脸的日常状态，语气瞬间从刚刚的深情款款，过渡到脸不红心不跳的直接表白状态。

"所以，这个周末你不想和我谈论工作，只想和我谈谈风花雪月是不是？"苏漓这次倒是没有退缩，而是直接走上前去，停在离欧阳树只有一个拳头的距离。

欧阳树被她戳中心思，有些不好意思起来。"当然可以，只要你觉得我不是借工作之便揩油，悉听尊便。"

没想到苏漓径直转身走开了，搞得欧阳树空欢喜一场。

在情感上，本来他以为是他在领着苏漓走，这一刻他才明白，原来是苏漓在领着他走。

她才是他最大的难题。

她是他的救赎，而他也是她的救赎。

好的爱情，便是让人看到更好的世界和更好的自己。

愿得一人心，白首不相离。

他刚想和她花前月下一番，忽然看到苏漓陷入了沉思，便明白她又处在工作状态了。刚刚费尽心机布置的场景，看来又失败了。

这谈恋爱比投资难多了，哎！

CHAPTER 29

神秘事件

欧阳树话锋一转，"若日后你发现我对你隐瞒了一件事，你一定要原谅我。"

说得这么神神秘秘的，会是什么事情呢？看他一副现在不想告诉她的样子，她尊重他，也就不再问了。

欧阳树在树林中无心的一句话，却点醒了苏漓。

进入智能音箱领域，本来是她想变守为攻的一种战略。经过秦将人事件之后，用电视剧里时髦的词来说，她已经黑化了。

而来到欧阳树的园林里，她似乎又变成了那个想通过小伴智能，让生活变得更加美好的人工智能超人。

单纯而又努力。

原来最近推动她前进的不是初心，而是恐惧与愤怒。

回到屋内，她走进欧阳树设置的冥想室，闭上眼睛。小伴依然是她深深的牵挂，她依然需要成为那个创造美好产品、美好生活的人。

她可以感受爱了，而这种感觉让她充满了力量。愤怒也能给人力量，但爱会是更持久的力量。

这个时候，她才想起来，一直以来她都该感谢一个人。这个人触发了她心底的力量，关于爱的力量。

这个人就坐在离他不远的客厅里。

欧阳树。

似乎他是个可以成为家人的人。

在她心里，这一刻开始，他已经是她的男朋友了。

因为能够感受到爱的力量，她忽然变得勇敢起来。

她走到客厅，如他之前一样，用他习惯的直白的口吻告诉他，"欧阳，谢谢你可以接受我的不完美。当我自己也可以接受自己的不完美的时候，我觉得我可以接受一个男人的关心了。因为我的内心深处所向往的生活不过是择一人一地，幸福终老。因为太看重了，所以并不能轻易开始。当然，我也想问问你的意见，不知道我现在才给你答案，是不是太晚了？"

显然，欧阳树被苏漓的第一次主动表达惊住了。当他意识到苏漓的心意之后，直接来了个很欧阳树的动作，他直接抱住了苏漓，"我今天得到你的赞美有些多了！其实这段时间我很没有信心，所以显得有些着急，我老害怕他抢走你——林殊。"

直到此刻苏漓才明白，原来欧阳树真把林殊当成竞争对手了。

"真的？你选择了我？为什么是我？"无往不利的投资少帅依然有些不相信自己的耳朵。

"因为他不食人间烟火，而我已经决定重返人间了。"苏漓故意顺着他的醋意说。

"美食创造爱情啊！我的面没白做！"欧阳树话锋一转，"不过，苏漓，我对你有一个请求……若日后你发现我对你隐瞒了一件事，你一定要原谅我。"

说得这么神神秘秘的，会是什么事情呢？看他一副现在不想告诉她的样子，她尊重他，也就不再问了。

周日晚上，当他们再次回到市内公寓的时候，人还是之前的两个人，但心境却不一样了。

苏漓的决心由之前的一定要打败一念，转变为成为行业领军企业，促进行业发展。她不再纠结于之前小伴发展历程所遭遇的种种，而是更加聚焦于小伴能给行业带来哪些正面的东西。

商业里的尔虞我诈，她会去积极面对，但她更会坚定自己想让用户生活更加美好的决心。她是个充满智慧的聪明人，用欧阳树的话说，她激发了另外一个自己。

也许爱就是这样，一个人遇见另外一个人，变成了更好的自己。如果这是爱情的话，那又有什么可怕的。

两人在各自的家门口互道晚安。他们不再害怕短暂的告别，因为明天早上他们又会在一起战斗。这样的距离，恰好是欧阳树和苏漓各自向往多年的爱情，独立和美好。

也许在爱里，最难得的不是爱和欲本身，而是理解和珍惜。

你所创造的那些事物，其实也在创造你。基由小伴，她完成了一个人生阶段；而基由爱，她将步入另外一个人生阶段。

对于此，她信心满满，因为她不再是一个人。

伴随一念在行业里的势如破竹，李铁鹰的行业地位和公司地位也提升很快。但随之而来的是，原本作为公司二号股东的李铁鹰现在完全不再听命于柳海生了，在公司董事会上也更加狂傲，他不再是个易于掌控的创始人了。

李铁鹰犯了柳海生的大忌。

柳海生这种人，从来知道最后的胜出靠的是步步为营，任何的差池都来不得。他从来都不是个安于现状的人，但他不会把野心放在脸上，而是深埋于心底，所谓放长线钓大鱼。一旦是他看上的目标，他都会忍耐良久，一旦找到机会就乘胜追击。

他需要一个大机会来给他营造新的名誉，一念就是他给自己创造的机会，所以他容不得李铁鹰挑衅他对一念的掌控。

他需要另外一个人在一念，帮他对抗李铁鹰日益增长的权势。

这就是柳海生接触秦将人的目的。就行业位置而言，秦将人是小伴的联合创始人，之前还是华讯科技的副总经理和董事，加上华讯董事长女婿的身份，这样的背景行业内再也找不出第二个人了；其次，他性格较为温和一些，和李铁鹰相比更易于操控。所以当小伴处于行业劣势，一念新产品引起行业关注时，他就不断以高薪高位来"公关"秦将人。

功夫不负苦心人。

最终打动秦将人的事终于来了。当华讯科技试探性地接触一念科技，想在小伴和一念之间挑选出一家进行投资时，柳海生代表董事会决策层拒绝了华讯科技，因为他知道若华讯投资了一念科技，秦将人是绝对没有机会再加入一念的。

为此李铁鹰还和柳海生大吵一架。两人之间的矛盾冲突从此由心里相互不信任，到直接把矛盾搬到台面上了。

然而正是柳海生拒绝华讯投资的这个事情，使得秦将人不得不买了这份人情。

况且姜雅妍的加入完全可以接住秦将人的盘子，对于小伴而言，他已完成他的使命。于是，在柳海生的指使下，秦将人玩起了"人间蒸发"的伎俩。三个月之后，按照秦将人当时和小伴的合约：三个月若远离公司业务，便视为放弃小伴的股权。

从此两不相欠。

秦将人低调入职一念科技。

因为他来自竞争对手，所以他的入职除了公司同事，外界并没有发布任何消息。

但柳海生有一点没料到，那就是，秦将人的出走激发了苏漓经商的志气。

从欧阳树的别院回来之后，苏漓和欧阳树说："人和人之间，可怕的是被信任的人背叛。但我已经不会再纠结此事了，你若是见到秦将人，请帮我转告一下，他的出走造就了一个新的苏漓。我不恨他。"

一席话，说得欧阳树对她又敬又爱。

哪个创业者不是从刀口上舔血，然后继续咬牙前行的？从此后秦将人走他的阳关大道，而她苏漓继续走好她的独木桥。

自助者天助之。

但秦将人的日子其实也不太好过。自从他复出，媒体的曝光就使得他背上了"小伴背叛者"的名头。

而柳海生心里明白，这是有人故意在向媒体提供的消息。而这个人，很可能就是李铁鹰。李铁鹰自然知道柳海生找来秦将人是为了什么，而他是绝对不会让柳海生得逞的，这是他创办的公司，他现在有能力掌握公司的方向盘，而他柳海生只是他的投资人而已。

李铁鹰的原则很简单：谁让他不好过，他便十倍奉还。

在一念行业声势蒸蒸日上之时，外界并不知道，一念管理层、董事会之间的矛盾已经激化到如此水火不容的程度了。

唯一能察觉到的，只是一念科技的势头似乎不如之前那么强劲了。

而这恰好给了奇点机会，一次大风暴正在酝酿中。

就在一念科技高调推出其智能音箱的同时，奇点智能也推出了自己的智能音箱。而更巧合的是，两者的相似度居然高达90%。

为何最有能力制造智能音箱的奇点科技，会选择在这个当口推出自己的语音音箱呢？

其实，奇点对这款智能音箱的退出计划原本在第二年，但当看到一念科技的海报介绍中居然可能会推出一个"高仿"产品时，大为愤怒的奇点决定改变策略，快速推出已经获得专利的智能音箱。

奇点的姿态是，直接向行业搅局者和破坏者一念科技宣战！而凭借其强大的媒体舆论造势，这次强势回击引起了社会各界关注。

最终商业调查科介入此次智能音箱维权事件。

一念公司CEO李铁鹰被商业调查科直接从办公室铐走！

一念智能音箱从各大电商网站和品牌经商商渠道撤回！

一念面临奇点的高额侵权赔偿金！

一时之间，一念和奇点之间的战役成了创投圈最大的关注点。各种黑料随之爆出：奇点指证一念科技收买相关负责人，盗取了他们暂时冷冻的智能音箱设计和技术。法庭上，李铁鹰在确凿的事实证据面前，被奇点的律师团指证唆使一念科技高价收买奇点智能音箱的开发者，李铁鹰无法辩驳。

在看守所里，李铁鹰想过向柳海生求救，但他没想到，此时的柳海生完全忙于自保，早就准备放弃他了。他指示秦将人销毁了所有的证据，同时把所有的犯罪矛头指向李铁鹰。

这种借刀杀人的伎俩他很会使用，即使将来出事，他也只是投资人，执行人是秦将人。

他也亲自去看守所中探望过李铁鹰一次，此时的李铁鹰已经完全没有了猎鹰之戾气。"铁鹰，你放心，我们会给你请最好的律师，而且我咨询过了，过段时间我们就可以替你交保释，很快你就可以出来了。"

柳海生没有食言，李铁鹰很快就从看守所出来了。但此时他在这个行业里已经名声尽失，没有人再信任他了。

秦将人成了这一轮的赢家。在这次事件中，一念重资推出的智能音箱计划失败，团队整体人气大伤，但秦将人危急关头力挽狂澜，紧急召回已经推向市场的音箱，保住了公司。

柳海生也力挺秦将人站到台前。他建议李铁鹰在一念内部暂时隐退，把秦将人推上了一念科技新 CEO 的宝座。

也就是说，现在一念和小伴的擂台赛，两家公司的领军人物是秦将人和苏漓。

曾经的伙伴，现在的对手。这样的狗血剧情，竟然发生在他们身上。

只不过，秦将人是新的秦将人，而苏漓也是新的苏漓。

此时的苏漓可以说已脱胎换骨，无论是投资方还是人工智能行业人士都对她刮目相看。

很多投资公司纷纷伸出新一轮融资的橄榄枝，包括华讯科技的林晨希。

"晨希，你们之前不是希望投资一念科技吗？是不是秦将人加入一念，你们就不再投资了？"苏漓的问话也真是直接。

林晨希也如实相告："我一直坚持投资小伴，但是董事长罗玫之前要投资一念。现在秦将人是一念的掌舵人，所以董事长也决定来投资小伴了。而且为了加快速度，这一轮对小伴的尽职调查不用做了——这是罗董的意思。"

但是苏漓还是拒绝了林晨希的投资意向。她并不想掺合到秦将人和华讯的纠纷里面去，虽然秦将人让她和小伴失望在先，但她并不想因此做出负气之事。

这已经是苏漓第五次听到罗玫的名字了，只是一直没有机会见到她。罗玫究竟和秦将人有怎样的过节，连她也有些好奇了。

苏漓正在想着罗玫的事情，姜雅妍的电话打进来。她告诉苏漓，下一轮融资还是提前启动比较好。"这批语音音箱，奇点并不打算推出太多，所以智能音箱市场还有很大空缺。一念所推出的音箱计划失败，但估计他们会乘胜追击。我们应该抢在他们前头尽快推出我们的智能音箱。而研发和产品上市的速度也是需要用资本来做保障的。"

苏漓当然明白资本的力量，那些没有资金寸步难行的日子历历在目。

她同意了姜雅妍的融资计划。

按照目前的进度，一念应该还没有那么快的时间推出新版智能音箱，苏漓信心满满地排了一下产品时间表，"这次，轮到我们抢在一念前面了。"

风水轮流转。今年变成了一念的多事之秋。

李铁鹰回归之后不久，很快又蠢蠢欲动。他本来就是野心勃勃的人，下属们也扬言要从秦将人手中重新夺回一念的控制权，但秦将人因为有柳海生和董事会的支持，所以也没那么容易扳倒。

创业公司最怕的是人心不齐。一念内部分裂出了"专门搞事情"的李铁鹰派和"专心做事情"的秦将人派。

因为有柳海生的支持，秦将人暂时处于上风。柳海生以董事会的名义警告过李铁鹰和他的同谋，以公司大局为重，但在李铁鹰的心里，若是秦将人带领团队顺利推出新版智能产品，估计这场"翻身之战"他就没戏了。

所以李铁鹰派搞破坏的动静越来越大。产品部、技术研发部、硬件部、市场部的日常工作都受到了影响。

面对李铁鹰的百般阻拦，柳海生倒是一如既往地沉得住气，一直等到智能产品研发基本完毕时，他才在董事会上发出声明："铁鹰是公司创始人，也为公司发展做出过巨大的贡献。但现在，他的人品和行为已经严重影响了公司的利益，所以董事会决定罢黜他的创始人权益。"

柳海生的打算是，只要一念用新产品重新奠定了市场地位，那么李铁鹰是否在公司任职并不是关键，因此在收集多方不利于李铁鹰的证据之后，他联合董事会其他成员决定罢黜李铁鹰的公司职务。

然而，没想到这个决定引发了一系列的连锁反应。

CHAPTER 30

┉┉┉━╫━┉┉┉ **变幻莫测**

苏漓走下台后，忽然听见有人喊了一声："一念出事了！"身后一阵骚动。

手机推送信息纷纷响起，人们打开一看：

"一念新品发布会取消，投资人柳海生被司法部门带走，高管辞职……"

柳海生不是投资人吗？为何会被警察带走？

柳海生在董事会上宣布这个决定，这大大出乎李铁鹰的意料。原本他只是要夺回公司一把手的位置，却没想到柳海生会使出这样的杀手锏。

至此，李铁鹰失去一念科技的职务，虽然他拿到了一大笔钱作为回购股权的补偿，但却不得不离开亲手创办的一念科技。

很快，这个人消失在人们的视线中。

柳海生大呼了一口气，内部纷乱算是平息了。

内部纷乱得到平息之后，一念科技的公司运营更为顺畅了。柳海生持续在一念加大投资，他本身就是必然资本的中国区管理合伙人，而一念内部纷争平息之后，公司也呈现良好的发展势头。这给了他加注一念的筹码。

一念和小伴都在争先推出自己的智能音箱。

战斗一触即发。

苏漓一如之前的早出晚归，只不过和之前不同的是，她已经有了专车接送的司机：欧阳树每天早上接她到公司，晚上只要有时间他就到公司接她，两人一起回家，简直是标准男友。

"这是你的理想，差池不得。我不太懂技术，但是却可以尽力照顾好你。"他在她面前装作不懂技术的样子，"我最喜欢你这技术狂人的样子，因为这是我所欠缺的。"

为爱变得狡猾的投资人欧阳树。

对他敞开心扉的苏漓现在不再逃跑，而是乖乖地接受他的关爱。

有一次，欧阳树到达苏漓公司的时候，还正面遇到了来小伴探讨业务问题的林殊。欧阳树立刻大方地和林殊握手。

他甚至直接叫出林殊的名字，这让林殊有些诧异。

"欧阳先生，您还知道我的名字？"

欧阳树只好尴尬地谎称是在公司的资料库里见过他的介绍："投资公司有囊括各界精英人士的人才库。刚刚也是我的小伴系统给林先生做了一个脸部识别，才告诉我您的信息。"

作为一名优秀的心理医生，林殊当然能意识到欧阳树在瞎编，不过他只善意地笑笑，没有深究，但是他敏锐地感觉到，这个男人就是给苏漓带来变化的原因。

好的爱情，能让人变成更好的自己。说的大抵就是这个意思。

爱是力量，是照耀人前行的光芒。

小伴智能音箱还未出来，在各大电商网站的预定量已经达到上万台，这个数字充分说明用户对于小伴智能产品的信心。

苏漓发布了产品上线的时间："我们小伴智能音箱的产品发布时间定在 7 月 13 日吧。"

巧合的是，一念科技的更新版智能音箱的发布时间也在这一天。

这分明是两家公开打擂的架势。

这种公开挑衅现在并不能激怒苏漓了。和半年前的小伴智能系统推出前的状态相比，此刻的她心态平稳，连晚上都是甜美进入梦乡。

两人之所以能进展神速，这当然也有欧阳树的外婆、妈妈的推进作用。当她们得知欧阳树最终打动苏漓的芳心，两人决定在一起之后，便一窝蜂地进驻欧阳树家，继续充当助攻角色。

欧阳泷早已搬离欧阳树家。为了方便和王小娇谈恋爱，他自己租了一个复式公寓，两人过起了甜蜜的二人世界。

老人家们终于可以不用担心欧阳两兄弟的情感生活了。

特别是欧阳树的外婆，简直是把苏漓宠上了天。

"我外婆简直把你当成她的亲外孙女了。这也难怪，她从小就希望我有个妹妹。"欧阳树拿出吃醋的架势。

苏漓忍不住纠正他:"我比你还大几十天,我是姐姐。"

两个奇怪的人怪到一起去了,一个愿打一个愿挨,也能弹奏出一曲和谐的爱情进行曲。怪没有关系,关键是两个人都在彼此的频道里自由地驰骋。

你有情,我有爱,剩下的一切都不是问题。

时间很快到了 7 月 13 日。

在小伴智能的智能音箱发布会上,人们终于见到了传闻已久的小伴智能音箱:白色的箱身,超过 2000 个应用和技能,覆盖购物、出行、音乐影视、线上线下服务等多个生活服务场景。可随时调试的语音语调,升级了听觉和语言的能力,形成了多模态交互及情景感知。更让人意外的是小伴小巧的可 360 度旋转的视频界面,不但可以对话,还能视频通话。

它绝对地以用户为中心,通过底层的机器学习,变成了真正意义上第一款有思考能力的智能视频音箱。小伴不仅仅可以当成是家人,还连接了现实中家人与家人之间的沟通与交流。

小伴已经进化成"创造一个家人"的美好体验。

面对众多对着她的摄像机、摄影机和话筒,苏漓不再是那个拒人于千里之外的教授,而是会积极和到场用户、媒体互动的创业女神。

但她也在等一个消息。

"一念也选在同一天发布新的智能产品,您是有意选的这个日子吗??"一名记者提出了在场所有人都想问的问题。

"这个日期是小伴早就选好的,这是我们第一次公开推出我们的智能产品,也是我们团队的第一次新品发布会。"小伴团队成员姜雅妍、迈克、王小娇等齐齐会意:"是的,上次小伴智能语音交互系统正式版上线的发布会,因为一念的抢先发布而被迫取消了。"

他们的第一次发布会迟到了,但是终究没有缺席。

苏漓很专业耐心地给大家讲解这款产品,在场的媒体和到场的参会人士都不住地点头赞扬。

欧阳树作为投资人和家属，站在人群的最后面，默默地望着苏漓，露出骄傲的微笑。

苏漓言毕，所有人起身鼓掌致意。

而正当她走下台，忽然听见有人喊了一声："一念出事了！"身后一阵骚动。

手机推送信息纷纷响起，人们打开一看：

"一念新品发布会取消，投资人柳海生被司法部门带走，高管辞职……"

人群哗然。

柳海生不是投资人吗？为何会被警察带走？

原来，柳海生被人实名举报了。对方提供的大量证据表明：柳海生在必然资本任职期间，违反行业规则，成立自己的基金公司，并利用职务之便操控必然资本给自己基金所投的企业一念科技融入大笔资金。不仅如此，他还因为两次盗窃技术专利，面临锒铛入狱的风险。

必然资本刚已经正式发布通告，宣布开除柳海生。苏漓看完新闻，转头望向欧阳树。他不动神色，脸上无喜无悲。

媒体人纷纷涌向一念公司。

一念科技公司大门口挤满了人。

过来参加一念新品发布会的柳海生直接被司法部门带走。一念已经准备好的发布会被取消，原本的临时 CEO 秦将人也不见踪影。

群龙无首的一念科技将何去何从？

就在柳海生被带走半小时后，在门口盯梢的媒体记者发现了消失已久的李铁鹰的身影。

李铁鹰回归一念！

他回归后的第一件事本是想弹劾秦将人玩忽职守，开除其代理 CEO 之职。

哪知来了才发现，秦将人早在前一天的 7 月 12 日已经递交辞呈，理由是今后想花更多时间陪伴在医院的妻子。

7 月 13 日的新品发布会，他根本就没有打算出席。

短短的一天时间，一念的剧情反转如此精彩。

原来柳海生才是幕后黑手！连苏漓也是看得目瞪口呆。她真的有些被搞蒙了。

欧阳树在回家路上，耐心地和她分析了今天白天所发生的种种："我也没想到柳海生居然是幕后黑手。说起柳海生，本也是前途无量，可惜的是，误入歧途……"

他说完这些，又转念一想："不过，正是他自己挑了李铁鹰这样的队友。正所谓，物以类聚人以群分。最后本应相互扶持的时刻，两人却相互较劲，结果两败俱伤。听说柳海生平时非常小心，也只有亲信才能拿出那么多的证据，这个举报的人应该是李铁鹰。"

苏漓有些吃惊，忽然也有些生气地提到一个人的名字："说到亲信，柳海生现在的亲信不是秦将人吗？为何举报柳海生的人不是秦将人呢？他之前不是也对我做过这么出尔反尔的事情？"

欧阳树看着苏漓，刚想反驳，话到嘴边还是使劲咽了下去，又恢复一副老神在在的模样说道："绝对不是秦将人，这个我可以打包票！"

说完他又朝苏漓傻笑："我的耳目也是不少的，根据线报得出的泄密人是李铁鹰。所以呢，做投资人一定要有好眼光，投出好公司才不辜负 LP 的期望。公司员工呢也要有好眼光，要加入发展潜力巨大的公司才能走上人生巅峰。"

欧阳树又说出一个让苏漓震惊的消息："我听说秦将人已经从一念辞职了。"

但苏漓很快就接受了这个消息："这才是秦将人啊，树倒猢狲散，他的特长不就是良禽择木而栖吗？"苏漓说来也是气话。

欧阳树深深地看了苏漓一眼，开始转换话题说起了晚饭："现在是小伴的翻身时机了，今天化开心为食量，我带你吃顿好吃的！就算明天还有新的困难，那也今朝有酒今朝醉，明天的烦恼明天说！"

苏漓定睛一看，欧阳树已经带她到了一家餐厅，并说这是传说中的米其林大厨柯林新开的餐厅。欧阳树不惜血本，凭借自己在美食界"头号兼职美食家"的身份，拿到了餐厅的第一桌试吃资格，还能享受柯林亲自烹饪和讲解的特权。

吃着最爱的美食，身边还有苏漓的陪伴，此刻双梦成真，快哉快哉。

好的爱情，是说不说"我爱你"，对方都知道你的心意。因为平日里的每个眼神、每抹微笑、每处关怀，都在诉说爱意。

好的爱情，是精神独立的两个人常常去对方的精神世界做客，而对方也欢迎，一个不恃宠而骄，另一个也不会喧宾夺主。

柳海生被查之后，欧阳树到看守所里探望了这位老熟人。作为投资界最引人关注的两位青年才俊，他俩一直暗自较劲，是亲密的敌人也是熟悉的朋友。

哪知柳海生却并不领情。

"你是来看我的笑话的吗？大投资人。这下好了，现在在投资界你已经没有对手了。"

欧阳树真诚如昔："海生，棋逢对手是件好事。你是我的对手，也是我的一面镜子。现在你有难了，说吧，要我怎么帮你？"

"欧阳树，我不要你在这里伪装成救世主的样子，虚伪。你不就是想问问我做过哪些事吗？我告诉你！"

接下来，欧阳树亲耳听到了许多让他震惊的内幕：

"知道苏漓的项目我是怎么知道的吗？知道我怎么抢到苏漓的项目的吗？那是因为我收买了许雅茹，你身边的人。惊讶吗？你身边的堡垒并不如你想象中坚固啊！

"钱真跑路事件的丑闻，知道是谁泄漏给媒体的吗？是我啊！不，应该说就是我让他跑路的，然后我再用自己的致高基金投资了他。他能不能做起来我不关心，我关心的是，通过这个事件让你失去投资优秀创业者的机会。

"还有胜维之所以能够低价并购弘创，你猜你我又做了什么？哈哈哈，你没有想到吧。不过你运气比我好，连投资智能语音的人工赛道，你的小伴智能还打败了我精心布局的一念科技。欧阳树，我不服！"

对面的柳海生显然已经丧失了理智，但欧阳树却是出奇地平静。

"海生，你本前途光明，却做了这些违反行业规则的事情，丧心病狂，害人害己。没有人打败你，我也没有打败你。打败你的是你自己，打败一念的是一念自己！你一开始的出发点就是错的。你确实需要一段时间来反思自己所做的事情了。我告诫你一句，做事之前先做人。"

走出看守所的欧阳树转身去接苏漓。他知道她肯定有很多的疑问。

故事还没有到结束的时候。

"好久不见，阿漓。"秦将人一如既往
地礼貌致意，大约是他看到苏漓手中拿的
那一叠照片，于是脸上便露出少有的温
情，"这是我的小孩，一个月大了。"

他这唱的是哪出？

人算，终究还是不如天算。

一得一失，阴阳平衡。

有人得意便有人失意。

当然，也有人得意之后又再次失意。

众人本来已经在关注接下来一念科技将何去何从？第二次回归的李铁鹰究竟能不能力挽狂澜？哪知原本已经剔除柳海生的干涉，准备大干一场的李铁鹰在重掌一念一周之后，居然再次在公司门口被警方带走。

苏漓看到这个消息的时候并不惊讶，柳海生出事，按照欧阳树的说法，李铁鹰最后终究还是要受到牵连的，柳海生肯定也不会放过李铁鹰的。

她本不想再看这条新闻，哪知道姜雅妍和王小娇拿着这条新闻报道，同时冲到她面前："Ayn，我们小伴终于沉冤得雪了！"

原来，警方联合互联网监管部门已经查明，去年"一念盗取小伴智能语音底层技术"的传言属实，随着国家对互联网技术的重视，此案已经正式立项构成侵权罪，幕后黑手李铁鹰再次入狱。

三个人一起头对头看完报道之后，姜雅妍立刻从政策层面来了个解析："你看中国和美国的贸易战之后，国家对技术的重视和保护又提升了一层。弱国无外交，一个国家要发展经济就得强大，经济要发展，核心技术就得得到重视和保护。Ayn，当年你作为归国技术专家回国创业，现在相关部门还我们一个公道。这在科技界是一件鼓舞人心的事。"

望着如此兴奋的姜雅妍和王小娇，苏漓又陷入了沉思。现在的她再也不是过去的那个不问世事只问技术的科学家，现在的她凡事都会往更深的层面想一想：

重新归来的李铁鹰其实没那么好对付的，苏漓隐隐觉得是有知道细节的旧人在背后帮了检察机关的忙。柳海生还在看守所里面，所以无暇顾及这起案件，那么若真的有这位旧人的话，会是谁呢？

这位幕后主谋究竟是谁？究竟是敌还是友？

在证据面前，一念科技面临巨大的技术赔偿金和诉讼费用，实际已经变成一家没有什么竞争实力的公司了。

这样一家被资本和用行业破坏规则的方式催生的企业，最终在众目睽睽之下还是倒下了。

真是一念天堂，一念地狱。

小伴和苏漓在忍受不良竞争的那些岁月里所经受的磨炼都不是无用的。

创业本身就是一场修行。

望着办公室里越来越多的新面孔，苏漓真真正正明白了"修行"一词背后的意义和责任。

她要把小伴带到更高的地方，她要让小伴飞得更高。

现在是小伴的好时光。

在经历两年的起起伏伏之后，社会舆论现在完全倒向了小伴智能。小伴在智能语音交互方面的行业位置现在仅次于奇点。

一家公司走到行业第二名的位置时，也就等于说它或多或少暂时站稳了脚跟。

但故事还没有完。

"Ayn，早上前台收到一封你的快递。"一天早上，行政人员拿给苏漓一封快件，很薄但有些沉。

苏漓打开快递袋，里面装的是一叠照片——一叠可爱的新生儿的照片。她并没有最近做了妈妈的好朋友啊，会是谁给她快递这些照片呢？

看着照片里孩子的笑脸，苏漓内心里柔软的角落变得温润起来。

仔细看这个小孩子，眉宇之间似乎有些熟悉，但她又想不起来是谁？

她刚想打开小伴，准备让小伴扫描一下，看看新生儿照片库里有没有这个小孩的笑脸。小伴忽然提醒了一句："楼下源泉咖啡，有人约了你。"

　　这个人和这叠照片有关系吗？

　　她迫不及待地起身前往源泉咖啡厅。

　　欧阳泷见到苏漓进来，径直把她引向了一个单间。一名身着深蓝西装的男人，背对着她。

　　他转过身来，是好久不见的秦将人。

　　一年不曾见面的两人，再次相见似乎恍如隔世。

　　"好久不见，阿漓。"秦将人一如既往地礼貌致意。大约是看到苏漓手中拿的那一叠照片，他脸上便露出少有的温情，"这是我的孩子，一个月大了。"

　　他这唱的是哪出？

　　但她不再是当年那个傻乎乎的苏漓了："那倒要恭喜你了。希望你的小孩不要知道他的父亲是如何对待信任他的朋友的。"

　　是气话，却也是实话。

　　说完，她转身就想离去。

　　"请留步。今天就是想当面和你解释这个事情的。"秦将人显然是有备而来，"欧阳树让我现在一定要和你坦白。"

　　欧阳树？和他有什么关系？

　　秦将人倒是看出了苏漓的疑惑。

　　"虽然我已经不再是小伴的股东，但是我对小伴也是有感情的。姜雅妍加入之后，很快可以挑起大梁。于是我暗自做了个决定，想离开小伴，前去揭开之前技术被偷窃的疑团。刚好那时柳海生一直在暗中说服我加入一念，帮他对抗李铁鹰。于是我一不做二不休，答应了他的邀请，加入一念。表面来看我是背叛了小伴，但实际上我想借此查清之前小伴的核心技术泄漏事件。"

　　虽然之前也看到过媒体的调查，但是苏漓隐隐觉得秦将人说的才是实情。

　　"我们都忽视了一个人——孙东。当年一念的 CTO 离职，职位空缺许久。李铁鹰就是以 CTO 的位置对孙东加以利诱，使得孙东暗中投敌。一念靠孙东的复制和技术盗窃，快小伴一步推出智能交互技术，短暂翻盘。随后孙东离职，暗中加入一念，最后却被李铁鹰过河拆桥，以莫须有的罪名开除了。"

可怜之人必有可恨之处。

想当年迈克和孙东合作默契，哪知孙东不满足屈于人下，但又自觉取代不了迈克，于是在高薪利诱之下以非法手段投靠一念，差点害得小伴前功尽弃。

若不是当年团队忍辱负重，大概也等不到今天守得云开见月明的场景吧。

"孙东是我们当年漏掉的一个人，却也是揭发一念一贯伎俩的关键。我找到孙东的时候，他心中有愧，所以配合检查机关的调查，还了小伴一个清白。"

原来如此。

"所以，你当初加入一念是有预谋的？"苏漓很快明白了问题的关键。一念最近几个月风起云涌的事件当中，局内人绝对起了关键作用。

原来这个关键人物是秦将人。

"是的，当时刚加入的时候也是猜测。不过后来都应验了我们的猜测。"

"我们？"难道他还有同谋？

"是的，我和欧阳树。"

欧阳树？

"你不要怪他，他只是在担心你。他说若是和你商量了，你一定不会同意这样危险和不合常理的做法。我也是在将功补过——当年我父亲和你父亲的事件，绝对不能重演了。一家发展前景好的公司，绝不能被不道德的人用不道德的手段把它毁掉。阿漓，当年我父亲所犯的错误，在我这里要做出补救。我绝不能让一念把小伴毁了！这是我的心愿。我宁愿在暗处帮助小伴，我宁愿被人唾弃，我宁愿被怀疑……这些我都可以背负，若是要自断一臂才能保全小伴的发展，还小伴一个清白的话，我可以承受这一切。"

秦将人停顿了一下，虽然他面上不动声色，但苏漓却感受到了他内心翻腾的巨浪。

"当我找到欧阳树商量这个计策的时候，他并没有反对也没有支持。让他知晓这件事情，是因为我想让他知道我并没有背叛小伴也没有背叛你，当然我的请求是：在事情水落石出之前，让他一定不要告诉你。"

苏漓内心百感交集，一时也不知是什么感觉。

"之前我让他一定不能告诉你，但现在到了让你知道这些细节的时候了。看到你，看到今天的小伴，我在暗处所做的一切都是值得的，我不后悔。现在我是一个父亲了，我希望自己是个好父亲，也想给我的孩子一个光明磊落的生活。这辈子我总是在完成一些愿望，以前是父亲的愿望，后来是小伴。现在我想去完成我自己的愿望——成为一个好父亲。"

秦将人说到此处似乎想起了什么："我有一个小请求，你原谅欧阳树帮我对你所做的隐瞒吧。阿漓，欧阳树是个不错的男人，希望你好好珍惜。经历了这么多，见过这么多或明或暗的血雨腥风之后，我才明白不管我们在名利场里得到怎样的掌声和关注，最终陪在我们身边的家人，才是最值得珍视的。"

秦将人拿起放在桌上一张儿子的照片："无霜嫁给我这些年，我没给她什么幸福。我岳父之前去世了，我的父亲和我岳母不久前也去世了，她现在只有我这一位亲人了，我要好好照顾她。"

秦盛业已经去世了？那个父亲口中的仇人原来已经故去了，而现在帮苏漓揭开小伴关键案件的人竟然就是这位仇人之子。

命运仿佛在开一个很大的玩笑。

"阿漓，我们还年轻。上一代的恩怨就让它过去吧。我父亲也不在了，希望你可以原谅他。阿漓，这些年你也太不容易了，我身为你的同学和朋友，希望你也过得幸福，为了你父亲，为了小伴。我会和姜雅妍一样，永远支持你。"

苏漓想要说些什么，却什么也说不出来……

秦将人手机响了，只听他说，"好的，你等我，我马上回来陪你吃晚饭。"

他起身和苏漓告别，但刚起身又坐下了，从口袋里掏出一张名片："这是我岳母临终时嘱托我的一件事情，她让你去她律师那里一趟，说有些事情想告诉你。

说实话，我也不知道是什么事情，但我把消息带到了。给，这是她律师的名片。"

苏漓接了过来。

"将人，"她叫住他，"恭喜你，有了宝宝。好好爱他。"

一场上辈子和这辈子的恩怨，在这一刻终于和解了。

CHAPTER 32

⊶⊷⊶ **内心的答案**

苏漓拿着硬币向天空抛去。

其实他们都知道，在硬币落地之前，
她的内心已经有了答案。

她回头朝欧阳树微微一笑。

又一个谜团。

她从没见过罗玫，为何这位神秘人物会在故去之后，让律师给苏漓留下遗言？

她越想越不得其解。

当下她便从大楼奔出来，按照名片上的地址驱车找到了罗玫律师的办公地点。

这位律师见到她倒是毫不吃惊，反而露出了一丝了然的表情。

律师打开保险柜，递给苏漓一些文件和一个信封，并且很郑重地交代她，"罗董叮嘱，您一定要先看这个信封。并且她特别强调过，信封里的内容只有您一个人能看。"

打开这个密封的信封，里面有两个小一些的信封，并且都用数字做了标记。她按照顺序打开第一个信封，又是一张照片，且仅有一张照片。但这仅有的一张照片已经把苏漓惊得差点叫了出来。

是妈妈年轻时的照片！

难道这位罗玫是妈妈的旧相识？

她赶紧打开第二个信封，又是几张照片，上面清楚地标注着，照片中的人物是罗玫。

但是，为什么罗玫的照片和妈妈的照片是一样的面容？

罗玫是妈妈？妈妈怎么会是罗玫？

所有的秘密就在剩下的那个信封里了。

苏漓极力控制住颤抖的双手，拆开了最后的信封。

是一封信。

小漓：

　　妈妈最亲爱的宝贝。

　　当你打开这封信的时候，妈妈已经不在你身边了。

　　妈妈这辈子唯一对不起的人就是你，可惜我再也等不到你喊我"妈妈"的那一天了。或者说，妈妈已经羞于和你见面了。

　　所以，就让妈妈这样去吧。

　　但是有些真相妈妈一定要告诉你，否则妈妈死不瞑目。

　　妈妈从没有忘记你和爸爸。当年，为了替在并购案中惨死的丈夫报仇，妈妈舍弃了自己的女儿，隐姓埋名，和陆家人一起打拼，建立了华讯科技。妈妈的目的始终只有一个，那就是兼并秦家企业，让他们永不翻身！妈妈只能用这种方式来替你爸爸报仇……

　　很多年来，妈妈的心中只有复仇，似乎只有替你爸爸复了仇，才对得起你爸爸当年的爱。后来妈妈报了仇，又拥有了世人渴求的荣华富贵，但妈妈却又寂寞无比。妈妈没有办法回头了，无论当初的决定是对是错，那都是妈妈做出的。但是每每想起你，妈妈的心中就只剩下后悔……

　　孩子啊，我唯一对不起的人就是你。

　　当年我和邻居阿婶联系，想让她暂时照顾你，好让我将来可以回去接你。谁想到等我和阿婶联系的时候，你姑姑已经把你接到了美国。你姑姑不知道内里详情，也以为我是狠心抛弃了你和你爸爸，所以她恨我，不想我找到你，不惜多次搬家让我无法联系到你们。

　　我从来没有停止过找寻你，只可惜并不能如愿。本来我都放弃了，但不久前，妈妈在病床上看到你代表小伴智能出席新品发布会，我才知道我朝思夜想的宝贝，原来一直就在我的附近。

　　而我这糊涂的妈妈，此前还坚持投资你的竞争对手一念科技。

　　妈妈是个不称职的妈妈，是个失败的妈妈，失败到临死前都没有勇气见你，只能在死后用这样的方式和你相认。

这些年来，积劳成疾，我的肺癌已经到了晚期。我了解到自己时日不多，本想再残忍地与秦盛业做个交易，反正他也活不久了。我怕他又做出什么对华讯科技不利的事情来，就和他谈了个条件：我让他死在我之前，作为代偿，我会让秦将人回华讯科技。

谁知老天有眼，终于没等我找他，他就死在我前面了。他死后我找过秦将人，他和我说了所有和你之间的事。阿漓，恭喜你，你比妈妈幸运，拥有这样一位真正的朋友。

而对于你，我的孩子，妈妈没什么可以补偿你的，只给你留了一些财产——是我这辈子奋斗的成果。具体的文件都在你身后的这个保险柜里。

密码是你的生日。

你签署了文件，这一切就都是你的了。如果你不签署这些文件，五年之后，这一切将自动捐给儿童慈善机构。妈妈清楚你的个性，就算你不要这些，妈妈也理解你。

至少让那些和当年的你一样，失去父母的孩子，得到更好的照顾。

这是妈妈能做到的，仅有的补偿。

我的骨灰，我已经安排好，死后安葬在你父亲身边。

每年他去世的那个时月，我都会回杭州待几天陪陪他。这下好了，以后我可以天天陪在他身边了。妈妈先走了，小漓，你要幸福。

妈妈

看完这封信，苏漓已经泪流满面。

原来如此。

原来那一次苏漓给父亲扫墓时，所见到祭祀的鲜花和祭品，都是妈妈放的。

她一时低声地痛哭起来，仿佛要把这一辈子的眼泪都流干。她不知道是该为妈妈难过还是骄傲，但这一切都已经不重要了。她只知道，她的父母原来是如此深爱着对方，她的父母原来也都如此深爱着她——虽然命运残忍地绕了一大圈才告诉她真相，但她最终还是知道了。

擦干泪水，苏漓转身打开了身后的保险柜，把之前律师交给她的文件又放了进去。

然后关上保险柜。

离开的时候，她只拿走了妈妈年轻时候的照片。

这个决定，妈妈当时一定已经猜到了。

今天对于苏漓来说，漫长得像一个世纪。她觉得好累，她只想早点回家。

不，她只想早点见到欧阳树。

她以最快的速度回到家。一上楼，就看到欧阳树赤裸着上身站在她家门口，背后还系着一根藤条。

"你这是要做什么？"

"负荆请罪。因为我对心爱的人有愧疚，所以特来负荆请罪。秦将人的事情，我一直瞒着你，其实有好几次我都想和你坦白，但又觉得不到时候……你可以责备我，我乞求你的原谅。好吗？"

她奔上前去，第一次如此紧紧地抱住了欧阳树。

"原谅，应该是我要请求你的原谅。我都不知道你为我做了这么多。"

欧阳树感觉到她现在身心俱疲，于是反手抱住了她。

他的温度是这么让人安心，在这个温暖的怀抱里，苏漓终于能放松身体，任意识渐渐飘远。

等到醒来的时候，已经是次日凌晨六点。

她看到欧阳树和衣睡在她身边，看来是他抱她进来躺好，然后又陪了她一夜。

她仔细看他的脸，好看的眼睛好看的睫毛好看的鼻子好看的嘴唇，原来欧阳树这么好看。

此刻，她接纳了他成为自己内心的永久居民。

替他轻轻地盖上了被子，她轻手轻脚来到客厅。把妈妈的照片放到镜框里，然后把那封信烧了。

这是她和妈妈之间的秘密，她想维护一些妈妈曾经看重的东西。她想维护她和妈妈的秘密。

最终，她知道了妈妈的爱，虽然这份爱深沉而黑暗，但她知道这是妈妈，不，罗玫唯一能给出的方式。

昨天她原谅了秦将人，而今天，她决定原谅妈妈。

妈妈在期盼着她的原谅。

想清楚这一切，她重新躺回床上，握住身边欧阳树的手，又沉沉睡去。

等到她再次醒来的时候，已经是下午六点。欧阳树正在她家客厅里办公。看来他寸步不离，一天都没有走出这个房间，他担心她。

"发生了什么吗？"他感觉已经有些什么东西不一样了。

她拿起相框，笑着和他说："这是我妈妈，可惜她已经去世了。她爱我，我也爱她。"她不准备往下说了。

他便不再问，只是温柔地和她说："你有很多爱你的亲人呢，包括我们欧阳家一大家子，你别嫌烦就好。你睡了一天一夜，我给你做好吃的去。"

欧阳树很快做好晚餐，端到苏漓面前。看着狼吞虎咽的苏漓，他忍不住笑了起来："慢点吃，吃不饱就再做。我保管以后把你养得白白胖胖的。"

"不行，我才不要变胖，以后天天都是你下厨，既要做得好吃又不能让我发胖。"

苏漓第一次向欧阳树撒娇。撒娇的内容不重要，重要的是她开始对他撒娇了。

欧阳树对她这招完全无抵抗力，只好连连认错："好好好，以后天天都是我做饭，不但要好吃而且要搭配合理不能让你变胖。"

他知道她内心其实是心疼他的。

好的爱情，就是这般势均力敌。你吃我这一套，我也正好吃你那一套。

苏漓吃完饭，他替她擦了擦嘴角的汤渍，突然想起一件事情，生怕她以后又怪罪他不尽早告诉她，"秦将人回华讯科技了。"

"我知道，那是他该得的。"那也是妈妈替她送给秦将人的礼物。

"哦，原来你已经知道了？我是今天下午才知道的。你都睡了一天一夜了，是如何得知的？"欧阳树刚想闹点蠢萌的小情绪，又想起一件重要的事情，于是又停止玩笑，认真地和苏漓说，"你白天昏睡的时候，奇点科技那边来了个电话，说是行业第一位的奇点，想和行业第二位的小伴智能谈谈并购的事情。"

"他们是想并购小伴？"苏漓之前拒绝过一次奇点的邀约。

"用收购这个词可能更确切一些。毕竟奇点财大气粗。"

苏漓停了下来，陷入了沉思。

"在想什么呢？"欧阳树又好奇起来。

"想起了你之前念过的罗伯特·弗罗斯特的那首诗'The Road Not Taken'。"苏漓念出了第一句，欧阳树附和着，两人一起把一首诗完整地念了出来：

> 黄色的树林里分出两条路
> 可惜我不能同时去涉足
> 我在那路口久久伫立
> 我向着一条路极目望去
> 直到它消失在丛林深处
>
> 但我却选了另外一条路
> 它荒草萋萋，十分幽寂

显得更诱人、更美丽

虽然在这两条小路上

都很少留下旅人的足迹

虽然那天清晨落叶满地

两条路都未经脚印污染

呵，留下一条路等改日再见

但我知道路径延绵无尽兴

恐怕我难以再回返

也许多少年后在某个地方

我将轻声叹息把往事回顾

一片树林里分出两条路

而我选了人迹更少的一条

从此决定了我一生的道路

　　欧阳树已经猜到苏漓在想些什么，于是又嬉皮笑脸从口袋中掏出一枚硬币，递到苏漓的手中说："虽然一切还为时尚早，不过这样吧，我们来抛硬币玩个游戏。若是硬币落地时正面朝上，那么我们就明天开始积极促进这次并购活动；若是硬币落地时背面朝上，我们就继续独立发展小伴智能。"

　　苏漓拿着硬币向天空抛去。

　　其实他们都知道，在硬币落地之前，她的内心已经有了答案。

　　她回头朝欧阳树微微一笑。

　　明天，又是另外的一天。

——全书完——

图书在版编目（CIP）数据

小风暴 . Ⅱ，亲爱的图灵 / 肖茉莉著 . -- 北京：
北京联合出版公司，2019.1
ISBN 978-7-5596-2813-8

Ⅰ . ①小… Ⅱ . ①肖… Ⅲ . ①长篇小说—中国—当代
Ⅳ . ① I247.5

中国版本图书馆 CIP 数据核字（2018）第 264098 号

小风暴Ⅱ：亲爱的图灵

作　　者：肖茉莉
选题策划：一未文化
版权统筹：吴凤未
监　　制：魏　童
责任编辑：李　红　徐　樟
封面设计：苏艾设计
内文排版：大观世纪

北京联合出版公司出版
（北京市西城区德外大街 83 号楼 9 层　100088）
北京联合天畅文化传播公司发行
天津中印联印务有限公司印刷　新华书店经销
字数 313 千字　710 毫米 ×1000 毫米　1/16　20.75 印张
2019 年 1 月第 1 版　2019 年 1 月第 1 次印刷
ISBN 978-7-5596-2813-8
定价：48.00 元